U0053374

紐約華文女作家協會文集

紐約芳菲

梓櫻——主編

序：哈得遜河畔的「文學女人」

陳瑞琳

　　二十世紀末和二十一世紀初，隨著大規模的移民流動，域外的華文創作忽然百川匯流、蔚然成氣，而其中以女性作家居多，其精神氣質及情感表達顯然與男性作家迥異，遂成為一脈引人矚目的文學現象。

　　解析當今海外文壇的「紅樓」現象，一來女人對於文學有天然的血脈，二來女人在海外生計的壓迫相對比男性少，再加敏感多情、渴望傾訴，於是春江水暖，女人先「知」，一代「文學女人」在海外應運而生。

　　我對紐約一向是敬畏的，這是我對美國東部所特有的文化精神有多年的仰視。這些年一次次飛向紐約，或看百老匯的《美女與野獸》，或看大都會博物館，每次從空中俯瞰紐約，除了水泥鋼鐵的力和古今藝術的美相交合之外，這裡也是文學人永遠挖掘不盡的深山寶藏。

　　一個城市的魅力，首先是能給生命一個展現神奇的舞臺。曼哈頓的高樓固然如水泥的森林，冰冷而充滿壓抑，但它是那樣巍然雄風，壯懷激烈。紐約，顯然是締造英雄的地方，也是譜寫文學的戰場。生命在這裡不會萎縮，人性在這裡放射出光華。

　　因著這份特殊的情感，我心裡的紐約文友是特別了不起的。如果說美國西海岸的三藩市（即舊金山），是北美華文學的歷史發源地，那麼紐約就是當代北美新移民文學揚帆起航的地方。上世紀出版的《曼哈頓的中國女人》和《北京人在紐約》，讓我們看到了

紐約就像一杯多層次的雞尾酒，有清亮絢麗，也有苦澀和黏稠。顯然，紐約不相信眼淚，一個生命的種子撒落在這裡，沒有天賜的雨水給你澆灌，也沒有如煦的春風為你吹開花蕊，生命的成長全在每個人自己爆發的能量。

在文學的紐約裡，搖曳多姿的女作家無疑是一道最亮麗的風景線。2021年10月的這個秋天，在收穫的季節裡，我忽然讀到了紐約華文女作家協會會長梓櫻傳來的女作協會員作品集。讀的時候一會兒心潮激蕩，一會兒熱淚盈眶，這些文字彷彿是在壯懷激烈的旋律背後，升起的一曲曲溫柔纏綿的詠歎。

「紐約華文女作家協會」成立於2016年8月，是時代造就的機緣，也是文學姐妹們的集體澆灌。感恩顧月華大姐當年登高一呼，「紐約華文女作家協會」閃亮登場。五年的歲月成長如此迅速，會員們多次舉辦新書發布會，創作成果累累豐碩，不斷斬獲各種獎項，並積極舉辦各種文學講座，影響力日漸擴大。

都說女性的精神成長標誌著社會文明的高度，在我看來，女性的心理需求比男性離文學更近，因為文學的重要價值應該是「情感價值」，這，正是海外女性作家的創作追求。古來中國小說寫「人」，而女人重「情」，「人」之有「情」，才是一個斑斕濃郁的文學世界。觸摸著紐約女作家寫下的這一行行「情動於衷」的文字，我感覺自己終於發現了一條通向紐約之魂的神祕暗道。

這部《紐約芳菲》裡收入的作家，大都是神交多年的師友，一直有文學女人的相知相惜。海外的作家身分各異，生活節奏緊張，提筆寫作完全是內心情感的驅動，所以有一份特別的「真」。書中這些生活在「紐約」的女人，身分不同，卻都有自己想要寫的故事，想要表達的吶喊。異域的風情，文化的撞擊，生命的追尋，情感的掙扎，絲絲縷縷，由這些大都會身旁的女性們細細咀嚼，剪理成篇，真是別有一番滋味在我的心頭。

喜歡《紐約芳菲》這個名字，因為紐約就是人的花園，個性搖曳，色彩斑斕。都說女人主「情」，男人主「智」，「情」與「智」的交合與較量，不正是這世界最引人入勝的旋律？然而，對於女作家來說，她們把「情」看作是人性之魂，是這世界最真實的本源。

開篇讀到五位顧問老師的作品，白舒榮筆下的異域情懷、趙淑俠老師的生命哲學、王渝老師的悲傷小品、趙淑敏老師的大膽發現、周勵老師的激情探險，從不同的側面打開了一個廣闊而深邃的世界，悠然而穩健，見地不凡，散發著經典品質的光彩。

顧月華的創作一直以散文著稱，她的〈我與副刊的前世今生〉，往事追憶，留下了珍貴的歷史見證。梓櫻的〈一條花裙子〉構思巧妙，筆鋒轉回少年時的辛酸回憶，刻畫出歷史的煙雲塵埃。好喜歡紐約藍藍的〈幸福源自一張床〉，寫出了煙火氣，也寫出了對生命的熱愛。南希〈我認為好散文是這樣的〉，包含著真知灼見。唐簡的〈以後的夜，我也會快樂〉寫出了紐約夜的溫暖。江嵐的〈青春，曾許諾過張家界〉真是至情至性，令人神往。紐約桃花的〈千萬富翁的蘋果園〉則是寫出了紐約的神祕：大藝術家的率性故事。

書中特別讓人感動的是那些有關疫情生活的紀錄，作者們都非常大膽，如常少宏的〈討論疫情，有必要彼此拉黑嗎？〉，其中還特別寫到了自己對「方方日記」的感受，迴蕩著浩然正氣。陳曦的散文〈疫情下的避風港〉緊貼現實，為這個特殊的時代做了一份珍貴的紀錄。還有李喜麗的〈怎能忘記？——懷念文友張蘭〉，記錄了一個可愛可敬的張蘭，令人動容。

此外，女作家們展開了各自飛翔的翅膀，穿梭在饒有深意的主題之間。如湯蔚寫張愛玲〈她比煙花更寂寞〉，凌嵐寫梵蒂岡博物館〈只有十五分鐘〉，紅葉寫三文魚的洄游〈漫長的回家之路〉，

何涓涓寫〈我的第一本英文書〉，海倫寫旅行故事的〈此情可待成追憶〉，梅菁寫自己如何〈愛上紐約〉，春陽寫苦盡甜來的〈第一杯青茶〉，之光的〈平視與婚姻〉，楊笛寫早年的〈中國人看電影〉等等，每篇作品都有自己鮮明的角度，都有自己的穩健風格。

書中尤其難得的是還收入了精美的詩歌，如饒蕾的〈山坡上〉，子皮的〈下雨的時候〉，李瑩的〈天空的項鍊〉，謝勤的〈秋約〉，裡面總有濃得化不開的情，讀來感人肺腑，韻味深長。

在這些紐約女作家的筆下，最難寫的是婚戀的苦果，尤其是面對婚外情的隱忍，那是新移民心中永遠的「痛」。李喜麗的小品〈搭錯車〉，可謂是奇絕的主題，真實到令人發顫。作者深刻地描寫了那種「剪不斷，理還亂」的人生無奈，展現出人生最悲涼的一幕，精彩全文如下：

　　她匆匆進了地鐵站，聽到有地鐵開過來，一望車頭的號碼，恰好是她要搭乘的N號車。她趕緊快跑下樓梯，搶在車門關上之前，閃身進了車廂。她吁了口氣，慶幸自己及時搭上了車，今天的求職面試應該不會遲到。

　　地鐵轟隆隆地在黑暗中向前開進，她坐下來，腦子裡全是臨出門前丈夫的譏笑和大吼：「不懂英文，學歷低，沒工作經驗，哪家公司會請你？別做夢了！你吃靠我，住也是靠我！離開了我，你連居留權都沒了，等著被遞解回中國吧！……」她閉上眼睛，儘量想把那些不愉快忘掉，好讓自己的情緒稍微平復。

　　地鐵到了下一個站，她睜開眼睛瞄了一下站名，嘿，不對呀，她要去的地方在曼哈頓下城，而地鐵卻是往上城方向走，自己在忙亂中搭錯車了！她站起身想下車，可是太遲了，車門「咣啷」一聲，無情地關上了。她只好安慰自己：

下一站下車，再轉車返回也還來得及。

　　不幸的是，她搭的是一輛特快車，地鐵出了曼哈頓進了皇后區，竟然連著幾個站都不停。她站在車內，看著時間一秒秒過去，又下不了車，愈發焦急。可是不管她如何心急如焚，地鐵飛越一個個車站，繼續向前疾駛而去。

　　好不容易車停了。車站是高高建在半空中的那種，她必須走樓梯下到地面，跨過街道，再從對面的樓梯上去，才可以搭回程車。她下到地面一看，嗨，倒楣的事全碰上了。對面的站口被圍欄圍住，正在維修，此路不通。無奈的她只好原路返回，一步一步攀上高高的樓梯，原本脆弱的神經再次遭到重挫，她頓感軟弱無力，欲哭無淚。

　　倉促中大意搭錯車，想回頭，竟那麼難，一時間甚至沒有回頭的路可走！正如她閃電式的異國婚姻，看似搭上了浪漫、前程錦繡的直通車，卻是朝相反方向行駛，性情不合的丈夫，陌生的語言和環境，現實與理想的巨大落差，無助的孤獨與徬徨，離她想像的幸福愈來愈遠。無奈的是，居留身分和經濟顧慮讓她無法決然了斷錯誤的婚姻，日子在爭吵、摩擦與忍氣吞聲中一天天熬下去，不知何時是個盡頭。

　　明知前行是個錯誤，在可以搭上回程車之前，她無計可施，只能將錯就錯，隨反向的地鐵愈走愈遠。

　　讀了這篇小品，雖然字數短少，卻如千鈞，此書的分量可見一斑。真是應了那句古詩：「書中自有顏如玉。」情愛，人類生生不息的故事，卻有永遠寫不盡的結局；女人，如同這世上千萬種盛開不敗的花兒，各自吟唱著自己悲歡離合的歌。生命移植到海外，女人敏感脆弱的心最先領受到剝離土壤的痛，無論多麼苦澀與淒婉，女人依舊執著在女人的夢中，倔強而不甘，甚至浴「火」再生。

所謂海外作家的優勢是放飛了自由的心靈，還有作者觸摸生活的果敢真誠。域外寫作，無須「載道」，心靈得到了充分的解放和自由的表達，因此可坦然觀照歷史並發掘情感的寶藏，再加上兩種異質文化的正面碰撞，從而將「生命自由」的個體意識空前地發揚。

近年來在北美崛起的新移民女作家，她們的一個突出特點是有意識地保持了「邊緣地帶」與「本土文化」及「主流中心」的心理距離，從而構建了一個獨特的寫作空間，她們迅即地消解著「原鄉」的文化概念，自由地在「原鄉」和「異鄉」之間巧妙地切換，無論是痛苦的回首還是掙扎的反省，無論是懷戀的尋找還是超越的相容，都表現出卓然不凡的嶄新視野。

從《紐約芳菲》這部書中，令人欣喜地看到，紐約的年輕一代女作家正在東西方文化的「交融」狀態中艱難地成長起來。她們的可貴，是能夠冷靜地回首歷史，反省自己的內心。她們的努力，不僅僅是要告別「鄉愁文學」的限制，更還有對「個體生存方式」的深入探求。當然，作為一個變革時代的文學思潮這還遠遠不夠，但是，她們筆下的奇異和清澈，毫無疑問地為當代華語文學的洪流巨波，提供著一股來自哈德遜河畔的湍水清流，且意義深遠。

2021 年 11 月 1 日於德州羅森堡鄉下湖畔

陳瑞琳

【作家簡介】

　　陳瑞琳，美國華裔作家、評論家。曾任國際新移民華文作家筆會會長，現任北美中文作家協會副會長，兼任國內多所大學特聘教授，國際漢學研究員。多年致力於散文創作及文學評論，出版散文集《走天涯》《「蜜月」巴黎》《家住墨西哥灣》《他鄉望月》《去義大利》及學術專著《北美新移民文學散論》《海外星星數不清——陳瑞琳海外文學評論集》等，多次榮獲海內外文學創作及評論界大獎，被譽為當代海外新移民華文文學研究的開拓者。

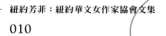

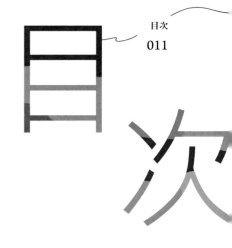

凌嵐篇

紅葉篇

濚瑩篇

何涓涓篇

名家篇

在丹麥，尋找安徒生

白舒榮

京城酷暑，人若燜蒸之蟹，不由思念起暮春時節涼爽的瑞典、挪威和丹麥北歐之行。聞名於世的瑞典諾貝爾獎頒獎後獲獎者致詞和晚宴的宴會廳，為《國家地理雜誌》專家組評選為世界最佳旅遊勝地的挪威峽灣奇景，在神思中往返流連……。驀然，一位穿49碼鞋的大腳巨人，在腦海裡浮現。他，便是安徒生！

丹麥之行，幾乎是專門為尋找被譽為「世界兒童文學的太陽」安徒生的一次旅程。

落足首都哥本哈根翌日，我便直奔安徒生的家鄉歐登塞。這個位於菲茵島中部安靜的丹麥第三大城市，因為安徒生和他的童話遐邇聞名，誘引旅人。

抵達歐登塞，穿行碧藍天空下建築色彩夢幻般靚麗的石頭街巷，其中幾間明黃色的平房，就是1805年出生、作品被翻譯成一百六十多種語言，世界上最受歡迎的作家之一的安徒生故居。

安徒生的父親是鞋匠，母親是洗衣婦，家境可以想像。據說安徒生出生在一個貧民區，現在這個被定為故居的，該是他出生未久父母的置產。

房間裡陳設簡單，家人的睡床，父親的製鞋工具，房門外不遠處有他母親洗衣的水塘。為他逝世一百周年建的「安徒生博物館」臨近故居旁。

現代化的博物館有十八間陳列室。安徒生生平、各時期創作、六十八個國家出版的九十六種文字的安徒生書籍，其中含中國版二

十七種。另有大量手稿、來往信件、畫稿，及丹麥一些名畫家、藝術家創作的有關安徒生的油畫和雕塑等，林林總總，似乎網盡了安徒生。

講解者特別介紹，安徒生的父親生性活潑，很愛手舞足蹈。受影響小安徒生也常像父親一樣喜歡扭曲著身軀自由舞動。還說安徒生和丹麥國王克利斯蒂安七世有過接觸，從小和王子一起玩。一個窮人家的孩子為何能如此高攀？講者似乎自有說詞。

父親曾請人為兒子占卜，卜者說安徒生只有離開家鄉才能有前途和發展。所以他十四歲便告別親人，拿著僅有的十塊錢住進了哥本哈根小客棧，開始尋找自己的夢想。

展廳第十一間的圓柱形大廳幾米高的環牆上，有丹麥近代著名藝術家斯坦恩斯根據安徒生的自傳繪製的八幅壁畫。內容從安徒生童年、離開故鄉、遊歷世界、與著名藝術家的交往，到1867年萬眾歡呼他被授予「奧登塞榮譽市民」等。生動形象簡明扼要展現了安徒生的生命歷程。

博物館還擺放著安徒生生前用過的不少實物：古樸家具、兩個有補丁的皮箱、一頂禮帽、一個提包、一把雨傘、一根手杖、一條繩子，和一雙穿四十九碼鞋的兩個大腳印。另外，還有他童話裡豌豆公主睡的近二十層的床墊等。所有這些，最讓我印象深刻和震撼的莫過於那根繩子。

才華橫溢的安徒生，生就一張高額頭的馬臉，一雙鶴腿，一對大腳，容貌不敢恭維。他卻是個情種。據說他年輕時曾瘋狂癡戀過一個女孩，由於家境懸殊，終竟無成。女孩嫁給當地的一個富家子弟，安徒生傷心欲絕，對愛情澈底死心，孤獨終老。在安徒生去世那天，人們發現他的脖子上掛著一個小皮袋子，裡面竟然裝著那個女孩當年寫給他的信。

安徒生孤雁般四處遷徙，居無定所，安全感缺缺，隨身總帶

根繩子，每到一處，他都不忘在窗柱上把繩子拴牢，下垂窗外，保證遇難時憑此安全脫險。他究竟一生經歷過多少次危險，需要他吊繩爬窗自救？看著那根吊在窗下的繩子，想像當年人高馬大的安徒生，從窄迫的窗口，笨手笨腳往外爬的樣子，我不禁莞爾。

告別安徒生故居和博物館，我從歐登塞返回哥本哈根。在哥本哈根依然緊緊追著安徒生。

位於哥本哈根市中心東北長堤公園波羅的海邊，根據安徒生童話《海的女兒》鑄塑的美人魚銅像如同新加坡的魚尾獅，已然成為丹麥的象徵。

安徒生童話世界裡的「小美人魚」是海王最小的女兒，容貌美麗，歌喉婉轉，在海上救活了一位溺水的王子並深愛上他。為與王子長相廝守，她懇求女巫把自己的魚尾變成人的雙腿，女巫要求她用自己銀鈴般的聲音交換，若日後王子移情別戀，她就會變成海上的泡沫魂飛魄散。為了追求愛情，「小美人魚」接受了這些苛刻的條件，毅然喝下變身藥水，尾巴變成修長的美腿，但從此失語。孰料陰錯陽差，王子醒來時誤把救命者當作他人，並與之墜入愛河。王子即將結婚的消息，令「小美人魚」傷心欲絕。善良的「小美人魚」拒絕接受巫師破解的咒語，甘願化作了海中泡沫。

安徒生一次未果的刻骨銘心愛戀，造成他終身孤寂憂傷。如此看來，《海的女兒》裡的「小美人魚」何嘗不是安徒生自己？有幸被鑄成銅像的小美人魚，豈不是在代替他接受世人的崇敬和祝福？安徒生若有靈，望著「美人魚」旁洶湧的愛慕人潮，或該心安！

哥本哈根運河邊的新港是丹麥的酒吧一條街，許多市民悠閒地坐在街道邊喝啤酒談笑嬉戲。路人指著河對岸20號，一座磚紅色小樓說，安徒生曾在裡面創作第一篇小說《寫給孩子們的故事》。在比肩的18號樓，安徒生也於其中完成過一篇作品。

穿行熙熙攘攘歡樂喧囂的酒吧街，我特別繞到河對岸的20號

樓和18號樓前。意外發現18號樓底層竟然有一間小店，進去一看，圖、畫、書、刊，全是安徒生。迎門更見「安徒生」興味無窮地安坐著讀著一本書。我趕緊湊到「他」身邊，深深被他展開的故事吸引。

　　無論在奧登塞，還是哥本哈根，似乎無處不有安徒生。以他童話故事專設的主題公園，他的立姿、臥姿、坐姿，全身、半身，各種姿態、多種材質的塑像，將他和丹麥融為一體。

　　或者說，安徒生就是丹麥，丹麥就是安徒生。

2017年7月25日　於北京藍旗營
2018年5月刊　於紐約《僑報》

白舒榮

【作家簡介】

白舒榮，北京大學中文系畢業。中國作家協會會員。現任香港《文綜》雜誌副總編輯、世界華文文學聯盟副祕書長、中國世界華文文學學會榮譽副監事長、世界華文旅遊文學聯會常務理事兼副理事長，以及受聘多家海外華文文學社團顧問或專家等。

曾任北京語言學院講師、人民文學出版社副編審、《當代》雜誌編輯、中國文聯出版社編審、世界華文文學雜誌社社長兼執行主編，中國作家協會臺港澳暨海外華文文學聯絡委員會委員等。

出版《白薇評傳》《自我完成自我挑戰──施叔青評傳》《回眸》《海上明月共潮生》等作家評傳評論散文類著作九本三百多萬字。主編《世界華文文學精品庫》《海外華文作家叢書》等多套叢書。

要愛生命

趙淑俠

　　前些時華文報上，最引人震動的消息，莫過於臺北一女中的兩位女學生自殺的事。這兩個女孩子有良好家庭，課業傑出，身體和生活都發展正常，唯一不同於其他時十七八歲的少年人處，是喜好哲學，愛看尼采（Nietzshe）、柏拉圖（Plato）的著作，和《少年維特之煩惱》及《浮世繪》等書籍，兩人互為知己，常常在一起討論人生問題，而一談就是幾個小時，別的同學難以插嘴。

　　從這些報導上看來，我斷定這是兩個秉性極為優秀，有思想，有悟性，沉浸於追求人生真理，而又因年紀與知識的不夠成熟，走到偏差路上的「哲學少年」。她們留下的遺書上說：「社會生存的本質不適合我們。做人是很辛苦的，每日在生活上都覺得不容易，而陷入無法自拔的自暴自棄。」

　　顯然地，他們深受尼采超人哲學，及柏拉圖精神至上學說的影響，覺得所置身的環境太庸俗，太缺乏高遠的靈性境界，心理上產生一種高處不勝寒，與一般人失去共同趣味，由於與他人無思想上的交匯之點，而衍生出難以克服的孤絕感，對人生感到深重的失望，遂選擇了放棄生命的一條路。

　　這樣的選擇當然是既荒唐又不成熟的，但亦是可悲可憫，需要我們這個社會，和周遭的成人去認真深思的。

　　尼采說悲觀主義是生命力過剩之下的產物。又說樂觀主義的人是膚淺的，但經由悲觀主義而產生的樂觀主義，則是體驗過人生憂患重新肯定的人生。一個有深度的人，當他最初接觸人生世界時，

一定會發現這是一個痛苦的世界，不免心懷悲觀的想法。如果他因此沉淪在悲觀主義裡，就將灰色頹廢。若能跳出來的話，他就會重新評估人生，充滿歡愉希望。這時的樂觀主義便不再膚淺，而是富於創造力的樂觀主義。

很多人說到尼采，都以為他是一個悲觀主義哲學家，由上面這段談話，顯示出他不是的，實際上他是一個由悲觀主義灰暗的瓶頸中鑽出來，賦予人間世界新意義的智者。

尼采本身是天才的典型，為牧師之子，五歲時父死，自幼好學，尤好深思。少年時代已崇拜古希臘文學藝術之美麗。不足二十歲時入波昂大學，修神學及古典文獻學，二十一歲時初讀悲劇主義哲學大師叔本華（Schopenhauer, 1788-1860）的作品。這個階段的尼采對生命的苦痛有深切體悟，是個百分之百的哲學少年，記載形容他憔悴枯槁、寂困孤憂，惶惶不可終日，彷彿與死亡只一線之隔。然而真正的天才必具窮究真理的毅力，年輕的尼采深思尋求改造社會，和改善人類未來的生存之路。二十五歲的年紀，便撰寫他的第一部哲學論著《悲劇的誕生》（1872年1月出版），從此走上哲學大師生涯，著作不斷，震盪著百年以來的思想世界；超越時空，連遙遠古老的中國也受其影響。

文豪歌德少年時曾對人生感到絕望，諾貝爾文學獎得主赫塞（Hesse）坦承少年時心中有不可抵禦的風暴，令他產生厭世之念。當我們翻閱許多資質超群人物的歷史時，便會發現，具有受折磨苦悶的蒼白少年期者，占了很大一部分。

少年期是浪漫的，也是由孩子變為成人，必得經過的一個階段，不僅僅生理在發育，心靈和智慧也在發育。身體急遽起了變化，精力過剩，精神上的需求便相對地也劇增，開始懂得探求人生的奧祕和對生命存在的質疑。如果沒有可信賴的人能針對這些需求，給他們合適的指引和解答，便會造成心理上產生填不滿的空

虛。許多少年人覺得自己不被瞭解,即起源於此。往往是資質愈高的少年人愈覺得不被瞭解。

事實上人生離不開哲學,生命存在的現象本身就是哲學。窮究人生本源,剖析生命存在的哲學理論,應是自然而順乎人性的事。可惜的是我們的社會和教育傳統還無此認識。施於少年人的教育,無論家庭還是學校,都是只著重將來如何求生致學的實際課題:營養要夠、身體要健康、努力讀書、對人誠懇有禮、尊敬長輩等等,可說全是偏向於物質效用的。對於那些渴求精神撫慰和指引的荏弱心靈,竟是誰也注意不到,自然更弄不清楚,這對於一個正在成長中的,特別是傾向於尋求較高生存意義、不滿足於膚淺表面層次生活方式的大孩子們,會造成多大的殺傷力。

思想和感情找不到通道宣洩會造成苦悶,積壓太多苦悶的後果是消沉。人生蒼白,失去生活興趣,悲觀情緒惡性膨脹,最後的結局是爆炸。那兩個自願結束生命的女孩子,便是依著這個模式衍生出來的犧牲品。

哲學竟是如此可怕嗎?柏拉圖、叔本華、尼采等等舉世景仰的哲學大師,豈不成了「伯仁因我而亡」的間接劊子手?難怪做父母的,一聽子女看這類哲學書,便擔上一份心思,或認為這孩子古怪、不走正道,而加以制止。

其實哲學不但不可怕,而且很深、很美,適合喜好探討人生真理的青少年閱讀,也只有哲學能供給他們心靈所需。問題的關鍵是,旁邊必得有真正具哲理修養的人,或父母或師長,給予解析、指導、修正。

歐洲許多中學內設有哲學課,供對哲學有興趣的學生進修,雖考試卻不正式記分,講授者多是校外請來的專家學者,學生們聽講之餘亦可發問。我認為這是極好的制度,值得我們效法。喜好哲學與喜好文學、美術、音樂,沒多大分別,興趣天分都始自少年時

代，中學階段應是啟蒙期。

回想我念中學時設有「公民」一課。按理說「公民」可解釋為哲學課：因為一個「公民」的先決條件必須是一個「人」，人的內容不應只是有形地過生活，也應懂得人生的哲學意義。但那時候我們學的「公民」是什麼？某偉人清晨六時起床，散步三十分鐘，每頓飯四菜一湯，生活簡樸規律……，當時我也勉強算個「哲學少年」，叔本華和尼采被我奉為神明，崇拜之至，雖說對他們深奧的學說，頂多達到一知半解的程度。那時我是多麼渴望有個導師指引，為我解困啟智，可是他的水準只能達到「四菜一湯」，怎不令人失望苦悶。

時常聽到「健康教育」、「健康生活」、「健康人生」之類的名詞。人應該活得健康絕對正確，但「健康」的標準並不是對人生的一切問題視而不見，或見了不去想不去碰，刻意躲避煩惱，或根本就將人生定位於油鹽柴米，不管精神方面的事。事實上人生不能逃避生老病死，人間充塞著種種悲苦現象，不是鴕鳥般把頭埋在沙子裡不看，就能否定其存在的。

真正健康的人生和教育，其實正如尼采所說：人應該認識人生的悲劇性，但要智慧地「跳出來」，重新評估人生，建立欣愉希望和不再膚淺，並且發揚富於創造力的樂觀主義，讓青少年認識人間悲苦，社會百態不是一件壞事。相反地，是預先給他們鍛鍊，以便未來真正地投入人生大河，和五花八門的社會大染缸時，不致慌亂迷失，受不住打擊亂了陣腳。效果猶如注射預防針。人生不過短短幾十年，生命是短促的，但也是莊嚴的。我們都不會否認，上天賜給的這個世界是美麗的。有幸來到如此美麗的世界走一遭，有機會享受親情、愛情和友情的溫暖，欣賞看不盡的青山綠水、鳥語花香，最幸運的是我們健康，四肢不殘不缺，還有個會思想的頭腦，可以學許多東西、做許多事、助許多人。這一切應是多麼地有趣、

快樂！

誠然，人間世界有不能克服的悲歡與缺點，唯任何事物都具兩面性，有得便有失，有幸便有不幸，有快樂便有悲傷，有起始便有終止，絕對的不變並不存在。無常、缺陷、庸俗，都是人間世界的本質，曠古至今，還沒有人發現真正的理想國度。哲學的功用是助人思考，讓人智慧，不是叫人絕望，逼人鑽牛角尖的。記得兒小學時有天回來說，他同班女同學英格的母親，吃安眠藥自殺死了。我聽了驚得半天說不出話來，腦子裡立刻浮現了那個中年太太的音容笑貌。

記得前幾年帶著孩子去溜冰場玩，她見我笨手笨腳地溜不好，就自動過來教我，比劃了幾招，要我如法炮製，可惜我就是不靈，是個沒有體育天分的人，東施效顰也效不出個所以然來。後來在街上也常遇到，每次她都老遠就笑咪咪地跟我打招呼，那樣活潑開朗的一個人，為什麼會對人生如此厭倦，竟忍得下心，拋下孩子，自了殘生呢？

目前世界各地的自殺率似乎有增無減，做母親的人，丟下幼兒求精神解脫的例子也不算很新鮮，我的一個寫文章的女友，就曾丟下兩個七八歲的孩子，從四層樓上縱身而下，把自己的性命結束了。

這些人都是因為活得太痛苦，不勝負擔，無力繼續活下去了嗎？其實既生而為人，就沒辦法脫離痛苦。所謂人生不如意事十之八九，能夠快樂得像活神仙一樣，永遠樂陶陶的人到底不多。號稱全球生活水準最高、人民享有自由最多的瑞典，竟是自殺率最高的國家之一，不是令人費解嗎？

愛生命、求生存、厭惡死亡，我想是正常人的通性。人怕死，並不一定是怕「死」的本身，而是因為更愛活著的一切，特別是對自己心愛的人，總有一份難以捨棄的眷戀。能夠用自己的手結束自

己生命的人，明顯地表現出他對人世欠缺熱情，對他所愛的人愛得不夠深、不夠切。我常常想，一個母親，不管她活得痛苦到什麼程度，都會咬著牙活下去，為了她用整個生命愛著的孩子，她可以忍受比死更痛苦的活。因此很難瞭解，那些自求解脫的母親，是在一種什麼樣冷酷的心態之下，拋棄她的孩子的。

生命是可愛的，儘管它常常不能避免痛苦。這世界也是美麗的，雖然也有那麼多的缺陷，真正懂得人生的人，必能洞徹人生，並能勇敢地面對，也必會尊重生命。瞭解一個生命的存在不是獨立現象，而是與許許多多生命相連，負有許許多多責任的。嚴格地說，自殺是逃避行為，表示對人間的愛不夠，責任感也不夠，多少有些流於自私。

對於兩個輕捨生命的女孩，我不忍苛責，有的只是感歎與同情，要怪只能怪社會為何如此庸俗，教育的方式為何這樣刻板，使得兩個狂熱追求精神境的年輕人，投訴無門，孤獨絕望之際走上錯誤的路。

我想我們的社會、家庭、學校都要反省，要試著去瞭解自己的年輕人。至少能讓他們知道：他們並不孤單。世界上每個角落，都有面臨精神困境的人，解決的方法是用智慧和定力找出一條路，而不是毀滅。

宇宙間一切的存在現象都是有意義的，人乃萬物之靈，生命何等莊嚴尊貴，生而為人是幸運的事，不論面臨什麼樣的痛苦，對生命都應存敬重之心。敬重生命，是探討人生哲理的基本態度。

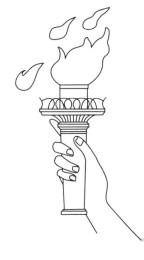

趙淑俠

【作家簡介】

　　趙淑俠，生於北平。1949年隨父母到臺灣，1960年赴歐洲，原任美術設計師，1970年代開始專業寫作。著長短篇小說和散文作品四十種，計五百萬字。其中長篇小說《賽金花》及《落第》拍成電視連續劇。

　　1980年獲臺灣中國文藝協會小說創作獎，1991年獲中山文藝小說創作獎。2008年獲世界華文作家協會終身成就獎。1991年，「歐洲華文作家協會」經過她一年餘的奔走籌畫，在法國巴黎成立。為歐洲第一個華文文學團體。趙淑俠為首任會長，至今仍是永久榮譽會長。2002年至2006年，趙淑俠為「海外華文女作家協會」副會長、會長。

　　趙淑俠出版三本德語著作。曾為瑞士全國作家協會、德國作家協會，及國際筆會會員。中國大陸於1983年開始出版趙淑俠作品，受到好評，並被聘為人民大學、浙江大學、華中師範大學、南昌大學、黑龍江大學及鄭州大學等院校的客座教授。

去尋白馬酒吧

王渝

　　上個星期天，氣溫突然上升，春意盎然。這時奇逢來了電話，問我有沒有興趣出去逛逛。我問去哪裡。他說好地方，等下跟我說，叫我去樓下等他來接。

　　其實，我怕奇逢開車說話，一說話他準定迷路。可是我又盼望快快解開謎底。我上車坐好，他的話匣子就打開了：「我們去曼哈頓西村的白馬酒吧。」他不喝酒，怎麼專程要去白馬酒吧？這個白馬酒吧裡面必然有故事。

　　果然，他真的是要到這個酒吧裡面去尋找故事。這陣子他和王鼎鈞先生正為臺灣一家報紙寫專欄。很別致的專欄，同一主題，由兩人各抒己見。他告訴我這家酒吧歷史悠久，一直是詩人作家喜愛聚集之所，例如失落一代的詩人和作家諾曼・梅勒和諾貝爾獎得主搖滾樂手鮑勃・狄倫等等。威爾斯詩人狄蘭・托馬斯來紐約朗誦，更是這裡的常客。1953年11月初接近黎明之際，狄蘭・托馬斯從這裡回到住處，誇口說他破了紀錄，喝乾了十八瓶威士忌，然後昏迷不醒，送到醫院，回天乏術，結束了三十九歲的生命。

　　西村的景觀令我眼睛發熱，視覺模糊，流出的淚水流進口罩浸濕臉頰。我像是穿越了時間隧道，回到了從前，回到了我熟悉的西村。街上熙熙攘攘的行人除了臉上多了口罩，一切如常：腳步輕盈，全身上下抖動著歡愉。酒吧、餐館、咖啡廳都坐滿了人。我們很快找到白馬酒吧，門口排了長龍。帶領顧客的女士說要先登記，恐怕得等一小時才能有位子。我們沒耐心等，要求女士讓我們進去

參觀一圈，她答應了而且帶領我們觀看。裡面很寬敞，但是座位之間保留安全距離，坐不了許多人。面對牆上掛著的狄蘭・托馬斯照片，奇逢佇立而觀。我則想起了舅舅巫寧坤。

　　巫寧坤是著名的翻譯家，他喜愛狄蘭・托馬斯的詩作，翻譯了五首。著名詩歌翻譯家黃燦爛稱道巫寧坤的翻譯「字字緊扣，準確無誤，連節奏也移植過來了」。走出白馬酒吧，黃昏最後的一抹陽光還徘徊流連著不捨得就此離去。我想起這是狄蘭・托馬斯最後逗留的酒吧，想起了他的詩，想起了巫寧坤翻譯的那首〈不要溫和地走進那個良夜〉中的句子：

> 不要溫和地走進那個良夜，
> 老年應當在日暮時燃燒咆哮；
> 怒斥，怒斥光明的消逝。

2021年3月寫於紐約

王渝

【作家簡介】

　　王渝，1973年在臺灣創辦《兒童月刊》，鼓勵兒童創作，特別是對兒童詩的提倡。1975年至1989年，擔任紐約《美洲華僑日報》副刊主編。從1991年至2011年擔任海外發行的文學刊物《今天》的編輯工作。

　　多年來曾為香港「三聯書店」、「上海文藝出版社」編輯詩選、微型小說以及留學生小說的選集。翻譯則有《古希臘神話英雄傳》（*Greek Gods and Heroes, by Robert Graves*）。2009年開始為香港《大公報》寫小專欄。2017年出版小品《碰上的緣分》（大象出版社），2017年出版詩集《我愛紐約》。

走入狼的王國
──大小說之《狼圖騰》

趙淑敏

　　世界華文作協紐約分會的「文薈」教室開辦了文學欣賞班。忝在自詡的文化義工，應召開課時，便知這是一個擬將文學推向華人社區、豐富華人大眾精神生活的實驗，所以完全是白老鼠的心態。客觀方面，我無能為力；主觀的部分，則自我要求以如履薄冰的心情挑戰自己，做好應承下來的工作；其實也很沒出息，離開講堂已好幾年，多少有點想念。

　　三位同仁推出的課都屬古典範疇。思考之後，忖量總要有人擔任現代文學的部分，於是選了一個很多人不解的題目「大小說，大河小說」，而所指定閱讀選本是姜戎的《狼圖騰》與東方白的《浪淘沙》。說來慚愧，《浪淘沙》因為公共圖書館沒有那麼多藏書，六十三個分館三十一個有中文書籍，也借不來足夠的學員用書，最後只落得由我單絃獨奏，完全無法討論，心裡不免有些挫折感。《狼圖騰》遂成了唯一閱讀欣賞的選材。

　　有人不知大河小說是何物，還以為是臺灣本土作家發明出來的名目；這些作家本人也不接受這誤認，他們說在西洋文學裡原有Novel Stream之謂，如《戰爭與和平》者然。我個人的詮釋，乃圂大海之水濯我心胸的潑瀾，構成震盪生命的小說，把歷史長河裡的支流與時代思潮裡的浪濤匯融到作品裡。「大小說」這個名稱倒純是我自創的；來到前幾個月我才知道，吾道不孤，正像前些年已有「大散文」的流行。不管多少人對余秋雨解釋歷史有些意見；夏堅

勇偶然在觀察史事有照顧不到的時候，會為他覺得可惜，然而那樣的胸懷與眼界，不再僅是描花繪草、情歡悲詠，把一腔的真情、真知、真領悟用大筆法縱心播放，給散文拓展出大天地，讀者感到喜悅歡迎是應該的。小說當然也該有這樣的作品。《狼圖騰》有這樣的境界，在「人的藝術」談人跟人之間的問題之外，把小說的穹蒼拓展得更廣更高，作者姜戎觀照的是狼與天、天與人、人與狼之間的關係、感應與互動。

　　「大小說」與「大河小說」其實二而一也，只是大河小說在臺灣某些作家的筆下常常著重於與臺灣歷史的連宗，彷彿反把大河小說定了型。若讓我選一個名稱，我願意用「大小說」概括一切，約定俗成的所謂大河小說應該是包括在大小說中的一型。大小說與一般常見習言的社會小說、身邊小說、情懷小說、鄉土小說、譴責小說、推理小說、抗議小說、戰爭小說等的不同，是大在格局的、氣勢的、題材的、篇幅的、筆法的、架構的、視野的、思維的、意識反射的。有些小說家不是沒有心，而是不願花那多心力去經營，或者禁不起那樣的折磨；或者真的只能細繪小品，不擅巨筆潑墨。《狼圖騰》除了將場景由一般的鄉村或都市拉向了大草原，在氣勢與格局上也讓讀者走出了門，跳出了窗，翻出了牆，奔出了街廓，越過了尋常山水，跑向難見邊緣的大世界，立刻天寬地闊起來。

　　作者以全知觀點構造這本書，所以他不但可以進入人心，也可以進入狼心。寫到人狼大戰的時候，筆鋒有如飛奔的「兒馬子」那有力的馬尾飆風於原野，力道萬鈞；描寫知青陳陣對「小狼」的付出，又像用錯方法溺愛兒子的父親，細緻溫馨。在文字上沒有故做「文藝」之調，完全自然書寫，但是可能為了強調作者的理念，無論敘述或描寫，常有過於感情用事的筆觸，讓讀者會皺起眉頭疑惑地尋思。結構上除了倒敘追敘的基本形式，未如時下許多新銳作家的故意挑戰傳統，標新立異。但是最後另加上一個〈理性挖掘——

關於狼圖騰的講座與對話〉附之在外的尾巴。其實，大可以用小說技巧將思想之精髓放到書中去。

　　本書展出了很多作者理念的基調，如：萬物平等，草原的主角之一的狼族與人群的生存權利是平等的；人有人性，狼有狼性，應該獲得同樣的尊重，各保有自己的生活空間和生活方式，以求草原生態的平衡。草原自有草原邏輯，該依世代承傳留下來的游牧民族的生存之道，在自然平衡的原則下，過最適合牧民的生活。草原民族逐草場而居，牛羊是財產的指標，牛羊靠草場生長繁衍；人靠「手把肉」養命，所以對於草場保護是保大命，必須遷場以保草、養草，保大命優先於保小命。不管是人還是狼，都要遵守草原的自然法則生存，草原人的時序是清明接羔，盛夏剪毛，中秋打草，初冬宰羊。敬畏「騰格里」，天葬，吃肉還肉。更強烈批評中國人失去了狼性，以龍為圖騰，人變得羊性，變成挨打退縮的懦弱民族風格。中國人最強的時候是狼圖騰的草原民族當家的時候，因此論斷，農耕的生產制度是弱國弱民的重要根源。作者除了反覆舉久遠的歷史，更以日本侵華的歷史為例。這一點便是崇狼太甚，過於感情用事之處。是把事情看得太單純的想法，實際上解讀歷史不但要透析因果，還須瞭解背景與客觀形勢，「狼子兵法」策畫一場戰役可能有效，要操控牽扯甚廣錯綜複雜的全局，那可不一定啊！

　　細筆描繪了主要的人物，這「人物」是小說要素的定義，不只是兩腿站立的萬物之靈，包括狼王、狼媽媽、狼將軍、狼部隊；作者頂瞧不上的常為草原大害的黃羊；最雄壯威武統治馬群的「兒馬子」和他的馬家族；羊的守護者野性十足的家犬等等。點出來的這些主角與大小配角，都各有其貌，各有其性，鮮活生動。比如狼王思考戰略的多智；執行戰術時的堅毅；指揮作戰時，知善用天時地利條件，按「狼子兵法」靈活利用，而最後在槍彈下犧牲仍是莊嚴壯烈的。至於那第一狼主角「小狼」短短的一生，享盡了人的寵

愛，雖因離群而失去某些狼能，卻不改狼心狼性，不但證明了狼是不受豢養的也是不該豢養的。在人狼互鬥的過程中把草原生活與草原思維呈現在大舞臺上，讓讀者大開眼界。

確然！書裡面，人沒有狼重要，故事也不新鮮。四名北京的高中學生，三個屬「黑幫走資派」或「反動學術權威」的子弟，對當時那些激進無知的紅衛兵非常反感，因而在1967年初冬結伴到草原「尋求寧靜的生活」。事實上，是一種遠離暴風中心避禍的聰明選擇。他們是陳陣、楊克、高建中、張繼原，陳、楊二人是羊倌，高建中是牛倌，張繼原是技術性最高的馬倌。他們在適應、學習、融入草原生活的過程中，以牧民為導師，尤其是如草原百科全書的畢利格老人。畢利格老人家祖孫三代，都把陳陣當作家人一樣看待；另一位教頭是狼專家與草原專家的場長烏力吉。知青向蒙古牧民學習，如何跟狼、羊、馬、牛、蚊子、老鼠、旱獺共據天地，日子過得既艱苦又快樂，既驚心動魄又平凡俗常，一年又一年，讀透了草原書，由菜鳥變成融入的一分子。只是陳陣執拗地在掏了狼崽兒窩後，硬違反所有人的意願養狼（包括那小狼自己），致矛盾摩擦不斷──小狼與陳陣、陳陣與牧民、領導權威與草原人、草原蒙民與東北蒙族。結果把失去狼牙「武器」和自由的憤怒小狼，養成不是家畜又非野獸瘋狂自殘的動物，最後還是陳陣親自下手，送牠解脫去見騰格里的。布置的許多衝突與高潮，都是這部小說之所需要，卻是大多數讀者從未接觸過的題材與素材。

雖然《狼圖騰》的時空現場放在1967年至1975年，皆是在文化大革命的時期，卻因蒙古草原位處邊緣地帶，天高帝遠，沒有荒謬恐怖的文鬥武鬥，對此姜戎也著墨不多。但是仍有那外行領導內行，強不知為知，自以為是的人物逞威弄權。成熟的作家都會用巧筆，一兩句話就能顯現人物的個性和神態。作者創造了一個解放軍代表包順貴，做派有太上皇的架勢，他的口頭禪是：「誰再……我

就辦他的學習班！」在這個緊箍咒的威脅下，誰都乖了。沒經過「學習班」洗禮的人實在弄不明白那到底有多可怕，但見誰都肯服軟，陳陣低頭，烏力吉低頭，最受尊敬的畢利格老人低頭，全都低頭，大家都屈從了錯誤的政策。於是三十年後陳陣和楊克重訪故地，所見到的乃是沙化的額倫草原，狼殺光了，天葬沒了，草原沒了，一切都改變了。作者沒用心痛形容，卻讓讀者感到的是比心痛還要痛，好像哪兒都痛！

這部書並非完美，所持「理論」有很多處值得商榷，但仍是一部可讀性很高的書。於小說藝術之外，還能引動思辨和討論，啟迪心智與思考。首屆曼氏亞洲文學獎頒給了《狼圖騰》，是當得的。至少，要肯定姜戎先生的胸襟、氣派與筆的力道。

趙淑敏

【作家簡介】

趙淑敏，退休前為臺灣東吳大學專任教授，並曾為實踐、輔仁、政大兼任教授，及大陸五大學客座教授。生於北平，快樂童年在重慶，行過中國大地半壁河山後，飄洋過海，成長、安家於臺灣。

寫小說、散文、劇本等。曾以魯艾之筆名最多同時有四五專欄，使喪德者披靡。十五歲起偶然以投稿賺取零用錢，1961起以寫作為正式副業。1979年獲中興文藝獎散文獎，1986以長篇小說《松花江的浪》獲文藝協會獎章小說獎，1988再由《中央日報》推薦獲國家文藝獎。另散文〈落日〉曾獲大陸《芒種》雜誌散文年度獎。學術論著於專書《中國海關史》外有論文十餘篇。文學作品有小說集《歸根》《高處不勝寒》《離人心上秋》《驚夢》散文集《採菊東籬下》《乘著歌聲的翅膀》《在紐約的角落》《終站之前》等共二十六書。

探險，生命綻放的花朵

周勵

2016年7月1日北極圈東區時間23:45，我們乘坐的俄羅斯「50年勝利號」拉響了抵達北緯90度的汽笛，我和全體遊客湧到甲板，開香檳酒，激動歡呼這一刻終於到來！

從人類文明踏上北極白色冰原之初，北極的靜謐、神祕和隱祕就牽動著全球探險家的心，一輩又一輩的勇士用激情、智慧乃至生命譜寫了一部北極探險史詩，這是四個世紀的人類追求。

6月28日，北緯77度，穿越巴倫支海，大家站在船頭，深深緬懷16世紀荷蘭探險家威廉・巴倫支（Willem Barents, 1550-1597），他一生致力於開拓北冰洋東北航道，1596年發現熊島，他是人類第一個抵達北緯77度約瑟夫島的歐洲勇士！返回荷蘭途中，他因飢寒交迫不幸殉難，三百年後人們發現巴倫支過冬的洞穴及他的北極航海手繪圖及死亡日記。人類跨越千年北極探險史可歌可泣！從巴倫支（荷蘭）、佛蘭克林（英國）、安德列（瑞典）、南森（挪威）至阿蒙森（挪威），幾代探險家前仆後繼，付出寶貴生命。

1895年挪威科學家南森歷經兩年，命懸一線抵達北緯86度，得出結論：北極是被陸地包圍的北冰洋！1909年美國探險家皮爾將國旗插上北緯90度北極點；20世紀抵達北極點還有挪威阿蒙森、美國飛行員柏德（Byrd），特別令人欽佩的是休・約翰博士本人的岳父——W・巴伯特，率領四人步行十六個月，於1969年穿越北冰洋抵達北極點，成為英國家喻戶曉的探險英雄。在航海科技高度發達的今天，我們能到北極追尋先驅們的足跡，真幸運！

在北緯82度，遇見第一隻北極熊，全船沸騰。破冰船悄悄移近這頭可愛肥碩的公熊，牠似乎毫不在意。北緯83度又見剛獵食海豹的北極熊帶著一對小寶貝嬉戲玩耍，其中一頭小公熊突然跑到我們船頭，站起身好奇地望著我們，純美可愛，如夢如幻。那一瞬間，心醉了，北極，一個冰雪奇緣的童話世界！此次北極點之旅共遇見十一頭北極熊，包括四隻可愛的熊寶寶。不由聯想中國極地科考領軍人物秦大河、楊惠根博士擔任顧問的央視紀錄片《北極，北極！》講述北極冰蓋正大面積縮小，北極熊數量也逐年減少，地球暖化不僅威脅北極熊生存，更威脅人類的未來。

北極雖然不像南極那樣夢幻唯美，卻更顯大氣磅礴。站在「50年勝利號」核動力破冰船頭，凝望北冰洋厚層冰蓋被船頭轟隆切割，冰崩地裂，驚心動魄，猶如白色荒漠盤古開天，萬年巨鯨突然被利刀挑出海面，翡翠翻滾層層疊疊。

從2012年至2016年，我四次參加南北極探險。2012年在南極半島「銀海號」巧遇香港的唐英年先生，每天坐衝鋒艇巡遊登島，與冰山企鵝朝夕相處。唐英年先生對我講：「財富和名利都是過眼雲煙，唯大自然的純美與神奇令人刻骨銘心，滿懷敬畏。」

抵達北極點後，我和團友們在白雪冰原自豪地展示五星紅旗，然後參加船方組織的北緯90度跳海冰泳活動，十幾位各國遊客報名，我是其中一個。2013年我在北緯81度斯瓦爾巴群島零度北冰洋冰泳過，海水苦鹹，冰寒刺骨，那次我是唯一跳海的中國人，體會到「泰坦尼克號」遇難者生命的最後瞬間。這次北極點冰泳更讓我激動，我想到了俄羅斯在北極點以下四千二百六十一米，即我將跳下的海底，插上了一面能保存一百年的一米高鈦合金國旗，2007年俄羅斯的這一舉動引爆北極爭奪戰，全世界四分之一的石油和天然氣蘊藏在北極地區的海底，中國北極科考從那時起即異軍突起，目前已在國際北極事務中擔任重要角色。

　　「見證競爭，親歷歷史！」這是我當時的念頭，跳入冰海，瞬即滅頂，渾身感到被冰碴包圍箍壓，刺骨疼痛，但我還是向前方冰海游了一些。在北冰洋零下1.5攝氏度浸泡十分鐘即足以喪命。游泳時，我的泳帽被浪花捲走，為了環保，我幾次試圖游去抓回，竟成了全船十幾位跳水者冰泳時間最長的一個。

　　冰泳之後，是北極點冰蓋長途徒步。行走在堅冰覆蓋的深邃海洋，步履維艱，有時連雪靴都拔不出來。探險家們為抵達北極點常要走上幾個月甚至一兩年，重踏他們的步履，感受他們的勇氣，這才是名副其實的探險之旅。

　　探險，生命綻放的花朵！回到紐約，朋友們紛紛問我有何感想？我在微信發了「我的北極點感言」：為什麼要去北極點？與生俱來的好奇心？對一切與物質無關的事物充滿興趣？也許，一個人最大的財富，是血液裡創新的激情；是心靈與歷史人物的對話；是讀萬卷書、行走天下的勇氣與理想。

周勵

【作家簡介】

周勵，美籍華人作家。生於上海，1969年赴北大荒兵團，1972年上大學醫科，1985年赴紐約州立大學讀MBA，1986年創業經商。1992年發表自傳體小說《曼哈頓的中國女人》，銷售一百六十萬冊，該書獲十月文學獎和中國首屆「中山杯」華僑文學獎等，被評為1990年代最具影響力的文學作品之一。

2006年出版紀實文集《曼哈頓情商》，為曼哈頓三部曲之二。近期發表《南極追夢》《穿越百年，行走南北極》《極光照耀雪龍英雄》《攀登馬特洪峰》《生命的奇異恩典》《飄逝的最後爐香──與夏志清談張愛玲》等。2020年發表曼哈頓三部曲之三《親吻世界──曼哈頓手記》。2006年、2011年為中國作家協會代表大會的海外特邀嘉賓。擔任「紐約美華文學藝術之友聯誼會」會長。

顧月華篇

顧月華

【作家簡介】

　　顧月華，出生於上海，上海戲劇學院舞臺美術系學士。

　　1980年代移居美國，主要作品：散文集《半張信箋》《走出前世》《依花煨酒》；傳記文學《上戲情緣》等。作品入選主要文集如《採玉華章》《芳草萋萋》《世界美如斯》《雙城記》《食緣》《花旗夢》《紐約客閒話》《紐約風情》《絲路之旅》《情與美的絃音》等二十餘種，獲各種獎項二十餘項。海外華文女作家協會終身會員，紐約北美中文作家協會終身會員，紐約華文女作家協會終身名譽會長。極光文學系列講座策畫者與創辦人。

　　她一手作畫，一手寫作，豐富的人生閱歷及命運，使她的文學與繪畫創作中兼具瑰麗的色彩及時代的滄桑。

我與副刊的前世今生

在不斷捨離行動的頻頻進行中，陳舊的、過時的、無用的物件被無情地請了出去。

忽然，一大疊泛黃的副刊報紙，一大堆各種雜誌在書櫃、在書桌大抽屜裡入我眼簾。家中萬物，包括多年珍藏細軟，有哪一件東西，可以與它相比？在鮮亮的世界裡，它是陳舊的、有點破損的、髒兮兮的一堆東西，但是它們對於我來說，它是無價之寶。它們是有生命的，有靈魂的。如果拿人來比，它們是祖宗。我一生辛苦賺的錢，都拿來養我寫作，換取幾張副刊報紙，小心供著。它們是糟糠結髮，天長地久不離不棄；它們是手足好友，一日不見則如隔三秋。

1982年我到達紐約，自從我的文章在各大報紙的文化副刊現身以後，從海外書報雜誌上靈魂相會過的人們，也一個個走進我的生活，也可以說，我走進了世界上最高級的文學殿堂，與各個文化領域的領軍人物，開始了頻繁來往與交流。

先認識臺灣畫家姚慶章，他充滿熱情和活力，很快把我引領進紐約文藝協會，我加入後，與紐約的唐德剛、夏志清、董鼎山、叢甦、王渝、林緝光、李茂宗等都成了朋友。

我們常常宴請中國大陸及臺港來客，於是也跟柏楊、張香華、陳英德、王蒙、劉心武、謝晉、徐遲、吳祖光、阿城、陳映真、戴晴等都有幸共進午餐。

我是其中很年輕的一名闖入者，平心而論，我何德何能，竟與他們平起平坐，而每個人對大陸來的我都寵愛有加。我有了人人平等的待遇，也有了自己的真正價值。

跟這些大師會面，聆聽各種高見，製造有社會影響的事件，跟歷史同桌而餐，這事件頻繁地發生在一月一次的固定餐會中。

幸運的我在一次看京劇時遇到了趙淑俠，她的出現使紐約文壇繁榮興旺，一如她熱情扶持了歐洲作家協會一樣。2005年，她帶我進入海外華文女作家協會，自此，我好像靈魂有了歸屬，在全世界每個角落有了更多的朋友，藉著文字，在空中交流著我們的思想。在這同時，我從報紙副刊上又交了許多令我神往的朋友，在讀到許多令我震撼的好文時，心中便刻下了他們的名字，甚至開始揣想他們的模樣。

在這些伯樂中曾經出現一位大作家，當他1983年從國際寫作中心培訓結束後，1984年來紐約大學進修文學。他像一個西方的大學生，瀟灑隨和、謙虛親切，可是每個人都尊崇他有學問，朋友告訴我他是潘耀明，香港來的大作家。

大人物總是不經意地出現在我的生活中，慚愧的是我卻基本不認識生命中出現的大人物，所以我用平常心同每個日後發現是大師的人相處。人們告訴我潘耀明的筆名是「彥火」時，用了更加神聖的讚賞口氣，可是我沒有看過彥火的書，我剛從大陸出來不久，後來才知道他的筆下匯總了中國所有大作家，只是離我的人間煙火太遙遠了。

彥火平易近人的學子風度，使我無法想像他的實際高度，他雖然比我年輕，看過我幾篇文章後，卻直接用導師口吻對我說話，認為我有寫作能力，但功底不足，希望我堅持下去。同時因為他是書評家，不時地給我幾本書，讓我寫副刊的書評。寫書評要看完一本書才得一篇稿子，每週交一篇，心中不大意，卻不敢拒絕他，也因此讓我完成了多篇書評。

後來在《憶鄉坊》文學青年中認識了一群熱愛文藝、喜歡用中文母語寫作的朋友。由於自己也是在美國職場做到退休才離開，心

中很有親切感，頓時生起要把這群聰慧、勤奮、進取心強、雙語能力強的女子攏在一起，共同學習交流，向全球的中文寫作隊伍靠攏。

我預感，這群人如果團結起來，凝聚成一股力量，必是一股高質量的清流及新血。

在中文書寫的隊伍裡，我希望這些女子能拓寬視野，走在時代的前端。

我們終於成立了「紐約華文女作家協會」，凝聚了愈來愈多的優秀女子，出版書籍，發表文章，斬獲各類文學獎。現在我們在《新州週報》《三州新聞》上開闢一方園地（新州週報與三州新聞是同一份報紙，發放到其他州時加上了幾頁紐約新聞版面，文藝版是相同的版面。），把我們會員的作品一一呈現給大家，它們就像星星像火花，將在美東的上空，閃耀成一個美麗的花園。

告別遠行的藍藍

　　2020年3月27日下午四點多鐘，《疫情中的紐約人》抗疫日記還沒有出現。

　　我給紐約藍藍的微信留言：等著看你的日記呢，什麼時候發表？晚飯後，我再去搜尋，便搜來了晴天霹靂的噩耗。有人傳上一條發生在新澤西的車禍消息，說與藍藍的名字一樣，希望只是同名，不是藍藍真的出了車禍。英文新聞稱：星期五上午，當張蘭正穿過布魯斯雷諾茲大道向北時，一輛2005年福特箱型車從雷蒙大道南向左轉，撞上了她。後來從她母親的敘述中獲知，當時這輛車把她撞出了十幾米遠，後腦勺著地，當場斃命。

　　新冠病毒在世界上肆意妄為了六十多天，從中國到美國，我沒有哭過，而當藍藍不幸罹難的消息被證實後，我開始嚎啕大哭。

　　每一個認識她的人，對她都是讚美與痛惜。她的人格魅力，是值得我們學習及紀念的。

　　多年前，我在網上發表的幾篇文章被《憶鄉坊》公眾號看中，群主張蘭（紐約藍藍）親自與我聯絡，讓我給她們發稿。我的文章很女性，寫上海灘幾十年前發生過的事情。接觸中知道她們這些年輕女子，喜歡看老上海老女人的故事。不久，藍藍便約我見面，地點在曼哈頓的綠楊村。

　　藍藍非常美，穿著性感而得體，使人總是禁不住地看向她。這顯然與她深諳藝術設計，懂得美的法則有關。只見她帶領的這群面目姣好、衣著入時的女性白領，乾淨利落，與我上班的同事們很相像，與紐約的文人卻不像，我很快嗅出了清新的氣息。終於在2016年，以這些白領麗人為基礎，我發起創辦了「紐約華文女作家

協會」，藍藍任第一屆副會長兼財務長，她還為協會設計了會標
（Logo）。

　　然而，藍藍的藝術細胞是豐富多彩的，她出生於藝術世家。
她父親張以玉是一位油畫家，屬於很有才情的男人，藍藍在一篇寫
父親的文章中寫道：「我以為寫父親不必等到父親節或是清明節。
比如這樣一個多雲灰暗的秋天就是一個寫父親的好日子。我沒有太
多傷感，也沒有淚流滿面，任憑關於父親的回憶點點滴滴地漫入心
頭。」

　　在2001年，張蘭來美國的第七年，算是安居樂業了，她便邀請
父親來美國小住一年。那一年父親也正好退休，便隨張蘭到達美
國。但是父親不捨得用五美金一支的顏料，甚至忍不住去收破爛。
每次被藍藍扔出去的包裝盒，他都要撿回來仔細看看能不能用來畫
畫。他撿過煙盒，用過舊日曆，從不放過任何一張可以作畫的紙
頭。日久天長，「見紙便留」就成了習慣。

　　「就在這些包裝盒製成的油畫紙上，我的父親畫出了一批讓
人驚訝的作品，他在美國期間的這批作品，風格突然有了極大的轉
變，他不再走蘇派的寫實路線，而是有意踏平了這個三維世界。他
任性地揮霍著爛漫的色彩，好像沒有任何限制。他終於無拘無束地
畫出了自己想要表達的世界，他終於釋放了自己監禁已久的靈魂。
我終於對父親刮目相看，但是我並不清楚是什麼引發了他在藝術上
的突破，我以為只是美國的異域風光讓他獲得了靈感。

　　「這一年因為他的薰陶，我的大女兒也開始著迷畫畫，如今
她已經大學畢業，成為一個比我優秀的藝術家，完成了父親在我身
上未能實現的夙願……。我毫不懷疑我有一天會重新回歸藝術的世
界，這一切都是父親在幾十年前種下的種子。也許這就是我向父親
致敬的一種方式。」

　　而她的母親黃女士比藍藍在博客上更加出名，藍藍恰到好處地

承繼了父母熱辣辣、自然樸實的做派，活成親切、熱情的鄰家女孩模樣。

藍藍本科畢業於蘇州大學藝術學院，獲密蘇里大學電子媒體設計碩士學位。此後在美為多家財富一百強公司擔任界面設計師。

紐約藍藍又是新浪著名博主，是微信文學帳號《憶鄉坊文學城》創始人和編輯之一。她最近一篇小說《一塊紅布》被香港文學選中，也在文綜上發表過散文。藍藍的散文集《紐約地鐵的一百個瞬間》，記錄了地鐵上一百個紐約人的動態，已完成編輯即將問世。我們會在紐約法拉盛圖書館為她舉辦新書發布會，以此向天上的藍藍致敬。

藍藍也寫過多篇關於美國教育的文章，特別是關於藝術教育的文章，影響深遠。她的多才多藝使她在現代藝術方面獨具慧眼，為幫助年輕畫家有展示的機會，她在近年策畫了一系列頗具影響力的畫展和藝術活動，並撰寫多篇關於中國當代藝術的藝術評論。參加她策展的畫廊開幕式活動，大有眼花繚亂之感。

2019年6月29日，藍藍發起策畫了紐約女作協和北美作家協會的聯誼活動，活動地點在曼哈頓一家待售的頂層豪華公寓。那次聚會非常成功，文友作家們交談甚歡，幾位年輕的藝術家們還藉此展示了他們精彩的作品。受我們崇敬的作家出席了我們的活動，大家度過了一個非常愉快的下午。她本人的出色成績，使我決定把今年優秀會員獎頒給她。替她買了一件紅色的繡花棉襖，她一看照片便連連說喜歡，但是因為疫情的關係，我從中國回來後沒有機會見面，想不到會從此天人睽違。

新冠肺炎的疫情在紐約蔓延後，張蘭通過微信公眾號以日記的形式，記錄紐約真實的抗疫情況。從3月6日起，堅持寫到她生命結束的前兩天。她說不能把地盤讓給謠言，要讓世人瞭解疫情中的紐約人的真實生活。她對友人說，聽說華盛頓特區和武漢櫻花都開

了，等疫情過後我們再聊。那位友人正在治療康復中，在足不出戶的家裡，靠著讀藍藍日記而知天下。

藍藍留在世界上的這幾篇日記寫得不卑不亢、不左不右，毫無矯揉造作，從國事、家事、天下事說起，無論總統、州長還是家裡那位好好先生，她都用自己特有的語言去描述，不偏不倚，也不避打情罵俏之嫌，天馬行空想到哪說到哪，讓人讀得暢快淋漓，甚至在風格的展示中，讓人耳目一新──原來寫總統與州長可以這麼寫。

她每次寫完國事便寫家事，使日記不失記錄個人生活的真實意義。她家總是先說老二，一個正在上普林斯頓「高級網課」的大學生。還有將要做新娘的老大，甚至過早地在網上公開了她的婚紗禮服。

3月27日的日曆終於翻過去了一頁，只是這一天，紐約還在，卻再也沒「藍藍日記」。但人們會記住，在疫情氾濫的世界裡，曾經有一位中國女子，寫出了最精彩的紐約日記。

藍藍曾經說：「早上醒來發現做的夢都是白宮新聞發布會，看來病毒已經侵入我的腦子了。」今天3月28日，我依然是在椎心之痛中醒來，一醒來想到藍藍這句話，似乎她已離開我們很久了，覺得這個世界有一個角落是空的。

天陰沉沉的，下了一天雨，友人轉來深愛藍藍、如影隨形陪伴她的丈夫老麥，於午夜在微信上寫下的這封信：「親愛的朋友們，2020年3月27日，那個我遇到十五分鐘後，就要她嫁給我的女人，在離家十五分鐘後因車禍去世。她為我們的孩子們和所有朋友帶來了快樂和幸福。蘭是一個非凡的母親、朋友、情人、商業夥伴、藝術家、作家，也是我們基金會的慈善家。因為病毒大流行，我將無法給予或接受我們之間的最後一吻和擁抱，因為疫情已將這些從我、我的孩子們以及我親愛的岳母那裡偷走。」

藍藍的母親黃德瑩發表了一條微信：女兒昨晚沒有回來，我相信這一次她真的是遠行了。

藍藍，我的姐妹，我親愛的朋友，你留下的信息會照亮人間。

願你的靈魂安息，願上天保佑愛護你的親人。

2021年3月28日於紐約

作者與紐約藍藍合影

兩串手珠

　　今年大凶，有說劉伯溫早有預言，豬、鼠年間有大瘟疫，有說西方有書斷言，2020年全球受災，果然，一個多月來，文友噩耗不絕。5月2日，驚悉海鷗仙逝，非常悲痛，又是一位北美文壇真誠的友人離我們而去。她一直體弱多病，卻有一種倔強不屈的精神。我跟她認識很久了，她對每一個人都很恭敬多禮，從不吝嗇她的讚美，甚至會給有威望的前輩們寫詩讚美，這種性格使她很快能夠交到不少朋友。但是這優點恰是我的短處，我非但不能如此合群，對人殷勤多禮，甚至對海鷗反而起了些抗拒，從不主動地與她多溝通交流。

　　在多次的文化沙龍聚會中，海鷗漸漸樹立了她的形象，尤其是她能朗讀，其聲音之柔美、語速的平和都無瑕可擊，竟然如朗讀權威，終由她發揮到極致。我也相當地喜歡和欣賞。

　　她曾經送給我一本詩集，翻閱之後，並未激起我的感覺，因此我見了她也不曾提及詩集帶給我的感想或者對她哪怕稍微的讚美幾句。

　　有一年我從中國回來前，趙淑敏姐便很鄭重地告訴我，海鷗出了一本書《藍星夢》，要我一定交給你，我已經答應她一定轉交。

　　回紐約當然是第一頓飯與趙氏姐妹們聚，幾個月不見，她們終是早早地與我約好了。我於是就拿到了海鷗的書。

　　我的規矩是任何人送我的書，一定要讀完它。所以一年到頭要讀不少的書。翻開海鷗的自傳體小說《藍星夢》，立即破了我的先入為主的功。我以為她小說裡面的故事也許精彩，也許枯燥乏味，也就是她的一生吧，並不抱任何的希望和幻想。但是，我很快便被

她一生的坎坷命運卻掙扎挺立、終身熱愛文學的精神所感動。她出生時母親去世，祖母視她不祥，將她丟下魚塘，幸獲救，然招祖母終身追殺謀害，死裡逃生。父親文革自殺，兒子癌症早夭，丈夫去世……，我開始仔細地閱讀這本書，咀嚼書裡的字，貪婪地隨著她東顛西跑，擊節讚歎她的生命力如此頑強。

從小說的情節結構到感情真誠、文字簡潔無華麗的詞藻來評價，這都是一本好的小說。

我真的小看海鷗了，是的，我不是一個會時常向人傾注溢美之詞的人，我只在我真心歎服時才向人訴說我的敬意。

後來見面看到海鷗，我走去向她問候，謝謝她送給我的書。我認真地告訴她我喜歡這本書，讚美她寫得好。她聽到我的讚美，高興之狀溢於言表。想到自己一向的漠不關心，我很慚愧與內疚。

後來不久又在法拉盛圖書館遇到她，她招手讓我在她的一捧手鍊裡挑一條，她說這都是她自己串的，而且是去開過光的，菩薩會保佑你。她只送給最好的朋友一人一條，由於我在黑色與白色兩個顏色中舉棋不定，她最後硬是送了我兩條，所餘已經不多了，我不肯多要，但是她堅持要我收下。對於身外之物從不珍惜的我，對這兩條手鍊，我不能再漠視它們，不能再辜負海鷗的祝福和心意，我收下了。

黑色與白色，是我最愛的兩個顏色。黑色深沉寂寞、神祕不可知，白色優雅清新、一片燦爛光明，明明是對立的，為什麼我會偏愛這兩種色彩？又想到海鷗，她的身上也沒有更多的色彩，似乎在性格上也有黑色的沉穩與白色的純淨，而我與她的性格又有很大不同，但是我們最後還是有了默契，這個契機是什麼呢？

生命脆弱，但海鷗無比堅強，帶病延年至八十四高壽，終於敵不過凶險的病毒。欣慰的是最後兩次見面，海鷗收到了我對她的新書的讚譽，我收到了她對我生命的祝福，雖然相交多年才成知音。

海鷗，今年的天堂已經不寂寞，你安心地一路走好，我們會懷念你的。

2020年5月4日於紐約

依花煨酒

微信群裡跳出一個視頻，點擊進入，聽著是古韻〈一枕三川〉，歌詞有些蒼涼，樂聲悠揚，琴音卻稍嫌寂寥高遠。

又跳出一句問候：願大家在晨間暮裡依花煨酒。這是一位新入群的朋友，她在這個夜晚的問候，帶著花的香味及酒的溫暖，看來是一個精緻的暖女。

聽到最後一段：「忽驥首，淺笑對溫柔，低眸憶赤水情衷。此後，晨間暮裡，依花煨酒，星垂野，相與逐月華。夢陳古來久，賦予千秋，枕山川俱老，百代江流。」

我的腦海裡隨著歌聲閃過無數這樣的溫馨畫面，天涯咫尺，親聚朋散，無酒不歡。有些場景就在腦海裡慢慢迭出。

有一壺燙熱的黃酒，放在八仙桌上。把黃酒倒在溫酒壺裡，這個壺插入一個已貫注了熱水的盅內，用一隻杯子覆蓋在酒壺上，過一會兒就用這個溫熱的杯子，注入從壺裡傾倒出來的黃酒，那酒也已經熱了，辛勞一天的父親便坐下來喝上幾口黃酒，等他喝完了酒，才正式開飯，於是大家紛紛入坐。而我，其實早就嚐過他筷頭上蘸的老酒，吃過一筷子他給我的肉了。

懂事以後，慢慢覺得酒是一件神奇物，它對人世間喜怒哀樂有著推波助瀾的作用，它從歲月沉澱而來，又伴隨著歲月中的點點滴滴，雋刻永遠。

煨酒，其實是貴州壯族地區特產名酒，亦稱窖酒，產於貴州從江等地。釀造方法獨特，即使在古老的年代，貧瘠的地區及子民，也早已懂得選上好糯米，蒸熟了，入麴藥發酵，煨烘，做成了的酒呈金黃色，味香甜，性溫和。這濃稠香甜的酒便是老百姓生活中的

樂趣，煨酒在壯鄉有著重要的意義和用途，通常在祭祀、重大節日、婚喪娶嫁和重要客人來訪時才用。客人來了，用這溫暖的黃酒待客，那便是老百姓美好日子裡的幸福。

南宋詩人范成大的〈秋日田園雜興〉詩，堪稱農家樂的經典，他也說到了煨酒：「撥雪挑來踏地菘，味如蜜藕更肥醲。朱門肉食無風味，只作尋常菜把供。榾柮無煙雪夜長，地爐煨酒暖如湯。莫嗔老婦無盤飣，笑指灰中芋栗香。」

他匱乏淡泊的農家生活中，雖無佳饌，但是漫漫雪夜中那酒已煨熱，草木灰中烤熟的栗子、芋芳也已噴香了。

江、浙、滬、閩地區講究喝黃酒，在大家庭和歷代騷人墨客知識分子中，大凡都飲用黃酒，他們往往具有黃酒那種不烈不淡、醇厚敦樸的「中庸」性格。黃酒與文化底蘊深厚的葡萄酒一樣，須有正確的飲用方法，方能體會國粹黃酒的無窮滋味。黃酒使用糧食釀造，種類繁多，但它們的喝法都適合溫飲，黃酒溫飲，暖胃驅寒。人們常常用燙酒、熱酒，與煨酒是同樣的意思。

溫暖的黃酒帶著生活中重要的印記，沉澱下來難忘的回憶。

我生完孩子後，找了一個紹興來的徐媽幫我料理家務，她主意很多，每頓飯都監督著大家的碗裡不能剩飯，甚至一粒米屑也不讓浪費。又用黃酒浸泡阿膠，放了核桃，隔水蒸熱，每天晚上要我喝一盅阿膠核桃酒。香甜可口，帶著黃酒的香醇，是我初為人母時對黃酒的正式啟蒙。

我記得兒時上海過年，進入年尾便啟動了吃年夜飯的模式，親友互動在其次，行業同仁及街坊商戶的互請卻規模恢弘，往往是一個月內連續不斷，而且一請便有十幾桌甚至更多，我記得那藏在牆角的一甕甕黃酒，到這時候便會被敲開泥土密封著的蓋子，分送到年夜飯的桌上。

黃酒同樣是一種儀式，在家裡的祭祀酒席上，由母親親自手

捧錫製酒壺，穿梭在幾張八仙桌之間，替列祖列宗斟酒，待酒杯斟滿，她便率領子女一起跪拜磕頭。每到這一天晚上，在母親命我們離開片刻，讓祖宗安靜用餐時，我就會偷偷地潛入客廳，黑黑的屋子裡點了一些蠟燭，我仔細觀察那酒的刻度，前後對比到底有沒有被祖宗喝過。

昔日父母家裡常有大團圓，子女全部奉命回家，每天開飯三桌，男女分為兩桌、小孩子另外一桌才能坐得下。我們家的女人都是不喝酒的，也不知怎地除了我這一個例外。父親每一次都要把我叫到他們男人那一桌，換下不能喝酒的堂兄，讓他坐到女人桌上去。我記得男人這一桌因為多了一瓶黃酒，於是非常地熱鬧。

這樣的歡聚中，我和小弟常常成對手，他總來挑釁我，我也不甘示弱。我既然代表了會喝酒的女人，卻又沒有酒量，姐妹們巧妙地用茶水來換我的酒杯，不讓我輸給我們的丈夫和兄弟。

後來小弟去了香港料理父親的海外財產，我去了美國。1985年第一次回國探親，我與小弟又在飯桌上較量，當天我們都喝多了。在別人的眼裡，他在香港經商成功，我獨自在紐約打拚，四年拿到綠卡。別人不知道我們在外邊的辛酸艱苦，我們在親人的見證下，兩人抱頭痛哭。用黃酒傾瀉了我們這幾年的淚水，我們心照不宣的千言萬語，一切都在酒裡了。

現在我們家又恢復了大團圓的傳統，每年九月我們這一代的姐妹兄弟，必定會團聚一堂。我們選擇山明水秀幽靜之地，從世界各地回來，並不熱衷獵奇探看風景，只是為了像兒時坐在一起聊天吃飯。無論在哪裡，我們這支老人隊伍坐上飯桌，總會讓人把黃酒替我們溫熱了，那是我們的底線無論是什麼黃酒、浙江花雕酒、無錫惠泉酒、紹興狀元紅或者上海石庫門，品牌花樣越來越多。而我們這些老人，已不在乎喝酒，已不再互相勸酒，有時候一頓飯也喝不完一瓶酒，但是我們女人的杯裡也會斟滿了酒。我們要一起舉杯，

祝福我們的家人，我們會祝賀我們的團聚，我們珍惜當下，我們只是要在晨間暮裡，依花煨酒。

花卉（油畫，顧月華提供）

梓櫻篇

梓櫻

【作家簡介】

　　梓櫻，本名許蕢，醫學背景，二十餘年中美醫學臨床與科研經驗。現任職新澤西州州立羅格斯大學生物化學教學實驗室主管。

　　著有散文集《天外有天》《恩典中的百合花》，詩歌集《舞步點》《就這麼愛著》等。作品被收入海內外四十多本文集，獲各種文學獎項二十多種。2018年獲「海外華文著述獎」新聞寫作評論類首獎。任網路期刊和報紙專欄主編數年，編輯多本書籍。

　　海外華文女作家協會會員，北美中文作家協會會員，紐約作家協會會員，「紐約華文女作家協會」現任會長，

　　梓櫻興趣廣泛，擁有多項美國職業證書。愛好歌舞的她，創辦了新州「夢露舞蹈隊」與「普林之韻旗袍隊」。

一條花裙子

「Trick-or-Treat!」（不給糖就搗蛋囉！）「Trick-or-Treat!」（不給糖就搗蛋囉！）……一群孩子的呼叫聲由遠而近，不一會兒，我家的門鈴就響了。我捧著盛有各色糖果的盆子，急急把門打開。一群孩子圍在門口，大大小小近十個，十來步遠處，站著帶他們來敲門的母親們。

我給每個孩子抓一把糖，放進他們手上的布袋或籃子裡。一個身著紅底白點連衣裙，背上安著一對翅膀的小女孩走到我跟前，我的心突然跳了一下，手也不自覺地停在半空中，想起了自己十歲的童年。

那一年，「五七」幹校舉行春節聯歡會，不知是哪位叔叔阿姨推薦我出個舞蹈節目。我從幼兒園開始，就是文宣隊員。文革開始不久，老師就帶領我們走上街頭。我們這群「紅小兵」，身穿軍裝，腰紮皮帶，臂戴袖章，胸前別著毛主席像章，每週至少兩次，在街頭跳「忠字舞」。這回聽說有機會上臺，而且是跳獨舞，心裡的興奮勁就別提了。

當年所有樣板戲中，我最喜歡的曲子是芭蕾舞劇《白毛女》中的插曲〈北風吹〉。這次可以自己選舞曲，第一個想到的就是這支曲子。可是，穿什麼上臺呢？看看自己身上的藍色卡嘰布衣，我開始犯愁。突然，想起了全家遷來幹校前，從母親拿出來處理的一箱花花綠綠的夏裝中搶下的那條花裙子。那個年代，本人有「歷史問題」，家庭有「海外關係」，或者是成分不好的，都屬於「地富反壞右」的「黑五類」。下幹校，就是將這些「黑五類」的家庭發配到農村，接受貧下中農的再教育。我的姑姑在東南亞，我家的顏色自然是「黑」的了。

那天，母親打開那隻箱子，裡面全是花花綠綠的夏裝——連衣裙、旗袍、帶蕾絲花邊的衣服。媽媽坐在箱子邊，一件件拎起來看，面色沉重。

「媽，這是給我的嗎？」我突然眼睛一亮，發現箱子裡有一條紅底白點的小裙子。抖開來看，這條小裙是V型領，裙襬有一圈蕾絲花邊，腰上還配了個紅蝴蝶結。

母親說：「是你表姐穿小了，姑姑寄來給你的。可現在，誰還穿裙子？」

「媽，讓我留著吧。」我央求道。

母親未置可否，急忙把其他衣服塞回箱子。我歡天喜地地抱著裙子，把它藏了起來，帶到了鄉下。

為那支獨舞，我把裙子翻出來，在桌上鋪開，下面墊上潤濕的毛巾，再找了個大茶缸，裝上燒開的水，一點一點把裙子熨平。

母親問：「你要穿這條裙子上臺？」

我說：「是的，我早就盼著有一天能穿它呢！」「你不能穿！」媽媽臉上的笑容一下子不見了。「那我穿什麼？」我的眼淚一下子湧了出來。

母親輕輕歎了口氣，欲言又止，沒再說什麼。

上臺那晚，我早早地在家穿上花裙子，拿著家裡梳妝用的小圓鏡，上上下下地照。我想，什麼時候才可以天天穿花裙子上學，不用整天像大人那樣，穿藍色或灰色、沒有腰身的衣服褲子？媽媽要是能給我留幾件旗袍、連衣裙就好，也許等我長大了，就可以穿花衣服了……。我就這麼想著，照著，直到媽媽叫我準備出門。

晚會沒有樂隊伴奏，也沒有音響設備。表演唱、合唱一律是清唱。舞蹈就請一位會唱歌的人，拿著麥克風伴唱。為我伴唱的是一位看上去比我大許多的姐姐，她看見我，對我撇了撇嘴，把頭歪到一邊。

報完幕，臺下響起了掌聲，我的情緒一下子激昂起來。隨著大姐姐動聽的歌聲，我踩著點子出場。「北風那個吹，雪花那個飄，雪花那個飄飄，年來到……」我學著舞劇裡的喜兒，歡快地踮著腳尖，跳向舞臺中央。

「風捲那個雪花，在門那個外……」轉身，抬腿，裙子像孔雀開屏一樣展開來。最喜歡的動作還是結尾那句「歡歡喜喜過個年」，原來是轉兩個圈，我趁勢多轉了兩個，裙襬就像一朵大喇叭花，歡歡喜喜地飄起來。

可惜舞曲很快就結束了，我呼呼喘著氣，興奮地跑到臺前謝幕。底下卻傳來稀稀落落的掌聲，還夾著一些奇怪的笑聲。我往臺下看，黑壓壓的一片，再瞧瞧自己，不自覺地牽著兩邊裙襬的手，已把裙子展成了把扇子。

「快進來啊！」有人喚我的名。

我剛走進後臺，那位大姐姐一臉嚴肅地逼過來。她把我拉到一旁，壓低聲音，劈頭蓋腦地說：「你看過電影沒有？你不知道白毛女是窮人家的孩子嗎？她什麼時候穿裙子唱〈北風吹〉啊！」我只覺「嘩」的一聲，一盆冷水從頭上澆下來。她又狠狠地加一句：「資產階級臭小姐，顯擺！」然後「哼」的一聲，憤然離去。回家的路上，我的手被母親攥得生痛。「媽媽，你弄痛我了！」我叫道。母親不理我。到家後，我脫下裙子，想起大姐姐的話，又悔又羞，抱著又愛又恨的花裙子，躲進被窩痛哭了一場，耳邊盡是「臭小姐」、「臭小姐」的叫聲。

今晚，望著雀躍遠去的孩子，「Trick-or-Treat」、「Trick-or-Treat」的呼聲一高一低。我想，他們的童年是幸福的，更是幸運的，不僅在萬聖節可以按自己的意願，裝扮成自己喜歡的樣子，更是在日常的每一天不必壓抑自己愛美的天性。尤其是女孩子，可以穿著不同花樣和款式的衣服，世界也由此變得美麗而多彩。

這兒是我的家

「中國傳統中，人們習慣用月亮來比喻親人和戀人的離合。遠離家鄉的人們想念親人時，常常以月亮寄情託相思。下面請大家欣賞舞蹈〈望月〉。」主持人用純熟的英語報出第一個節目，圍場而坐的近百位頭髮灰白的中外老人興致勃勃、翹首以待。這是美國新澤西州中部「清泉老人社區」（Clearbrook Adult Community）正在舉辦「首屆社區排舞隊（Line Dancing Team）與夢露中國民族舞蹈隊（Monroe Chinese Folk Dance Team）聯歡會」。

「清泉老人社區」是新州夢露鎮（Monroe）十幾個老年社區之一，夢露鎮也因老年社區集中而聞名。在今年全美排名最安全居住的城鎮中，新澤西州的夢露鎮排名第七。美國的老年社區（Adult Community），不同於中國大陸的「老年大學」和美國各州政府註冊的「老年人俱樂部」，而是圈圍起來、相當獨立的社區。這些社區如同一個個小社會，大的可達數千戶，小的則三四百戶。我所在的「清泉社區」有二千多戶、三千千多居民。這些社區不論大小都「五臟俱全」，有自己的管理委員會和維修部門。管理委員會每年要在居民大會上報告自己的業績，公布下一年的改進計畫。委員會成員任期兩年到三年，屆滿的委員在每年的選舉大會上報告業績，通過投票決定去留。若有空額，居民都可通過自薦或他薦參加競選角逐。

社區的房屋購買、居住條令規定：入住家庭必須有一位年滿五十五歲，其他成員年滿四十八歲，也有的社區放寬到年滿十九歲的孩子可以與父母同住。進入社區的居民除一次性交納加入社區費用外，每個月要交納三四百美金的管理費。雖然看上去不便宜，但

非常值得，也非常貼心。不必再操心剪草、鏟雪、修屋頂、漆門窗等，還有二十四小時門衛。每位來訪人員，都要說出受訪者姓名，門衛打電話核實後才放行，居民都有切實的安全感。

夢露舞蹈隊的《望月》結束了，輪到排舞隊上場。排舞隊全名應該為「排舞俱樂部」（Line Dancing Club），清泉社區有近八十個娛樂愛好俱樂部，它們有形或無形。比如：高爾夫、網球、乒乓球；繪畫、雕塑、木工、戲劇、歌唱、排舞、交誼舞，還有針織、彩繪玻璃、自製首飾等等。最熱鬧的當數各種打牌俱樂部，十幾二十個桌子每天晚上爆滿，使得娛樂中心（Clubhouse）燈火輝煌到近半夜。不論什麼娛樂或什麼玩法，只要社區居民感興趣，就可以約上十位以上有同樣愛好的朋友，向管理部門提出申請，管理部門便會根據情況安排需要的場地。

社區的排舞俱樂部（Line Dancing Club）很受歡迎，非常穩定地存在了十九年。每個週四晚上約二十多人聚集在一起，絕大部分是女士。所選的曲目是六七十年代的流行曲，也有爵士樂曲，不劇烈且優雅。最年長的老太太九十八歲，從排舞隊成立就一直堅持參加。我是第一個參加的中國人，隨著搬入的中國居民多起來，參加的中國同胞已經有四五人了。兩年前我們成立了「夢露鎮中國民族舞蹈隊」，我因跳民族舞的興致遠遠高過跳排舞，跳排舞就成了三天打魚兩天曬網。由於幾位在排舞隊的姐妹也在舞蹈隊，才促成了兩隊的聯歡。

上場跳排舞的老太太們沒有特別的服裝，但她們每週練習，步子都很嫻熟且整齊。節目安排她們跳兩個排舞，我們跳一個民族舞，在〈橫貫德克薩斯〉（Waltz Across Texas）、〈再次上路〉（On the Road Again），以及〈丘比特洗牌〉（Cupid-Cupid Shuffle）、〈啪塔－啪塔〉（Pata-Pata）等舞曲中，老太太們跳得歡快自信。我們間插表演了〈初戀的地方〉〈青花瓷〉〈最美西藏〉等舞蹈。民族舞

與排舞最大的不同是排舞只有腿腳的步伐節奏，沒有手的動作。好幾位老太太問我們：「你們跳得真好看，你們的手是怎麼轉的？」原來她們對我們舞蹈中的小雲手、大雲手以及各種上肢的動作很感興趣。

我曾與多位老人聊天，他們眾口一詞地說，住進這個社區讓他們生活得很快樂、很自在。不少人已經在社區住了十幾二十年，有一位老人告訴我他已經在這社區住了四十年。我漸漸瞭解到，美國中產階級常常遵循這樣的生存軌跡：求學工作－打拚積蓄－買車買房－小房換大房，待孩子一個個從身邊飛走，再大房換小房，甚至呼朋喚友，結伴住進老年社區。我們搬進老年社區已經第十個年頭，愈來愈喜歡這裡的環境和氣氛。剛進來時感覺有點清冷，沒有小小孩的喧囂，沒有家長們結伴送孩子參加活動的吆喝，抬頭舉目都是上了年紀的銀髮族……，時間一長，便漸漸喜歡上了這裡的祥和、安全。

社區各種設施完全是按照退休或半退休老人的需求設計的，尤其在醫療照顧方面非常貼心。社區設了二十四小時護士值班站，入住居民要求去護士站登記健康狀況。一旦居民發生情況，她們將以最快的速度進行救治。有一次，我先生突發腎絞痛，打電話告訴正在上班的我時，已經疼得大汗淋漓，我叫他立即按家中的報警器。兩分鐘左右，社區安全員就上了門，不到五分鐘，護士也到了，緊接著救護車也到了。救護人員簡單詢問了情況，就將先生送往醫院，從緊急通道直接駛入急症室。先生被留在醫院觀察，晚上接班的社區護士還專門打電話給我，詢問先生的情況。之後幾天，護士站的護士每到交接班時，都打電話來詢問先生的病情，直到我們說完全沒事了才停止。可以想見，以這樣的關懷和救治速度，能挽救多少心臟病突發的老人？不能開車的老人，還可以預約交通車來到家門口接送就診。

　　社區裡的老人也非常和藹可親，沒有了工作壓力，沒有了接送孩子的負擔，能進來的居民多半有一定的經濟基礎。除了上面所說的各種俱樂部能讓他們盡情滿足個人愛好，朋友之間的關懷和支持也是「夕陽紅」階段的重要部分。有一次我週五晚上去俱樂部，見一個聊天區坐了十來個老太太，她們哈哈的大笑聲吸引了我，便過去與她們打招呼。其中一位老太太打趣地問我，你是新搬進來的居民呢，還是居民子女？我沒明白她的意思，正琢磨著如何回答。她又說：「猜你是居民吧？太年輕；猜你是居民的子女吧？又好像大了點。」引得在座的老太太們哈哈大笑，我也被她逗樂了。接著她們告訴我，她們都是寡居老太太，每個週五在這裡相聚聊天，平日裡也相約看電影、逛商場。其中幾位還在圖書館做義工，或在公司、企業做半職工作。她們的心態都很陽光，根本看不到自憐自艾和孤獨。有人向我介紹兩位新近喪偶加入的老太太，我用眼神與她們打招呼。她們雖然笑得還有些勉強，但我相信，在這個群體中，悲傷不會纏繞她們太久。

　　聯歡接近尾聲，主持人向我招手，讓已將舞蹈服換成了旗袍的我站到她身邊。我因同時在「夢露舞蹈隊」與「大普林斯頓區旗袍隊」，故旗袍隊也受邀參加聯歡。主持人介紹說，旗袍是中國漢民族的傳統服飾之一，發源於上世紀三四十年代，曾經在中國城市婦女中非常流行。現在是國家禮服之一。中國領導人帶太太出訪，夫人們常穿的，就是這種稱為「旗袍」的禮服。

　　接著她請大家觀賞旗袍秀《煙花三月下揚州》。隨著音樂響起，十幾位身著各色各款旗袍的佳麗，緩緩從兩邊上場。她們亭亭玉立，手持鵝毛扇，腕上有玉鐲，頭髮盤在腦後，插上了閃亮的髮飾。悠揚的江南樂曲伴著佳麗們的舉手投足、轉身回眸，盡顯東方女子的端莊優雅。當佳麗們排著長龍緩緩出場，整個會場爆發出熱烈持久的掌聲，有人大喊著：「太美了！」「太棒了！」其間還夾

雜著口哨聲。

聯歡會結束後，不少美國老人圍著我們，左看右看我們的旗袍，說從來沒看見過這麼漂亮的服飾，不知道中國還有這種服裝。

我突然想到，我們來到美國打拚扎根，在奮鬥的過程中成長和堅強，把子女撫養成人，繼續為美國這個第二故鄉做貢獻。同時，我們又是文化使者，把優秀的中華文化展現給美國鄰居，讓他們澈底清除頭腦裡長辮子東亞病夫的中國人形象，也是我們應盡的責任。

我認定了，這兒是我的家。雖然我仍不免抬頭望月，思念親人和朋友，但我終將在這裡與同齡人、好朋友們一道，慢慢地、快樂地、優雅地老去！

社區聯歡會宣傳海報

作家哈金與他的《等待》

　　哈金說，《等待》這本書是有原型的。1985年，他與太太去岳父母家，岳父母是軍醫。在醫院裡，遠遠地，太太指給他看一個人，說：「那人等現在的太太等了十八年，結婚後卻相處得不好。他太太得了嚴重的心臟病，快要死了。他讓前妻的孩子捎信，讓前妻等著他。」就這麼幾句話，引起了哈金的興趣，他想：一個好人，卻不知道怎樣去愛人，這種人在生活中不多見，是一個很好的小說素材。雖然他沒有機會去採訪當事人，也沒有更多的素材，但憑藉想像力，創作出了《等待》這部大作。

　　這本書的出版並不順利。當時一個小出版社答應為哈金出版一本詩集，但附加了一個條件，就是要他加一篇百頁的小說。哈金便匆匆用這個原型寫成了小說，只是有點惋惜這個可以寫長篇的素材。因一些周章，他撤回了這篇小說。在申請終身教職時，他把這篇小說重新構思充實，在竭力揣摩主人公心理的寫作過程中，他終於找到了這本小說的內核，寫下了如下的點睛之筆：「我來告訴你事實的真相吧，那個聲音說。這十八年的等待中，你一直渾渾噩噩，像個夢遊者，完全被外部的力量所牽制。別人推一推，你就動一動；別人扯一扯，你就往後縮。驅動你行為的是周圍人們的輿論，是外界的壓力，是你的幻覺，是那些已經融化在你血液中的官方的規定和限制。你被自己的挫折感和被動性所誤導，以為凡是你得不到的就是你心底裡嚮往的，就是值得你追求的。」

　　哈金說每次寫作，他手邊都會有一兩本名著做參照，寫《等待》的參照是《包法利夫人》和《安娜‧卡列尼娜》。每次完成的作品他都改了再改，直到改不動為止。《等待》這本書他前後改了

五十遍之多，直到後來連看也不想再多看一眼。

哈金說，他對自己完成的每一部作品都覺得沒有把握，並沒有送這書去參賽，是出版社幫他送的。哈金說：「得獎的因素其實就是個機遇，沒得獎的作品並不是不好，得獎的作品也並非一定很優秀。不要把獎項看得太重，獎項不過是一種噪音，作者重要的是把作品用心、用能力做好。」

哈金給我的第一印象是質樸和穩沉的氣質。他的老同學陳屹說，老班長給人的印象永遠是捧著一本書，刻苦攻讀。她說，覺得哈金有一種很深沉的內在氣質，讓人一輩子也學不來。哈金卻笑著說，黑龍江大學英語系是他報的最後一個志願，他最想學的是哲學，但沒辦法入了英語系，底子薄，不得不努力。大學第一、二年，確實一點也不喜歡英語，直到第三四年，才慢慢地喜歡，到後來為了考研究生就更下力氣。陳屹還問到，一般詩人是比較感性的，但小說創作則比較理性，這兩者之間是否有矛盾。哈金說，兩者之間應該不矛盾，只是感性要通過理性來調整才會有深度。

哈金來美留學後，一直都有回大陸的願望，後來因一些原因留下來了，他曾經花了一年的時間來思考和選擇寫作方向。他來美主攻的是詩詞研究，第一本詩集出版很順利，於是在兩百多個競爭者中，他順利獲得了在大學教授詩歌創作的職位。

談到詩詞創作與小說創作的過程有什麼不同，哈金說，語言最優秀的地方體現在詩歌上，詩歌更富有表達力，也更富有色彩。寫詩歌要有情致，常寫詩的人對語言會比較仔細，而詩人寫小說的毛病是容易語言過於華麗，不大注重情節。

在創作上，哈金說，不要把同代人作為競爭對手，要把眼光放遠些，把世界大文豪作為自己的競爭對象。他說，一些大的失敗甚至比一些小的勝利更有意義。只要書好，早晚會出，就像放電波，總有人會聽到。還說，作家要自重，體裁要從心裡出來，一般想寫

的東西，都是在心中醞釀很多年沉澱下來的。對讀者的考慮，直接讀者最重要，要橫向考慮（當代），也要縱向考慮（跨時代）。

　　有人問哈金，今後是否考慮用中文寫作，哈金說，不是能不能做的問題，而是有沒有機會做的問題。決定了用英文寫作意味著一次背叛，回去用中文寫作，意味著要再一次背叛。時間、功夫、能量、生命都耗費不起。哈金說自己已經在英文寫作的路上走了十五年，要回去用中文寫作就等於重頭開始，不大可能了。

　　談到中文寫作與英文寫作有什麼區別時，哈金說，西語詞彙量非常大，但西語的作品流暢性比較好，漢語因著有四聲，從而有很大的優勢，風格上可以做選擇，節奏則因人而異。哈金強調，語言不是最重要的，眼界和功夫才是主要的。哈金說，文學的主流已經在那裡了，我們要去學習，歐美作家都推崇蘇俄作家，文學大道已經擺在那裡了，雖然大道旁有許多作家開闢的小道，形成作家各自不同的風格，但不必去學小道風格，還是應該沿著大道走。寫小說的，應該讀契柯夫的作品，他的作品是個檻，不容易超越。

　　讀者讓哈金說說作家應具備什麼素質，他講了個小故事：《包法利夫人》的作者福樓拜，天分並不很高。有一個週末朋友們約他出去玩，他說他不能去。朋友們回來說那地方真好玩，玩得很開心。福樓拜說：「我也很開心，做了很重要的事情，就是星期六把一個分號放進文章裡，星期天又把它從文章裡拿出來了。」哈金說，作家要有獻身精神，要有韌勁，要有這「分號精神」，天才就是一個長長的耐心。

　　當問及哈金最喜歡自己的哪一部作品，他說，每一部作品都花了很多功夫，《等待》在語言上很美，花了很多功夫，雖然中文翻譯上體現不出來，因為整個翻譯過程比較倉促。《老兵》很難翻譯，是與太太合作的作品。而《瘋狂》則是對自己寫作技巧的新挑戰。

　　有人問哈金，出一本獲大獎的書對他有什麼影響？哈金說，當然有影響，一是之後作品的發表和出版不成問題，二是工作也比較穩定，進入了純正傳統文學領域。他認為自己還是過渡時期，以往的作品多以大陸的人事為背景，下一部作品將寫一個韓戰俘虜兵的故事，涉及美國的情景多些。因著在美國生活的時間愈來愈長，今後的作品會有更多的美國素材，希望能盡自己最大努力，寫出美國題材的好作品。

　　後記：上面這篇文章是2003年新澤西州文學社團請哈金來演講時的紀錄。十七年過去了，哈金不斷有新作品問世，並成為美國藝術文學院院士。近期參加了兩次哈金的雲端講座，發現他的謙遜和質樸一直未變。我認為，哈金之所以能成為優秀作家，是源於他優秀的人品，以及他具有的韌勁、耐心和語言優勢。

哈金與他的作品（Dorothy Creco攝）

淡淡清香康乃馨
——紀念喜麗姐妹

　　將醒時分，喜麗來到我的夢中，那是她離世的第三日。喜麗的影像清楚地呈現在我眼前，笑盈盈地栩栩如生。一張影像年輕，著淺粉色連衣裙，豐潤的臉龐透著健美的氣息，烏黑的披肩髮上戴著一朵花。另一張影像中年知性，著淺紫色連衣裙。兩件連衣裙都是一色的，清清爽爽。平素喜麗不怎麼穿鮮豔的衣服，恍如她安靜沉穩不惹人眼目的性格。但我感覺她穿上淺色明亮的衣服真的很好看，與她細膩活潑的內心也更相襯。

　　十幾年前第一次見到「李喜麗」這個名字，就一下子記住了。女人一生中求之不得的，不就是喜樂和美麗嗎？她的父母一定深諳此道，給女兒起了個好聽又飽含祝福的名字。

　　那時的文心社網站是海外文學愛好者的聚集地，也是文學交流的平臺，但凡國內外有重要的會議，或有文學徵文信息，社長施雨都會及時寫出報導公布於網上。每一位會員也都有自己的專輯，可以隨時發表作品，優秀作品還會被標記推送。喜麗的名字和作品不時出現在網站，2006年前後，也多次出現在「漢新文學獎」的揭榜名單中。

　　與喜麗近距離接觸，還是幾年前文心社祕書長艾華先生回紐約探親，美東文友組織聚餐會那次。接龍的通知一出，喜麗就報了名。聚餐會後，喜麗很快貼六千多字、題為〈第一次親密接觸〉的圖文報導。1990年代末的網路文青，無人不曉臺灣痞子蔡創作的網路言情小說《第一次親密接觸》。喜麗用了這個醒目的題目，加上真誠幽默的文字，一下子把我們帶回到十幾年前文心社興旺時期。

　　2016年「紐約華文女作家協會」在微信群成立，第一次線下活

動喜麗就參加了。加入協會後，喜麗的創作熱情大增，她也積極參加協會的各種活動，不論是新書發布會、協會年會，還是與友好社團聯合舉辦的活動，都能見到喜麗的身影。在活動中，喜麗又是一位用心、用眼多於用語言的會員，寫出的報導真誠又全面。

喜麗祖籍廣東臺山，大學一年級時隨父母移民來到美國紐約。這對於青春綻放，已進入自己喜愛學校的大一學生，無異於連根拔起。喜麗在文章中就表示，這一變動對她的心理衝擊很大，她是不情不願來到美國的。

然而，吃苦耐勞、勤奮上進是臺山人血脈傳承的精神，喜麗攻克語言關，進入美國大學。畢業後，她選擇成為紐約公立學校的一名數學老師。她利用自己的雙語優勢，盡心盡意幫助新移民家庭的孩子。喜麗在教授數學之外，還教學生中國傳統文化和詩詞。2018年首屆「法拉盛詩歌節」徵稿，她鼓勵學生積極參賽，最終喜麗與一位學生同獲三等獎。同年，喜麗還獲得了「海外華文著述獎」新聞寫作類首獎。

她雖然安靜，卻將許多事默默收入眼底。我的散文〈橡樹與木棉〉發表後，她發信息告訴我，她也非常喜歡舒婷的詩歌〈致橡樹〉，在自己的婚禮上，她就朗誦了這首詩。她還提起我十幾年前貼在文心社網站的一篇小隨筆——〈送我一支玫瑰花〉。她說：「我讀過你寫的你老公不給你送玫瑰花的故事，覺得好笑之餘又感慨。像我們老公這些實際的男人，是通過日常生活的細節，以實際行動來表達對妻子的關愛。花在他們眼裡實在太low了，太不實際了，他們是抗拒和不屑於通過送花來表達他們的愛的。所以遇到這種平時在生活中處處關心你，在危難時能頂天立地給你安全感的男人，我們應該感恩，花不花就真的不必計較了。我老公給我送花比你老公好一點點，畢竟是年輕一輩。他一年給我送花兩次，在我們結婚紀念日和我生日時，是在我提醒和我家婆提醒下，如果不提醒

可能真的不記得送了。」字裡行間，看得出她們小兩口的恩愛，更看得出她對愛情真諦的理解。

鑑於喜麗文字上的認真追求，我邀請她加入女作協編輯組。為使編輯徵稿工作更加完善順利，她多次向我提出建議，細心周到盡顯其中。每當輪到她當責編，她都提前約稿，認真校對，選好配圖，爭取一次到位。她是一位上手很快、很合格的編輯。

2019年6月底，紐約藍藍組織了一次聯歡聚會，近三十位文友和嘉賓到場，喜麗也帶著女兒前來參加。聯歡會有抽獎活動，我有幸抽到喜麗帶去的唇膏。喜麗專門給我發信息，告訴我那是一種天然材料製作的名貴唇膏，看著沒有色彩，但塗到嘴唇上就會有自然的粉紅色。還提醒我說，這款唇膏容易折斷，使用時不要擰出來太長。萬一折斷也沒關係，按回去，放進冰箱一段時間就可以再用了。讀到這些文字，只覺一股暖流流過心底，直覺告訴我，這是一位可以放心交往一輩子的朋友。

喜麗是2019年5月份突發腹痛急診入院，診斷「子宮內膜異位症卵巢破裂」而緊急手術。僅僅過了半年，又發現腹腔內長出十幾公分的腫瘤，再次手術後病理診斷卻是「子宮內膜間質肉瘤」。喜麗委託我詢問專家同學，想知道這種腫瘤的惡性程度有多高，後果有多嚴重。我得到的答覆是：這是婦科腫瘤中很麻煩的惡性腫瘤，目前還無有效的治療辦法，病人的存活率多數不超過五年。得到這個消息後我非常難過，但無法直接告訴喜麗，只能婉轉地對她說，五年內不復發才算治癒。

喜麗說，手術後在ICU病房昏迷的那個晚上，體驗了生死交戰。在一片漆黑中，她幾次看到「Game over」的字樣，以及能量歸零的畫面。然而，她感覺自己當時的姿勢卻像一個蜷縮在媽媽子宮裡的嬰兒，被溫暖包圍著，甦醒後，感覺自己經歷了重生。想到這麼好的姐妹，不能長久地同走人生路，惋惜之情油然而生。剛巧

美東福音營召開，主題正是她徵文曾使用的題目「穿越風暴」。聽完信息，喜麗欣然決志信主。我們在一同參加查經班、一起禱告的過程中，關係更加親密。2020年11月29日，喜麗領洗成為基督徒。

喜麗一直以頑強的毅力、不減的信心與腫瘤抗爭。手術後的她，仍堅守在工作崗位直到不能支撐；她也一直堅持參加各種文學寫作班，不斷發表文章和參加文學徵文比賽。2020年，她以自己的病痛經歷為題材，寫下散文〈Get Through〉，獲得「漢新文學獎」金獎。鑑於喜麗在寫作上的積累和成績，「北美中文作家協會」資格審核後，吸收她為會員，她的作品也很快榮登協會的刊物。然而，可惡的病魔卻沒有放過她，一直折磨著她。2021年9月，我與桃花姐妹相約去看望喜麗，她已瘦得皮包骨頭，虛汗直冒，眼睛卻仍然很有神。她對我們說，已辦好了病退，等病好了就可以全心寫作了，她準備把自己的作品整理出書。停頓了一會兒又說，信主後，她已不再懼怕死亡。儘管她已經如此虛弱，仍數次來到女作協群，讚賞和鼓勵發表作品的會員。當她見到理事會為作協出版合集發起募捐時，立即捐款支持。然而，命運之神難以捉摸，2021年12月29日，喜麗燃盡了最後的能量，歸回了天家。

追悼會上，花圈布滿會場，全場座無虛席。疫情當頭的季節，這麼多人冒險前來悼念和送行，足見喜麗的人格魅力。耶穌說，一粒麥子不落在地裡死了，仍舊是一滴，若是死了，就結出許多子粒來。而喜麗，就是傳承生命和美德的種子。

望著桌上淡粉色康乃馨，嗅著花朵的清香，想起了喜麗，也想起今天剛好是情人節。我相信，喜麗的先生一定為她買了花。我又想，也許喜麗正在天上的花圃中，鮮豔的花朵環繞四周，蝴蝶、蜜蜂在飛舞，在那沒有病痛，沒有煩惱，沒有時間限制的世界，喜麗可以盡情地寫作和玩耍了。

2022年情人節

紐約藍藍篇

藍藍

【作家簡介】

　　紐約藍藍，本名張蘭，新浪著名博主，微信文學公眾號《憶鄉坊文學城》創始人及編輯之一，界面設計師，藝術策展人。

　　本科畢業於蘇州絲綢工學院服裝設計專業，於美國密蘇里大學獲得電子媒體設計碩士學位。其後於多家財富一百大公司從事多年網頁及界面設計。工作之餘，熱衷寫作與策展，文章散見於海內外多家主要中文媒體，曾策畫多次畫展及藝術活動。北美中文作家協會會員，紐約華文女作家協會第一屆副會長兼財務長。2020年年初新冠疫情爆發，藍藍開始撰寫「紐約疫情日記」，得到廣泛關注。2020年3月27日不幸車禍罹難，享年五十一歲。

蒂娜，你到底來自何方

　　第一天見到蒂娜我就高興壞了，因為在IT行業實在太難遇到女同事了，而且還是一個黑皮膚的女工程師！後來我才慢慢發現，像她這樣的工程師簡直方方面面都是異類，沒有任何一條符合「刻板印象」（stereotype）。

　　她第一天上班我就熱情地湊上去主動搭訕，好不容易找到一個說話的伴啊，幾句話下來我就感到了這個人的好處。看著她沒有一絲皺紋的臉我真很難判斷她的年齡，但是她說大女兒都三十幾歲了，那麼她肯定得有五十多了。她是來自牙買加的第一代移民，來美國已經幾十年了。她的大女兒非常優秀，畢業於耶魯大學戲劇系。她毫不掩飾地說她是一個虎媽，對孩子的學業從小就抓得很緊。這個我從她的工作態度上看得出來，她寫的碼又快又好，沒有她搞不定的事情。有時我的設計確實很難編碼，可她不服輸，白天在辦公室搞不定她就帶回家去做，第二天得意洋洋地告訴我：「搞定了，真是恨死了你，為了那個小三角形我弄到兩點才睡覺！」

　　蒂娜個頭不高，塊頭極大，但是倒也風情萬種，有時穿的衣服領口低到讓人吃驚的部位，每日輪流頂著不同顏色和款式的假髮上班，各種首飾叮噹作響。她臉蛋很小，一雙迷人的大眼睛撲閃撲閃的。

　　當她告訴我她結過四次婚時我也並不意外。

　　最讓我吃驚的是蒂娜對各種文化，特別是對食品的接納程度之高，讓我簡直不知道她來自何方。比如，我讓她試吃一下貴州特產老乾媽豆豉辣椒醬，她吃一口就愛上了，然後叫我專門給她買了一瓶放在辦公室裡。其他不管是酥糖紅棗還是枸杞月餅，給她什麼，

她眼都不眨一下，津津有味地就吃下去了。吃完後抹抹嘴問我還有沒有，我看著她漂亮的大眼睛，往往不忍拒絕，把自己的存貨全部給了她。

其實她喜歡任何一個國家的菜肴，為了吃上她喜歡的一道印度菜，甚至還向印度同事要來了菜譜，然後去印度食材店裡買來原材料親自動手做。老闆從印度帶回來的甜點，大家吃一塊嚐嚐就好，剩下的被她一鼓作氣全部吃完。

她也愛聽音樂，工作的時候戴著一個大耳機，要和她說話一定要走到她的面前打手勢。不過她既不聽嘻哈也不聽饒舌，她最愛的是古典音樂。有時耳機沒插好，那音樂聲就突然溢滿了辦公室。她驕傲地告訴我，她小時候拉過大提琴，還學過芭蕾舞。

蒂娜還狂熱地喜歡去現場觀看花樣滑冰比賽，凡有重大的國際賽事，她都會花重金購票前去。她前幾週就專門請假去加拿大看了一場國際比賽，對所有的選手如數家珍，因為從那些選手的少年起，她就開始在關注他們了。她還給我介紹現在美加的亞洲選手在花滑比賽中極為搶眼，金牌都要被他們包下了。說起關穎珊她捶胸頓足，比自己沒有拿到奧運金牌還心疼。

最神奇的是這個牙買加黑人大姐還特別喜歡看中國雜技，經常拿些精彩的視頻片段和我分享。對雜技並不是很瞭解的我只有點頭聽她解釋的份。

有一天我說我剛看了一部香港新電影叫《追龍》，她便問我是誰主演的。我正在想劉德華的英文名字是什麼，剛說了一個「Liu」的發音，她已經猜出是Andy Lau。我驚訝得嘴都合不上了，她卻輕描淡寫地說她知道所有的港臺影星，家裡有上百部中國影片，然後報出一堆我熟悉的或者不熟悉的影片名稱和主要演員。她說她就是喜歡外國電影和外國文化。

我經常感慨地問她，大姐啊你到底算哪裡的人？她笑笑說我

絕對不是典型的牙買加人。不過牙買加本身就是一個非常多元的社
會，儘管受英國文化影響很深。她說她的一個妹夫就是中國人，所
以她有一堆有中國血統的姪兒姪女。她還有一個姐夫是印度人，目
前大女兒的未婚夫是希臘人，所以家裡就是一個聯合國。再加上幾
十年在美國生活的經歷，她已經漸漸模糊了各種文化之間的差異。

　　昨天她說女兒要進城和她吃晚飯，問我附近哪裡有好餐館。我
說附近有一家泰國餐館還不錯。她馬上說：「太好了，我最喜歡吃
泰國菜了！」我說：「有你不喜歡吃的菜系嗎？」她歪著頭認真地
想了想說：「還真沒有！」我大叫著說：「我早就知道了！」

　　我想，蒂娜就是一個不折不扣的「正統的」美國人，是一個能
夠接納任何文化的人，是在這熔爐裡熬得最為爐火純青、最為恣意
縱橫的那一類人。

水邊的禱告（黃德瑩攝）

幸福源自一張床

　　昨日又突然降溫，零下5度。我早上出門時才發現穿得過於單薄，但是又抱有一絲僥倖——反正辦公室就在地鐵站的對門，應該沒事。沒想到到了巴士站卻很久不見一輛車。我在寒風中站了整整半小時，一身都凍僵了，特別是耳朵，甚至有些發痛。我一進家門顧不上吃飯，打開了電熱毯一頭就鑽進了被子裡。那溫暖的被子慢慢地褪去了我一身的寒氣。我陷在鬆軟的床裡，充滿了一種幸福感，久久不願動彈。這時我突然想起了安娜在二十幾年前說過的一句話：「再省也不能省在床上，一定要買一張好床。」

　　安娜是我二十多年前剛到美國時認識的第一個朋友。她是越南女子，十八歲時在越戰期間遇到她的美國大兵老公，結了婚就來了美國。遇到她時她已經育有三個如花似玉的女兒。她的教育程度不高，但是人善良熱情，對我尤其好，說是我像她的妹妹一樣。我初來乍到給她抱怨我的床是多麼地不堪：床墊是兩張撿來的單人床拼在一起，是否乾淨都不說了，最離譜的是其中一張中間凹進去一大塊，人睡上去蓋了被子剛好填平。蓋的是沃爾瑪（Walmart）十五美金一套的廉價床單，早上起來就不知縮到哪個角落了，上面還疙疙瘩瘩地起了很多毛球。這張床讓我覺得在美國的日子如此粗糙簡陋，日子變得更不可忍受。她聽了以後特別嚴肅地對我說，一定要買張好床：「人的一生不但大部分時間都在床上度過，人生最重要的幾件大事也都是在床上發生！」

　　沒有讀過多少書的安娜給我說的這番話我至今還時常記起，仔細琢磨還真是很有道理：人的生死、情愛、生育幾樣大事不都發生在一張床上嗎？人活一世最基本的物質需求不過就是吃好、睡好、

穿暖。像我偶爾失眠一次第二天便有痛不欲生的感覺，可想而知長期失眠的人對「睡一個好覺的」渴望。我有對朋友夫妻都長期失眠，每日的渴望就是今晚能睡一個好覺。於是夫妻分房，睡前兩個小時就不看電視、手機，然後按摩、靜坐、喝草藥，種種程序之後才敢上床，但是仍然不能保證安穩入夢。

要想睡好首先就離不開一張可靠的床。特別是每個夜晚在我們最為疲憊不堪、最為脆弱之時都是這張床攤開雙臂迎接我們，躺在一張舒適乾淨的床上我們彷彿嬰兒又被母親擁在懷中。床上的時刻無疑是人最放鬆、最安全的時刻。床大概是和我們的身體吻合程度最高的物件，它和我們的肌膚相親的程度甚至超過了衣物。所以會有很多人習慣於裸睡，把身體完全解放在這張值得信賴的床上，把所有的隱祕都坦露於床。我就有個朋友無論在什麼氣溫下都必須裸睡，任何睡衣穿在她身上都是負擔，無法入睡。

床在我們憂傷的時候接納我們，任我們在它的懷裡哭個痛快。床在我們病痛時支撐我們，讓我們的痛苦減輕一些。它看著我們的孩子呱呱墜地，也目睹我們的父母逝去。還有所謂床笫之歡，床大概也最瞭解人類的男歡女愛。最激情的、最放蕩的、最純真的、最骯髒的，它都默默承受，不帶一絲偏見。因為它知道最終你都得在它的懷裡死去，帶走所有的記憶。因此，人對床也非常挑剔，遇到不適的床便難以入眠，煩躁不安。所以有人最怕旅行，寧可錯失千萬美景，就怕夜裡遇到難以入睡的床。也有人願意重金入住某個酒店，就為了那張保證舒適的床。以前我看見很多人出差自帶枕頭或者床單還覺得太矯情，其實別人不過就是希望在異地也能睡一個安穩的覺而已。

中國人說金窩銀窩不如自己的狗窩，那個狗窩裡最讓人惦記的自然就是自己的那張床了。所以在我剛剛打工掙了點錢的時候，第一件事就是買了一張像樣的彈簧床墊，好看的印花晴綸棉被，再添

上100%純棉的床單。晚上蓋著軟軟的被子，聞到床單的香味，感到自己總算是活得像個人樣了。後來掙錢愈多愈在意床的品質：先將床墊換了厚厚實實的軟墊彈簧床，睡上去鬆軟但又不失張力，似乎是睡於雲端，下面卻有人將你托起。後來又喜歡上了記憶海綿的床墊，最好的是不管先生幾點上床都不會影響到我。被子則有了絲棉芯的和不同厚薄的羽絨被，外加各種棉薄被、絨毯、毛毯、線毯……。儘管冬天裡室內溫度並不低，但我還是喜歡先用電熱毯把被子暖好再躺進去，最喜歡的是埃及棉的提花緞面床單，鑽進去的時候它永遠都是鬆鬆軟軟、溫溫柔柔的。夏天則愛用絲綢床單，摸起來有如女人的肌膚一般性感，又滑又涼地將你團團擁住。

我喜歡將床上的東西隨心情而變，隨季節而變，於是就有了一套又一套的床上用品，從來不嫌多。我欣慰安娜多年前給我的教誨，我沒有馬虎對待我的床。畢竟我的一生當中要把大部分的時光耗在這張床上。所有的一切都是為了在任何溫度下我總能在床上找到最為舒適的享受，每夜入眠前的那一刻，我總是感覺幸福慢慢地爬上了我的額頭，最終和美夢一起將我淹沒。

藍藍畫作（黃德瑩攝）

　　能夠每天躺在自己的床上安然入睡何嘗不是人生一大幸事。每每感到日子不錯的時候我就會給安娜打一個電話。她的三個女兒都已經長大離開那個中西部的小鎮，而她仍然住在那個丈夫親自修的原木小屋裡，她的電話號碼永遠不變。我只是想感謝她讓我明白了一個樸素的道理：幸福可以簡單地源於一張床。

紐約地鐵故事三則

系列之八十三

　　這是倒楣的一天，先是華盛頓大橋車禍，堵得水泄不通。等我好不容易上了地鐵，發現地鐵也出了問題，我已經比平時上班晚了一小時！這時我身後居然響起了乞討的聲音：「上帝啊！這樣來要錢真的很丟人啊！」他的聲音嘶啞，彷彿有些哽咽。「我是一個退伍軍人，曾經在阿富汗待過一年。可是我最近失去了電工工作。」我忍不住調頭看了他一眼，吃驚地發現是一個很結實的白人小夥子，樣子很健康，不像那些經常出現在地鐵上的癮君子。他又繼續說：「我的父母都已經過世，我和妻子也沒有任何存款。可是我們有一個二歲的女兒。我妻子正在申請食品券，我的退伍津貼還有二週才到，即使到了也遠遠不夠付房租。我唯一的希望就是各位紐約客能給我一點買嬰兒食品的零錢。」他說得聲淚俱下。我是第一個掏錢包的人。也許他不過是在表演，也許他只是很懶，但也許我真的幫了一個比我更倒楣的人。

系列之九十四

　　找到一個舒適的位子，我正準備繼續追我的連續劇《大毒梟》。我不但喜歡劇情，更喜歡裡面南美風情的音樂。這時突然響起了一陣喧鬧，前面走來一個邊彈邊唱的墨西哥大叔，頭戴黑色捲邊草帽，手捧木吉他，正放聲高歌。劇是沒法看了，我摘下耳機準

備聽聽這現場西班牙音樂會。西裔非常善於用音樂表達他們的情感，天生能歌善舞。可是幾句聽下來就很失望了，大叔的聲音乾癟木訥，更沒有什麼熱情，吉他聲幾乎壓住了他有些沙啞的歌聲。一首很短的歌唱完便急急開始收錢。我正在猶豫要不要給他一塊錢，他已經跳下了車。為生計而唱到底不同於醉酒放歌，金錢的壓力大概已經榨乾了他歌裡的靈魂。

系列之九十三

　　從來沒有像今天這樣覺得如此幸運地坐上了地鐵，慶幸它在這樣特殊的一天出奇地正常，像個老友一樣能把我安全地帶回家。一小時前我才知道離我幾條街的地方發生了恐怖襲擊，至少八人死亡。我驚慌失措地離開公司。如果不是天上盤旋的直升飛機，如果不是無數的警鳴聲，只看街上鎮靜的人們，你會覺得這就是世貿大廈附近的普通一天。五點三十八分，我在地鐵裡收到了公司緊急系統打來的電話，通知我們下城槍擊事件的事態已經控制，我們可以安全回家。突然看見對面一位裝扮滑稽的姑娘，才想起萬聖節到了，但我覺得一點也不好笑，甚至有些恐怖的寒意。這樣的時刻還有心思開玩笑嗎？還有精力參加狂歡會嗎？我終於安全到家，覺得筋疲力盡。能夠每天活著真的不是一個笑話。

南希篇

南希

【作家簡介】

　　南希，原名王燕寧，原《北京日報》記者，現居紐約，從事服裝設計。1978年開始發表文學作品，作品散見於美國、中國大陸、香港等地報刊雜誌。

　　著有長篇小說《娥眉月》《足尖旋轉》。作品《邂逅》獲美國美華族移民文學獎短篇小說金獎，《多汁的眼睛》獲美國漢新文學獎短篇小說金獎，散文〈天禽如人〉獲美國漢新文學獎散文金獎。長篇小說《娥眉月》獲得新語絲文學獎二等獎，短篇小說《謝麗一家的晚餐》獲美國漢新文學獎二等獎。散文〈天禽如人〉獲2011年全國散文作家論壇大賽一等獎，散文〈雙城記〉獲2018年第六屆「禾澤都林杯」散文詩歌大賽散文二等獎，散文〈人在雨聲中〉〈青青草坪〉獲美國漢新文學獎優秀獎，短篇小說《迷迭香》獲美國漢新文學獎優秀獎等等。

我認為好散文是這樣的

　　以一個曾經的編輯角度看，我認為，好散文是這樣的：講究黃金比例，要裁剪，要有感情濃度和純度，也要講究藝術手法。我看到的好散文有兩種類型，一種精緻典雅，一種大氣真情。要麼有靈，形而上；要麼有肉，樸素到柴米油鹽。當然散文還有許多種，最常見的是一種敘述性的，有完整的故事或完整的記述。後來又出現一些專門寫心理的、情緒的、政論性的或記述性的長散文。長散文特別長，動輒幾萬字，占據大雜誌的專欄，我覺得不宜效仿，因為小作者不會有此殊榮。

　　散文最大的問題是語言，還有個性。但個性要在語言好的基礎上把握。還有格局。

　　語言的問題主要是傳承的問題。中國是一個散文大國，由於我們的文字和傳統，使我們的散文具有深厚的文化傳統。比如古代散文的傳承和白話文的沿革。

　　另外，我們的紙媒是散文集散地。我做文學副刊編輯很多年，副刊是散文的園地，培養了大批作者。但也有弊病，其一是字數限制，文章可能被編輯砍得七零八落；其二可能被迫寫成「八股文」，比如命題作文，應景、應季作文等等；其三因為是約稿、應稿，也就難免有點言不由衷。

　　對於語言的傳承，是指閱讀之時形成個人的風格。我看到一些寫得好的人，有幾個共同點：第一，他們得益於詩歌寫得好，善於在古典文學、古詩詞與外國詩歌裡汲取養分；第二，除了作品的影響，還有個人的自身條件。作家的性格和體質，會影響其風格。換句話說，作家的風格同樣是根據作家的身體條件而來，比如莫言

的文字風格，自喻「如深海的龐大動物」，一副大鯨深海翻滾的圖像。又如江南作家盧曉梅的散文，語言優美，風格婉約，玲瓏風雅，有雕塑的凹凸立體感，有刺繡的層次參差，細膩延綿，真是「錦繡語言」的藝術享受，是「理罷笙簧，卻對菱花淡淡妝」的古典情懷。

好的散文有好的細節，「細節裡面有鬼神」。中原作家青青善於觀察，注重細節，她寫大自然、寫植物、寫動物都比別人寫得生動，特別有質地，自成風格。有一次，我跟她一起登嵩山，她一路教我分辨蟋蟀、蟈蟈、竹蛉的聲音，指點植物、動物的名字，說明它們的習性、聲音和形態的不同。這樣一個經歷豐富又有深厚積澱的作家，難怪她的文字充滿了趣味。後來我讀到她寫的一篇〈光線〉：「清晨的光線清澈尖利，如銀針一樣。南希與曉梅走在林間小路，如同走進夢幻裡，她倆的頭髮上鑲著金邊，身上披著金紗，她們走動，金色的光抖動著被撕破，我能聽到『嘶啦』，裂帛一樣。她們拉著手停下來，我看到那裂開的無邊的金色復又合攏……。」她的描寫具有了自己的獨特「氣息」。

馮傑的散文抒情，很節制，所有的「開筆」之後都落到實處。男作家比女作家更少抒情，這大概是規律。最好的文學不該只停留在抒情上。舉個例子，他最近有一篇散文裡有一段「那一片白樺林」──「是第幾次看到白樺了？其中有一次是在俄羅斯看到……，它們白蠟燭一般站立著，在點燃懷念。」先描寫一點點，抒情一點點，還沒有到渲染的程度，就自己停止抒情了，接下來就是他的特色，用一句話把描寫接著寫成詩：「北極村有製作樺樹皮畫的藝術家，第一次看到白樺樹時，我就假設出一本詩集，一層一層，只在白樺樹皮上寫，孤本的詩集，然後付與風雲。」至此，這段散文就完成了從描寫到詩意的過程。這樣的文字不疾不徐，疏密有致。

　　作家的修養從來都是不露聲色的，愈豐富愈好。馮傑不但是一位詩人，散文寫得極好，他還是一位書法家和畫家，我這時就理解了他的文章為什麼看似沖淡，實則極具章法。比如，他總是從一個實物開始入筆，開很小的小口子，然後深入下去，找到那個東西的形態。文章到最後，就如一幅字寫到最後，那一筆怎樣完整地收筆，或許是飛白，飛到雲端不知所終，或落到實處，在角落裡來一個朱印落款，這一切，在提筆之前已在心裡布好局了。

　　修養從來不嫌多，都是不夠用。

　　最後，散文最好還要有一點格局。散文是硬碰硬的文體，它需要有真情實感做底子。好散文是有情感生命的，這樣的散文便有了個人的印記。因為讀者來讀文章，他最終是為了找到自己，他找到了自己才完成了閱讀的過程，得到閱讀的快感。因而人家來讀你的

作者的兩部長篇小說

文章，不能只給人家看家長里短、婆婆媽媽，或者眼皮子底下那點事。等你真的通過思考和醞釀，真的有一點什麼東西了才寫出來，而且是用好的語言來寫，這才對得起讀者。

有的散文太過講究形式，排比句從頭排到尾，過於稠密，形式大於內容；有的散文止於抒情，注水很多，千人一面；有的散文僅僅說理，就像當下微信文章，成了宗教教化傳單，也是千佛一面，這類散文，成了「新八股」文。

散文應該有自己的特殊氣息。讀者看到的是一段詩意、一個畫面，或一種真性情和真氣息，讓他不敢鬆懈，一直要等著看完你的最後一個字。如此滿足的閱讀，讀者都會喜歡。

我喜歡有感情容量的散文，言之有物的散文。

舌尖上的記憶

　　美國人很喜歡曬太陽，午餐時間很多人擠在臺階上或在噴水池前席地而坐，攤開買來的漢堡包或盒飯，邊吃邊聊，或默默地坐著，怡然地享受陽光。我也夾在人群中，吃著美式午餐，想著中式美味……

　　有一次我和幾個朋友在北京聚會，想尋找棒碴子粥、小米粥、疙瘩湯，或是驢打滾、豆汁、芥末墩兒、豆腐腦，還有手抓餅那樣的北方小吃。久居國外，回國第一件大事，就是尋找舌尖上的記憶。我不愛吃大餐，特別愛吃北方小吃，可是找啊，找啊，滿街盡是「黃金甲（假）」──裝潢金碧輝煌的價格昂貴的「假」冒外國餐館，什麼韓國餐啊，披薩店啊，漢堡餐啊等等。好不容易看到一個「京味樓」。

　　我去尋找北方麵食，大約是為了尋找與之有關的記憶。我爸爸是南方人，卻像北方人那樣愛吃麵食。他在部隊多年，改善伙食肯定是吃麵食，所以他心目中的美食，就是白麵餃子和麵條。我插隊在北方，一年到頭吃的都是難以下嚥的粗糧，吃不到白麵。一次我爸爸去看我，住在縣「招待所」。他對我媽媽說，招待所的飯食真難吃，是酸味的。可是在我的記憶裡，那是一種很香的雜麵湯，是玉米麵和白麵混合的，放了醋和白菜葉子還有蔥。這在我們村子裡是吃不到的。後來我媽媽告訴我，父親回到家說起這件事，還掉了淚，說他打了那麼多年仗，就是不想讓下一代受苦受罪，沒想到自己的女兒卻自願跑到那麼遠那麼窮的山溝去受罪。

　　在當地，放了醋的飯叫「醋飯」，不叫酸飯，而酸飯是用醃酸菜剩下的醃菜汁摻在飯裡做調味品。農民平時就用這種醃菜汁代替

鮮能吃到的蔬菜了。老鄉吃飯的習慣是，男人們都湊到村頭，蹲在地下，圍在一起，這是農民交流信息的社交方式。他們一手捏著玉米餅子，一手端著棒茬子粥。他們喝粥很有技巧，轉著碗邊喝，哪邊不燙喝哪邊，唏溜之聲，如山風浩蕩，嘬著嘴吸溜轉了一圈，粥就喝完了，碗還很乾淨，因為不用筷子去攪和，玉米粥很容易板結成糊狀，像豆腐腦似的不會黏在碗邊上。女人們不便拋頭露面，便在自家院子裡擺個小桌跟孩子們一起吃飯。

我在農村的公社幹部食堂，看到那些幹部們也像農民一樣，蹲著吃飯。其實食堂不是食堂，就是一個灶間，沒有桌子，只放著幾張長條木凳，他們個個武藝高強，端著飯碗，不是蹲在地上也不坐在凳子上，而是像猴子一樣，兩隻腳蹲在長條凳上唏溜著吃飯，看得我口瞪目呆。他們吃的飯也跟農民一樣，都是高粱、玉米、小米等粗糧，沒有大米、白麵，唯一一奢侈品，就是廚房角落有幾隻大醋缸。當我第一次在公社幹部食堂吃飯時，廚師遞給我一大碗飯，盛得結結實實，像一座小山，山尖上放著一小撮炒土豆絲，就像扔在一個大穀倉頂上的一捆麥穗。這麼少的菜怎麼下得了飯呢？我捧著碗，下意識地走到牆角的大醋缸前，揭開厚重油膩的木蓋，舀了半勺醋澆在飯上。這時才發現屋裡的幹部都在看我，其中一個人用山西話說：「這北京妮子，行！像咱們山西的妮子了——愛哈（喝）醋！」

我們村的知青出村辦事或路過公社，都來跟我蹭飯。有時天晚了，我為他們從廚房偷些剩窩頭，切了片，放在煤爐臺上烤，還偷了一些白花花的大油（煉豬油），抹在窩頭片上，待烤到焦黃鬆脆，再撒上一層鹽，那叫香啊！那些知青們吃得如狼似虎，可是又不敢多要，怕我第二天因為偷窩頭而挨罵。天黑了沒地方去，又沒有旅館，就在我的小屋擠一夜。在昏暗的燈光下，縮在牆角坐著七八個知青，他們滿面憔悴，衣衫襤褸，面容消瘦，我永遠不會忘記，那一種迷茫、與年齡不符的疲憊目光。

農民到外地或進縣城，都是自己背著糧食，找人借火、借爐灶自己做飯，我們知青也是一樣。有一次我們到縣城辦事，走了一天，走得筋疲力盡，到了晚上才進了城，我們要找的朋友沒在，我們沒地方做飯又吃不起飯館。縣城僅有的幾家飯鋪都打烊了，我們敲了幾家小飯鋪，老闆都不願起火和麵做飯，因為知道知青很窮，付不了幾個錢。我們坐在路邊，又累又餓，一片慘澹愁雲。張隊長一家一家地求人家，終於找到一家小飯鋪。老闆的親戚也有當知青的，隊長曉之以理，動之以情，老闆將心比心，說，我這兒也打烊什麼都沒有了，只能湊合烙幾張餅了。張隊長說我們背著小米來的，老闆說不要你們的小米，交一點餅錢就行了。這家小飯鋪很破舊，地上連水泥都沒有鋪，凹凸不平，沒有椅子，只有兩張油膩污濁的桌子，連一個盤子都沒有。老闆端出一摞大餅出來，砰！就扔在一塊雁布上。我們根本顧不上體面，如餓虎撲食一搶而空，老闆見狀，連連倒退，迅速消失在熏黃的廚房布簾後面了。我們以為把他嚇壞了，結果他又去和了更多的麵，他不知道我們這些知青有多麼能吃。不一會兒，老闆捧了一摞熱騰騰的大餅又出現了，他一步一步走近，接受了我們所有人熱情的注目禮，結果大餅很快又被一掃而光。當時，在我心裡世界上最好吃的東西，就是大餅！

現在生活好了，人們在吃上多了很多花樣，不再為吃而吃了，而是變著樣吃，要很多人一起吃，要男男女女在一起娛樂，要有佐餐的酒、精美的餐具、優雅的氛圍、輕鬆的音樂，還要有美色和黃色笑話，吃這件事，竟成了聯絡感情和辦業務的工具。吃頓飯超出了它的範圍，也超出了它的價值，就出現了天價的飯局。中國人在吃上的奢靡之風比西方人厲害多了，就像王小波描述的那樣：「出了門，窮極奢欲，非賓士車不坐，非毒蛇王八不吃，甚至還要吃金箔、屙金屎。」

真正的家鄉味，大約只有在家鄉以外的地方才能感受到。我

們尋找當年的小吃，尋找的可能只是一種記憶，那些記憶是隨著味蕾的甦醒而甦醒，活色生鮮地再現，伴隨著的是我們吃某種食物時的心情，比如餃子和過年、麵條與生日、大學生宿舍與速食麵、家鄉味與媽媽做的飯。其實，吃這件事也是分幾個階段，在第一個階段，你吃到的是食物，嚐到的是食物──既填飽肚子，又給了味蕾一種冒險和嘗試，它帶著初戀般的味道留在了你的記憶裡。它沒有超出食物的範圍，又超出了食物的範圍，連當時的情景和聲音都留在了記憶中。在第二個階段，你重複地吃，每天都吃，為了延續生命而吃，為果腹而吃，僅僅是一個熟悉的物理過程。在第三個階段，你很久沒吃到的一種家鄉食物，它的香味從你深深的記憶裡冒出來，帶出了時光的記憶和感情。

　　人類記憶力最神奇的，是對食物的記憶。有時它已超出了食物本身的意義，食物和世間一切事物一樣，不僅是物質存在的形式而已。

　　當我坐在百老匯街邊，吃著食之無味的美式速食，格外想念家鄉的美食；可是到了中國，面對滿桌美味，又覺得它已失去了當初的滋味。舌尖上的記憶像一隻迷途鳥，千里萬里，仍找不到它的家鄉。

美食（李強攝）

大師筆下的小人物

　　很多大作家喜歡寫小人物，如契訶夫、卡爾維諾、歐・亨利等作家，他們很多短篇小說的名篇，也是因寫出生動的小人物而膾炙人口。其實很多作家本身就是出身平凡，經歷坎坷，在能夠用稿費養家之前，實際上做著特別辛苦和低工資的工作甚至是苦力，他們多是敏感而又體質瘦弱，所以痛苦的感覺更強烈。

　　被稱為美國短篇小說之父的歐・亨利，他三歲時，母親因病而去世。這一年，他和父親搬到祖母家裡居住。他被送往姑姑開辦的一所私立學校讀書，後來被迫輟學，到叔叔的藥房裡當學徒。這份工作讓他覺得傷自尊又無聊，但他卻先後幹了五年。1882年3月，一位格林斯伯勒的醫生見他身體不好，便帶他到德克薩斯州拉薩爾縣的一個牧羊場作客，希望能夠使歐・亨利一直在咳嗽的毛病康復。1884年，歐・亨利又隨這位好心的醫生到了奧斯丁，住在一位同鄉的家裡，並找到了工作。歐・亨利在那兒當過歌手、戲劇演員、藥劑師、繪圖員、記者和出納員等。1898年2月，他因經濟問題被判處五年有期徒刑。服刑期間，歐・亨利當上了監獄的藥劑師。也是在服刑期間，為了維持女兒和自己的生活，以及供女兒上學，他開始認真寫短篇小說。據說，他之所以選擇寫短篇小說，是因為短篇小說的寫作時間不長，發表的地方也很多，可以很快拿到錢。

　　相比之下，卡夫卡應該說家境很好，學習了法律並獲得博士學位，在一家義大利保險公司做小職員，但是因為他生活和創作的主要時期是在第一次大戰前後，當時經濟蕭條，社會腐敗，人民生活窮困，這一切對卡夫卡產生影響，使他的小說充滿了憂鬱的、孤

獨的情緒，帶著一種荒誕的充滿非理性色彩的景象。對社會的陌生感、孤獨感與恐懼感，是他創作的永恆主題。美國詩人奧登評價卡夫卡時說：「卡夫卡對我們至關重要，因為他的困境就是現代人的困境。」卡夫卡的一生被稱為「卑微、晦暗、支離破碎的一生」，他內心的不滿和蒼涼、敏感和無助，實際上成為了他筆下人物的底色。宿命、詭異、荒誕、生之何歡、死之何悲等，都一直追蹤著每一個人，包括這些偉大的作家。但人們看到這些與生俱來的現實與折磨和無奈，體現在書中人物的生活裡，人們就看到了自己，就很容易相信，並沉浸在書裡。

閱讀是一種認知，人們在苦難無助或無聊時都求助於閱讀，包括觀賞影視，就是為了解脫自己凡俗的生活壓力，哪怕「借他人酒杯澆自己塊壘」。有時，也許是因為自身的故事不斷地印證了書裡的故事，從中讀出了自己的影子和宿命，這時，小說與現實的界限便模糊了，消遣成了無言的自省，人生如書，自己就藏身在那些字裡面。有時，我們也會在小人物身上發現一種向上的良知與悲憫，這個人物身上甚至帶著某種悲壯與殉道的色彩，有著一種先入地獄、再出地獄的至善與純良。總之，人們會在自己的閱讀中得到很多紓解、釋放，甚至是饒恕，或對信仰的確認，或異想天開般的激勵。

寫小人物的處境，「無奈」是難以繞過去的。現實的可能預設著人物的可能，現實的邊界也是心理的邊界。這樣的痛苦敘事中，人被脅迫、被劫持的意義就凸顯出來了。改變命運是任何一個時代的人都不會放棄的努力，是任何文學都繞不過去的話題。但作家的著眼點不同，有的著眼信仰，有的著眼文化差異，有的是他們改變命運的方式和可能。

有的作家的情感著眼點在小人物，與自己的經歷有關。他周圍的人，目之所及，都是小人物，所以更能觸及這類人物幽暗隱祕的

心理。有的偉大作家，在實際生活中未必是偉人，也許有自己的毛病和難處，比如賭博、酗酒、欠債，放蕩不羈，但在他們清醒或寫作的時候，他們有一種大多數人共有的價值觀，他們的小說有著世俗的面孔，能夠接地氣，但同時長著羽翼，能夠飛翔於天空。他們的小說不但有藝術的美，而且予人希望。雖然寫的是小人物，卻能寫出人物的「大」來。

作家把人物推到一個特定的環境中，打破慣常的生活秩序，使其和世界建立新的關係，逼出他身上超乎尋常的一些特質。作家熟諳生活的艱辛，用一種滄桑的責任，打磨文學的溫存，揭示人性。在那些好小說裡，我們往往看到有兩極，一種是特別真實的現實生活，一種是特別超現實的情感，這也許是小說的兩極，行走與飛翔。也正因為這個緣故，我們才會被其吸引。

歐·亨利有很多的小說以紐約為背景。他不寫紐約的繁華，至多只略帶幾筆。他筆下的紐約是個怪事層出不窮的大都市。當時有人說，紐約的社會基礎是四百個上流人物，他們舉足輕重，歐·亨利就在《四百萬》中針鋒相對地提出反對意見。他認為紐約是由四百萬普通民眾做基礎的，他們是社會中最最重要的人。他主要寫小人物，但偶爾也寫大人物，但他們不是作為社會中堅力量出現的，而是出現在滑稽劇性小說中。

說到歐·亨利，他非常講究技巧。在故事情節發展過程中，將某一方面著力描寫。這些描寫與主題是密切相關的，但並沒有觸及最重要的事實，最重要的事實只用一兩筆帶過，讀者難以看出他埋下的伏筆。到故事結尾處，筆鋒一轉，引出一個意想不到的結局。這時，再回想一下整個小說，就會看到小說各個角落的埋設，那些埋設常常是一個作家最得意的地方，當然生怕讀者略過。有作家說，作品是寫給自己的，但沒有聽眾，演講會喪失激情。多少年後人們都會為歐·亨利構思的精妙而拍案叫絕。他的這種意料之外、

情理之中的結局是獨具匠心的，深入到了小說肌理中，使閱讀充滿動感。

我非常欣賞一些大師的技巧，他們的小說非常好看，而有研究學者說，他們最終卻不是完全因為技巧成功的，而是綜合因素。有人這樣說：文學，技術終究是末端，是小道，而本體論的意義，才賦予一個作家以真正的身分。可能作家在寫作前，都要考慮技術，對寫作者而言，技術是結構小說所必需的。寫作過程中還不斷自我提醒，往往寫著寫著，技術就退到身後，牽著或推動作家前行的是人物的命運及人物命運的走向。

我也佩服像卡爾維諾這類作家，他寫的東西很輕盈，又有一種清新透明、像水晶玻璃般的理性，輕盈可以使作品格調不俗，但沒有重，輕盈可能會成為輕飄。他的輕盈與理性結合得很完美，就會在輕盈中出現大理石般的紋理圖案，與交響樂般的多重旋律。

我敬佩的那些大師，是帶著對生活的不屈，在沉重的現實泥沼之上飛翔。寫作，抽取了他們靈魂中最美的部分。在寫作中，作家本身獨有的東西，像血液一樣，會慢慢地流出來，順著枝葉表面和機理內層的脈絡，使作品煥然一新、生機勃勃，開出繁複得無以復加的美麗花朵，就像面對大自然的奇蹟，我們只能感歎，卻永遠無法效仿。

《卡達菲魔箱》的魔性

最近我讀了《卡達菲魔箱》，紐約作家陳九的小說集，從文學角度我有四點感受：

第一是幽默風格。他在北京和天津生活過，他的語言帶著天津和北京地域文化的達觀和開朗、爽快和幽默。這種豁達敞亮，又和紐約國際化大都市的獨特地域文化衝撞在一起，混搭成了獨特視野和風格化的敘事風格。

他的小說有一種肆言無忌的幽默感，任何悲劇在他筆下都能體現荒誕。他的嬉笑怒罵幽默是很感性的，但在感性的後面，還有很深刻的命運思考。他的人物在面對命運的惡意嘲諷有各種表現，有的是遊戲其間，有的是與之抗爭，有的甚至是以死對抗。所以他的作品閃耀著救贖的微光。

「現代生活已經幾十倍提速了，人們面臨的各方面的壓力更多而且更大，因此，現代生活更需要幽默精神。」陳九說，「心理學家認為，幽默感源於從不快樂中追求快樂的衝動。有句話說，喜劇的內核是悲劇，改動一下，幽默的內核是寂寞，倒十分貼近我的心境。」一個作者寫得從容和老練不是最難，最難的是寫出一種風格。陳九的文字辨識度非常高，風格是關鍵的東西。

第二是戲劇性。陳九的天賦表現在，他能夠把一切主題都轉化成清晰的視覺意象，生動翻騰的場面。他的描寫有現場感，有畫面感，他善於展現文化衝突的戲劇性。《卡達菲魔箱》集合了神祕、驚悚和陰謀論等多種風格。這種強大的輻射力使故事語言和人物都充滿了文學光芒。

第三是他的語言特色。陳九小說的語言有超強的辨識度。他的

語言生動，活靈活現，有如吐鳳噴珠。他不屬於詞藻華麗一類，完全天馬行空，三教九流，不拘一格。「語言是文學的第一要素」，一個作家的語言是他的重要標誌。語言與作家的關係是血肉相連的部分。陳九老師的語言特色，其一就是激情澎湃，文字聲音具有音樂性和節奏感。陳九是一個幸福的作家，多年前我曾經參加他的一個講座，他在黑板上寫了一大板，手舞足蹈，他在談語言的時候，恨不得跳起來唱起來。想必在他小說的寫作過程中也有極大的欣喜和迷醉。

語言的「聲音感」和「音樂性」，不是書面語的。聲音出自身體，它遠比書寫更為本原。作品中的這個聲音，是把身體的官能全面打開，視、聽一起在大腦的溝回裡激蕩。漢語本身就是一個聲音系統。我們今天寫東西不講平仄了，我們讀東西也不讀出聲來，但我們嘴裡不發聲，聲音也還是響在腦子裡，所以還是要講聲音的。作家情感的起伏、呼吸的節律，都包含在聲音裡頭。

他的小說結尾經常令人意外，出人意料，在他的聲音出現休止符的時候，實際上不是靜音，而是出現了一個很大很大的強音，一個並非靜止的一個畫面，非常震撼人心的，令人過目難忘。

陳九小說裡，常出現一小段對話，用楷體標出，非常奇妙的，像排比句。以示聲音的變化和停頓，展現了一種情緒和劇情的節奏。所以陳九的小說有聲音，還是多聲部多重奏，有的從頭唱到尾。

感受之四，他一直致力於筆下人物的傳奇性，這種風格能夠樹立過目不忘的特殊人物類型。他善於展現文化碰撞的戲劇衝突，善於運用典型細節，使衝突迭起。讀陳九的小說，會感到輕鬆愉快，幽默，好玩兒。有的時候哈哈大笑，樂不可支，但似乎又黯然神傷，這種閱讀感受是非常奇特的。因為他的人物有一種孤獨感。靈魂上的孤獨被他刻畫得很深刻。他的人物小如塵埃，但卻是在熱烈

深情地活著。有著強大的意志力，飽滿的熱情，推土機一樣的往前推，有向困難挑戰的勇氣。是富有生命力的人物，令人肅然起敬。

比如第一篇小說《卡達菲魔箱》，他以獨特視角和個性語言，講述了中國留學生潘興，在紐約打開卡達菲魔箱的傳奇經歷，故事引人入勝。作品中他更關注中西方文化碰撞和文化衝突。人物各自攜帶著自己的價值判斷和情感模式，言行舉止觀念完全相悖，這注定了矛盾和戲劇衝突，潘興成為當地人眼中的「怪物」、「異類」、「外來者」。

這篇小說第20頁，有一個關鍵的地方，鎖匠俱樂部。俱樂部的人都是非常出色的手藝人。到了22頁才真正出現了卡達菲魔箱。此前一直在鋪墊，這個最有意思的話題到此才展開，吊足了讀者的胃口。他的小說是以人物帶動故事，而不是以故事寫人物，最後推導出令人驚訝的結尾或反轉。由於這種設置的需要，他的人物都具有非常極端的性格，非常極端的才藝，非常傳奇的經歷，比如這個會開鎖的潘興。

《卡達菲魔箱》第二號人物的設置也很有意思。有個叫「胖子」的人物不斷出現在陳九作品裡，讓人以為這是作者本人。當然，這個胖子並沒有作者本人聰明機智，而且是個討厭的話癆，衝動的魔鬼，總是成事不足，敗事有餘，往往給主人公帶來麻煩。這其實恰好也是一種敘述角度，是貼近人物的一種方法。在傳統的歐美小說裡，這個方法屢見不鮮，也像我國民間故事的寫法。胖子另外一個作用，就是不斷補充需要的材料、背景等，也充當了對話的對象，就是推動對話。一般的作者在寫對話的時候，基本上是原地停留，很難用對話推動劇情發展，而陳九老師的特色就是，他的對話可以從始至終貫穿，生動活潑。

小說「高潮」的時候，往往是敘述者本人並不在現場，用書信，或者是傳說，或者聽說，或者第三種敘述的方式，把那個巨大

的高潮給敘述出來。古人有句話:「大音希聲,大象無形。」愈好的音樂愈悠遠、潛低,愈好的形象愈縹緲、宏遠。這個方法可以讓讀者展開豐富的想像力,去想像那個場面、空間和震撼力。只有小說才具有這種文學的特質,這裡作者是運用了一種「冰山原理」,顯示了作者舉重若輕的裁剪能力。而在作品的結尾處,陳九往往是會編織一個一百八十度的大轉彎,或者是一個出乎意料的轉折,像飛鳥的翅膀或者像一個蒼涼的手勢,展現一種惋惜、無奈、震驚或令人回味無窮的結尾。

　　陳九的小說風格與沈從文、汪曾祺比較靠近,出國後的閱讀,又使他的文字風格變得相容並蓄,很明顯與海明威風格靠近。《卡達菲魔箱》是一部帶有「陳九標籤」的海洋文化作品,既有好看的故事,又有哲理品格和詩意的溫情,就像作家夏堅勇的評價:「津味兒、京腔兒,加之老美的嬉皮士風格混搭在一起,有如牛排紅酒,那叫一個爽!」我覺得這種概括非常到位。

唐簡篇

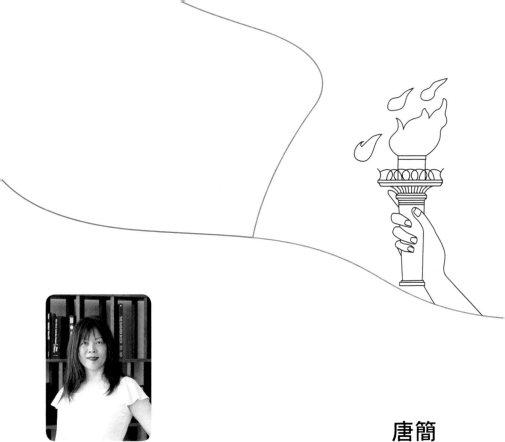

唐簡

【作家簡介】

唐簡，曾用筆名天問，居紐約，工作之餘碼字。作品曾發表於《西湖》《文綜》《青年作家》《海外文摘》《臺港文學》，北美《漢新月刊》，紐約《僑報》《世界日報》等。

以後的夜，我也會快樂

出了地鐵口，瑪麗莎說酒吧就在十條街外的公園和斯佰登戴渥（Spuyten Duyvil）河邊。大衛說這兩個荷蘭字的意思是「魔鬼的漩渦」。

冬夜的寒風裡，同兩個鄰居徒步在曼哈頓西北角的英伍德區，去從未去過的地方看從未看過的「超級碗」比賽，我想我是瘋了。

路燈是昏黃的。夜伸出長長的手，從一處處我不知就裡的陰影中神祕地穿進穿出，經過之處勢必播下種種陰謀的蠢動，它們的聲音充斥在陰冷的空氣裡，只有我才聽得出那些具有破壞性的聲音是如何同另一種聲音類似——那乘客稀少的地鐵輾過軌道時發出的空洞而不踏實的哐噹聲啊！

半個月前，夜裡十一點多的車廂裡，哐噹聲在耳畔迴旋，一個滿臉滿手刺青的大個子男人站在我緊縮其中的座位旁邊。他會在下地鐵前突然搶走我的拎包嗎？他會傷害我嗎？僅有的另兩位乘客離我七八米遠。我悄悄地抓緊了拎包的肩帶。事實上，那晚什麼也沒有發生。而多年前在貴陽深夜獨自回蝸居，於黑暗中僻靜的小巷裡同一個男人挨肩而過，我輕聲地哼著歌，什麼也沒有想。

我該是倦了。生活本身像一臺榨汁機，心靈的活力在不知不覺中被一點點地榨出，時間愈久，不安與擔心愈像野草的種子，風吹到哪裡就在哪裡生了根發了芽，在哪裡肆意生長。我們就這樣倦得被擠進了幽閉的角落。

也許，可以做點什麼？也許同瑪麗莎和大衛看球賽主意並不壞？那些聲音需要被拋在腦後。一路上，我提出了許多問題，他們似乎很高興有機會跟鄰居解釋橄欖球賽的規則。我需要去想這對他

們是一件樂事。

打開酒吧的門，他倆以源於非洲某部落，慶祝球賽的方式跳起來，胸膛撞胸膛，進入預熱狀態，同時歡呼吧臺邊剛好還有三個座位。酒吧不算大，吧臺對面擺滿的小圓桌已被球迷們占領，四面牆壁懸掛著八個巨大的液晶電視螢幕，聲音的分貝高得驚人，氣氛絲毫不亞於我二十多歲時常去蹦迪，可以隨時衝上高臺把領舞者趕下去的那個迪廳。也許，這將是一個不同凡響的夜？

大衛問我喝什麼酒。在美國我極少喝酒，只懂得五六種酒。我於是點了瑪格麗特，試著像眾人一樣巴巴地等待六十美元吧費配送的晚餐。

「『超級碗』總決賽，野馬對黑豹！」解說員喊，場上、場下的觀眾也在喊。我的聲音到了喉嚨口，有了跟著喊的慾望。

「噢！」右邊的男人高喊，手臂在空中飛舞，他轉向我，衝我大喊，「你看見了嗎？看見了嗎！」一股風拂過，從他缺失的兩顆門牙處刮來被宣洩的激情。我記起了我應該放鬆，我說是啊是啊。爾後，他的激情繼續高漲，我懷疑我的回應與此有任何關係。但當他的吧椅有意無意一寸寸擠掉我與他之間的距離，我不是沒有悔意。左邊的大衛問我要不要換個位置。那些聲音還在遠處徘徊，無論如何，它們必須被摒棄。我對大衛說，再等等。

我環顧四周，患得患失、歡喜激憤寫在兩個鄰居及眾人臉上，似乎人人都在為各自的球隊齊吶喊同進退。專業球迷的臉孔布滿忘我的陶醉光芒，兩對情侶在激動之餘不忘對視和交談以分享彼此感受，也有兩個男人在觀看球賽之外，放任他們打量女人的曖昧目光在酒吧裡遊蕩，當目光被女人截獲時，像悄無聲息而至的黑蛇，看似危險，卻無毒性，也無傷大雅。而吧臺的招待們笑容滿面，頻頻地與人們互動，指望得到豐厚的小費。一時之間，有限的空間裡到處飄著發亮的眼睛，而有著這些眼睛的陌生而生動的臉，它們連接

了酒吧之外無數個電視機前無數個同樣生動的臉。那一刻，我暖和起來，脫掉了一直穿著的大衣。為未知的事而來，擁抱未知，定有未知的興奮。我得到了回報。

再度聆聽人們的歡聲，竟也不覺疏離。人們說這真是一項給自己的不錯的款待，多麼美好；現場最便宜的票價將近三千美元，五十碼以內的座位一萬多美元，而我們僅花六十美元，就可以喝著美酒吃著烤雞翅和通心粉看頂級而高尚的球賽。

右邊的男人悄悄地搬離了吧臺。他肯定是接收到了我的信號——側臉不快的神色。我竟以為一個對牙齒漏風無所謂的男人沒有了心！我卻不能邀他回來。所幸偷眼看到在兩米遠的桌旁，他依然情緒激昂。也不必邀了。

我轉向瑪麗莎和大衛，衷心感謝他們的耐心與陪伴，並祝他們幸福。他們的笑容燦爛而真誠，與來時沒區別。我無須去想同他人分享當晚是否對他們是件樂事。我們曾同受二樓鄰居的噪音折磨，算同一「戰壕」的「戰友」，我們三樓和一樓同心協力，最終贏得一場為時兩個月的糾紛。

他們擁抱了我。我也擁抱了他們。

一個懂得回饋的夜。那一夜，我是快樂的。以後的夜，我也會快樂。

唐簡攝影作品之一

見到了她

坐在羅克韋爾鎮希爾頓惠庭套房酒店的一樓，瞥了一眼窗外，陽光正好。

大堂的自動門和我落座的餐桌之間，僅隔了一堵帶壁爐的開放式裝飾牆，牆的左邊是過道，坐電梯和下電梯的人盡皆從那經過，完全處於我的視野之內。

早餐的品種不多，即便多，我只須略吃一些。她事先交代過的，留著肚子吃午飯。面前是一小碗麥片粥和幾勺稀稀軟軟的炒雞蛋。我慢慢吃著，眼睛盯住前方。

過道上人來人往，都不是她。一秒，兩秒，五六分鐘。一個短頭髮亞裔女人苗條的側影飄進視線，向電梯走去，她身著駝褐色的褲裙、深藍的上衣，左手舉著電話在等對方接聽。是她了！心裡有感應似的。

果然，我剛站起身，手機響了。

「喬喬！」我喊道。本不應在公眾場合這麼喊的。我喊了，聲音不小。

她沒聽見，我趕緊接起電話。

「你在哪？」她問。

我快步走向她，一邊說：「親愛的，我看到你了。」

她正回頭尋找，也看到了我。

「啊，總算見到了！」我們幾乎同時說，臉上笑開了花，緊緊擁抱在一起，像兩個經年未見的老友，舒心、快樂、激動、好奇，種種情感激蕩發生在擁抱的瞬間。高大的天花板下，我好像看到激蕩的漣漪在漸漸擴散。

我的確有些激動。早些時候在房間裡已經激動過一回。有人敲門，以為是她來了，因為起先說好她上來找我。我三步兩步跑去開門，喊著：「親愛的，來了。」待到打開門，卻是做清潔的墨西哥女工，不覺好笑。看看時間不晚，樓下還有早餐供應，於是微信她，我到一樓等她。

兩年多了，我們一直神交甚歡，很享受與她交往的過程。我那時剛開始碼字，寫了兩篇文章〈海明威和金瓶梅〉〈老祖宗〉。她加了我的微信，留言談及看法。後來，我們的交流逐漸多了，從評讀彼此的作品，到討論作家的作品，述說各自的某些經歷，到每隔一段時間的問候與聯繫，一點一點根植了信任、理解和欣賞。有三者為基礎，見了面自然倍感親熱。

此刻，她就坐在餐桌對面，大眼睛嫻雅、澄澈，姣好的臉上，黑髮順兩側自然披散而下，氣質絕佳。

我給她泡的茶冒著熱氣，她吹了吹，呷了一口。我感慨。

「我左眼的隱形眼鏡弄得眼睛有些不舒服。」她說，身子輕輕靠在椅背上，左手輕揉了一下左眼。我也感慨。

從她家到酒店，一個小時的路程，眼睛不舒服，開車可就難受了。

「那你一會兒回去開車行嗎？」我問。

「可以的。」她說，若無其事的樣。

兩天前，我跟她爭，去一個離她家半小時的中間地帶見面，這樣來回她可以節省一小時。最後她贏了，來酒店看我，理由是免得我開長途返回紐約時太累。

我沒再說什麼。有些話，不是都要說。對任何一份友情，不想當然就是了。友情、愛情都如此，被一顆自由的心認可了，就是一份承諾，就有自信擔承。

我們開始聊天，想到什麼聊什麼，毫不拘謹，輕鬆而愜意。過

去的兩年多，我們一直是這樣自自然然地交流，此番面對面，不過是以往的延續。她的聲音一樣，音調一樣，與她說話的感覺也是一個樣，她就是微信裡的那個她。時間，存在於永恆的現在，雖時刻在消失，美好的記憶卻永遠存在。

按她的計畫，她開車帶我去一家海鮮餐館吃午飯。我們相鄰而坐，我在她右邊，她在我左邊。兩個工作之餘擠時間寫作的人，在人生的這個時候懂得了領略文字的魅力，學著用筆來表達內心世界，不免有幾分惺惺相惜。近距離看她，氣質更好，促膝談心，對她更為欣賞。我們聊起一些較為個人的話題，從她的眼睛看得出情感的變化。文如其人一點不錯，她的人就如她的文字，優雅、細膩、耐人尋味，撥開含蓄的面紗，內心的豐富、敏感呈現出不同層次美的光彩。

分別，擁抱了再擁抱，她看著我，眼底變得潤濕，一陣不知什麼襲上心頭，我再也忍不住，濕了眼圈。

開車上了高速，陽光依然好著。明天將是新的篇章。

老祖宗

　　四十多年前，貴州海子蘭上上下下有四五十戶人家，分別聚居在方圓四五個平方公里的地方。村子有遍布的水田和菜地，和縱橫交錯的田坎，周邊有幾座不算高的山，和一條流經村子的小河，河邊有一口冬暖夏涼的井。村外兩公里的山上，有一座與臨近幾個村子共學區的小學玉環觀。

　　村裡有一個「老祖宗」，那就是我祖母。老祖宗年輕時是有名的美女，裹了三寸金蓮，學了《三字經》，嫁了個瀟灑倜儻、有村子周圍一百多畝土地的秀才地主，生了三女一男，三十歲上守了寡。後來土地被土改掉了，剩了一畝半地和一棟老屋。

　　老屋有磚牆、瓦蓋的屋頂和一層半樓，同八戶人家的房子圍成了一個院落，處在上村、下村之間。院裡家家戶戶都認識別家的七大姑八大姨，只除了老祖宗，都知道別家的油鹽醬醋放哪裡。吃飯時男女老少都喜歡端著碗飯到別家去夾菜，沒事時喜歡到別家去喝米湯。如果哪家新殺了豬熬了油，都要到這家去吃油渣，舀一碗豬油。自家和別家的雞長什麼樣人人都知道，但是天黑時如果別家的雞進了自家雞的窩，是母雞或公雞就留著過夜，因為母雞可能會下蛋，公雞可能會播種，如果是閹雞就趕出去。家家都燒柴和木炭，只有老祖宗燒煤，因為老祖宗的孩子、媳婦、女婿、孫子和孫女，以及外孫和外孫女都有縣城或城市的居民戶口。天冷時，有事沒事院裡的人和上村、下村的人都喜歡來老祖宗的堂屋，圍著暖爐擠著說話，加上老祖宗有好煙好茶，人們來得著實勤。

　　老祖宗的脾氣就這麼大起來了。人們來了擠擠鬧鬧不說，老祖宗的煙和茶也跟著遭殃。煩了，老祖宗就開罵。也難怪她，吃飯

時有十七八雙眼睛盯著看她碗裡是什麼菜，喝湯時有八九個頭探過去看她碗裡是什麼湯。老祖宗罵走了一屋子的人，又來了一屋子的人，最後人人都喜歡被老祖宗罵，聽到她罵就開始笑。老祖宗罵人很來勁，罵起來很好聽，罵得再凶也沒有真動過氣，後來她罵人就成了習慣，加上她的輩分比所有人高，人們就稱她「老祖宗」，稱她罵人是「歌頌人」。不受老祖宗歌頌的人都不敢來她的堂屋，受她歌頌的人繼續到她的堂屋來。

　　受老祖宗歌頌的，當然也有她獨自帶大的四個孩子（我父親和三個姑媽），有她撫養過的一個孫女和兩個孫子（我和兩個弟弟），以及三個外孫女和六個外孫（我的三個表姐和六個表哥）。在這十二個孫輩中，被老祖宗罵得最多的是我的表哥表姐們，有時他們也挨老祖宗打，因為事無巨細自然不會是我們三個小的錯，小的不對自然是大的沒帶好；而在我們三個小的中，事無巨細又都不是兩個弟弟的錯。當然，有外人在的時候，我們全部都是好樣的，因為不管誰做了什麼，有人來告狀時，被老祖宗罵出去的一定是這個告狀的人，至於告狀的人走了以後我們的下場，倒是有點好看。

　　說到告狀，真的得給老祖宗說聲對不起，因為我們真沒給她少丟臉。四個表哥表姐和大弟弟曾在玉環觀小學讀書，其餘的在暑假和寒假回到老屋，假期之間被人告狀的事大增：前幾天有人捅了別家房簷下的馬蜂窩，有人悄悄放走了別家的牛，有人扔了石頭進別家的水田，還有人偷吃了別家菜園的番茄；昨天是偷酒喝的喝醉了把別人的米櫃踏壞了，今天是挖折耳根的把別人的田坎挖垮了；明天不知道又會是什麼，真是難為了老祖宗！相比之下，玉環觀成績單上的零蛋倒是不為難，因為不是孩子不聰明，而是因為沒有去上課，再說家家的孩子都得過許多零蛋。老祖宗特許孫輩們這些情況下可以不上學：天太熱或天太冷、下大雨或刮大風；至於天氣情況的標準，由孩子自行描述。所以零蛋的事這裡就不道歉了，免得違

了老祖宗呵護的心。

身形矮小的老祖宗，每天在廚房和各間屋子中碎步穿梭，為我們做飯和操持家務，吃飯時老祖宗到處喊我們，派人滿山遍野找我們，我們來到飯桌旁時常常滿頭大汗，端了飯就吃，吃完就跑，邊跑邊聽得老祖宗在後面罵，我們卻邊跑邊笑，回家時老祖宗又是笑意盈盈。有時和弟弟到半里遠的井裡去抬水一去幾小時，下河摸夠了魚、玩夠了水、曬乾了衣服才慢慢回轉，一桶水抬著晃蕩回去就剩下半桶，老祖宗還說乖。

因為老祖宗的絕對權威，我們都知道哄她高興一等一重要。沒事時我們會圍著她給她捶背講故事，讀幾句洋文。老祖宗雖不懂英文，每次都聽得眉花眼笑，說要得，洋屁學得好，有出息。所以只要沒人告狀問題就不大。在家裡惹著老祖宗了，趕緊把她的煙桿和煙遞給她，說老祖宗來口煙嘛，她就又罵又笑了。老祖宗打人時也有辦法引她笑，她的巴掌拍到腰就說腎被打掉了讓她賠腎，拍到背就說心被震掉了讓她賠心，拍到頭就問她把人拍傻了怎麼讀書。

雖然老祖宗有著至高無上的地位，「挑戰」她的人還是有，經過了這麼一樁事，老祖宗發現小的不對原來和大的也不一定有關係。有次鄰居來告狀，說她家的雞剛下的蛋被誰誰誰扔到了後院。罵走鄰居後，老祖宗把孫三個叫來排隊站好，拎著竹條就要開打，說小的幹這事就是大的教的。小的看勢頭不對一溜煙跑了，剩下大的那個傻站著，不住口地說不是我不是我，也沒能攔住老祖宗的竹條「筍子炒肉」。到了晚上，老祖宗給大的那個放好洗腳水，大的那個就坐在小板凳上邊洗腳邊唸叨，說沒跑是因為怕你小腳追人會摔倒，又不是心裡有鬼，為什麼你冤枉打我一頓？為什麼你就是不相信，為什麼你總是包庇小的？翻來覆去足足唸叨了半小時。整整半小時，老祖宗聽著，一個字沒說。從那以後，她的態度改變了。開明的老祖宗！

　　有老祖宗真是我們天大的福氣。一大家子人，十幾個大人，十幾個孩子，家長里短是是非非，真不容易。東家長西家短，大事小事到了老祖宗那裡便左耳進右耳出，埋怨的沒脾氣，生事的沒話說。老祖宗也就是歌頌人，歌頌完了就笑了，有的是爽朗樂觀，從沒有悲傷自憐，這對我們來說是莫大的幸運。艱難困苦不會損壞和腐蝕一個人的心靈，悲傷和憐憫卻會。爽朗和樂觀把勞苦化作了快樂的記憶，有快樂的記憶相伴，就有安寧和勇氣。老祖宗不懂這些道理，卻用她的人生演繹了這些道理。

　　老祖宗去世後，就葬在祖父的墳旁，那樣他們就可以永世相依相伴。許多年了，我從沒有停止過對祖母的思念，對她的回憶從來沒有一絲一毫的苦澀，有的只是快樂和激勵。

　　回頭得囑咐弟弟上墳時替我給祖母多燒些紙錢，讓她老人家多買些好煙抽，買些好茶喝。要是老祖宗知道我的洋話說得更好了，她的眼睛準會笑彎了。

唐簡攝影作品之二

江嵐篇

江嵐

【作家簡介】

　　江嵐，文學博士，執教於美國高校，業餘寫作，已發表各類體裁作品逾兩百萬字。出版有短篇小說集《故事中的女人》，學術論著《唐詩西傳史論》，長篇小說《合歡牡丹》，系列有聲書《其實唐詩會說事兒》。編著《離岸芳華：海外華文短篇小說選》《四十年家國：海外華人看改革開放》《故鄉是中國：海外華人散文選》及「新世紀海外女作家叢書」十二冊等。現為北美中文作家協會應屆理事會理事、副會長兼外聯部主任，加拿大華文學會副主任委員，海外女作家協會終身會員。

明朝更尋去

> 碧水映丹霞，濺濺度淺沙。
> 暗通山下草，流出洞中花。
> 淨色和雲落，喧聲繞石斜。
> 明朝更尋去，應到阮郎家。
>
> ——（唐）李端〈山下泉〉

　　那天讓我訝異得叫出聲來的，其實只是一張照片。

　　並非專業的攝影作品，就是那種旅途中走著走著偶然撞上，來不及講究構圖、布局或光線，隨手拍下來的那麼一張風景照片。畫面的主色調是綠色，墨綠的河水、草綠的河灘、翠綠的灌木。整片整片濕漉漉的蒼翠，已經叫人的呼吸不由自主地潔淨起來，何況還有花，點綴著那河水上星星點點，朵朵相連，不斷不斷盛開的花！

　　那水流動的底色如此沉著，那花綻放的姿勢如此安穩，律動著蓬勃的、盎然的生機。綠與白、動與靜的組合渾然天成，那一份恬然自在與十丈紅塵毫無關聯，又如此豐盈，豐盈得畫面本身都盛不下，一定要撲面而來，讓人猝不及防地，心一動。

　　忍不住要感慨，怎麼會有這樣的地方啊。這樣清洌透明的河水，算來只應流淌在宣紙徽墨，行草抄錄的《詩經》裡。漾開一圈圈漣漪，游弋一對對雎鳩，佇立一個衣袂飄然、長髮飄然的佳人，凝眸處，溫柔了天地洪荒。

　　還有那花，自水中開出來燦若繁星的那些花，也只能是靈鷲峰上三生石畔的仙種。若不是得玉露滋潤，受日月精華，若不是在

仙樂風飄裡沉浸過，在五色祥雲間淬煉過，怎麼會開出那樣精巧細緻，翩然出塵的容顏。

拍照的人在身邊指點，說這河被當地人叫做「會開花的河」。在桂林的永福，隋文帝時期修建的雲桂古驛道穿岩遺址附近，這樣的河不止一條。植根於深水，盛開在河面那些小巧的花朵是能吃的「海菜花」。

卻原來這樣的景致不在天上，還在人間，而且不是人間的別處，恰在我生長的地方。尋常見到河面有花，無非是落英隨波逐流，這條河倒真是會開花，粼粼碧波中詩意蕩漾，一條會開花的河，可謂名副其實。

可惜花名難免令人意猶未足。同樣是白色，不如「茉莉」，寫來一筆一劃都芳香瀰漫；同樣長在水裡，又不如「荷花」，隨時攜帶著些被詠歎了千年的孤高。不過無論名字如何平庸，這嫻靜的素顏到底有種天然的矜貴，必定要在絕對澄淨的水域裡才能生長。

歷年來老友們送來周遊各處的風景圖片，也不止這一張。青藏高原之曠遠、廬山奇峰之挺秀、曲阜孔廟之厚重、景德鎮窯火之斑斕……，都各有卓絕的風姿。而這一張是不一樣的。這一張活脫脫是從唐代李端的筆下到如今，詩意流轉的情致，不僅僅用來看，用來驚歎，倒是用來惦記，注定要入夢的。

所以入夢便順理成章。碧水映丹霞，走到那條河邊必定是黃昏時分。陽光熾熱的威力已經減弱，只塗抹起漫天無邊無際的彩霞，耀亮河水綠色的玻璃。那一段剔透晶瑩是活的，有色更有聲，潺潺漫過暖洋洋不再冷寂的淺沙。

走在那樣的河邊必定要穿長裙。淨色的，有寬大、又輕又薄下襬的那種長裙，才能在那樣的岸邊從容徜徉。最好再有一點兒微微的風，此外便無須更多，只看著彩霞隨日落逐漸逐漸淡出，蒼穹逐漸逐漸回復靜謐的一色；只聽著水聲不斷不斷琳琅在長滿青苔的大

青石上，流出一串一串，不斷不斷，黃蕊白瓣的海菜花。

這樣的景致是注定不會寂寞的。所以再後來，身邊見過「海菜花」的人漸漸多起來，拍出來的圖片也愈來愈清晰。據說昆明滇池、石屏玉龍湖以及玉溪杞麓湖也曾有過這花的，卻因彼處水質污染漸次消失。

還沒有人告訴過我，那海菜花是不是有香，夢以外的有朝一日，必定要相尋而去，只希望在這一天到來之前，海菜花不要消失。

去去千里煙波，應到阮郎家。

會開花的河

一簾急雨幾日閒

> 海浪如雲去卻回，
> 北方吹起數聲雷。
> 朱樓四面鉤疏箔，
> 臥看千山急雨來。

——（宋）曾鞏〈西樓〉

　　進入防城港[1]的地界，頭頂是無盡的蔚藍蒼穹，眼前是大片綠樹的蔥鬱，鑲嵌著大海的碧波。車子掠過點點小帆船的路燈杆，行過跨海的大橋，停在這個盛夏，遺世索居的開端。

　　保留有「大清國一號界碑」的北崙河口，基本上沒什麼遊人，歷史曾經的風起雲湧在眼前的碧海青天之間，安詳而坦然。碩大石球刻著「零公里」的字樣，標誌著中國海岸線的起點，正好做了知天命之年，這一段航程意味深長的註解。

　　燦爛日光在紅樹林的又厚又硬葉子上，風風火火地延伸。向來洶湧澎湃的大海，到此處也柔腸百結，化作細流宛轉。曲折的木質棧道兩邊，一望無際的油綠色在蔚藍海水上起伏，看似飄搖無依，卻用胚軸攜帶著自我頑強的生命基因，落地生根或漂洋過海，但憑潮起潮落。原來，萬物的生存法則都是這般堅韌的盎然蓬勃。笑語在林間水上旋轉，白鷺的剪影雙雙對對，沿視線舞蹈，空氣裡沒有

---

[1]　防城港是廣西壯族自治區下轄的一座濱海城市，位於中國大陸海岸線的最西南端，背靠大西南，面向東南亞，南臨北部灣，西南與越南接壤，是北部灣畔唯一的全海景生態海灣城市，被譽為「西南門戶、邊陲明珠」。

一絲塵埃，人心裡也沒有。

怪石灘，一個質樸得沒有任何浪漫氣息的地名，卻直逼所有已知與未知的詩情畫意。斜陽下，丈量一塊塊黑色礁石的寬度，人間不知疲倦的愛情故事從四面八方紛至沓來，見證天地攜手宣讀的誓言，一浪高過一浪。海風吹過我的頭髮，無法想像滄海桑田裂變的瞬間，怎樣岩漿噴薄，巨浪滔天，萬物驚恐……，然而何必想像。只要眼前還有霞光，只要千古不變的色彩依然一如既往，層層鋪開。笑且從容，歌也從容，問一聲這個美麗的地方，如何將幾千幾萬顆價值連城的珍珠孕育出來？

炊煙升起，遊人晚歸，防城港最知冷知熱的地方，是城中的農貿集市，把安居樂業設定在格外宜人的溫度。數不清的海鮮，生蠔、沙蟲、大蜆、文蛤、蝦、蟹、魷魚、海螺，各種魚和各種貝類，認得或者不認得，千奇百怪都排成行，活生生在那裡，讓平生的味蕾都集體騷動不安。白灼、清蒸、小炒、生煎、鹽焗、煲湯、煮粥……，明白或者不明白，生鮮的烹調方式也簡單得很，買吧買吧，何況當地的口音滿是厚道與殷勤，囑咐說，多備一點兒吃的吧，強颱風就要來了。

強颱風真的來了。從入夜到天明，再從天明到深夜，從未見識過的，力拔山兮氣蓋世，迅猛的狂風暴雨。

不過，狂風只在窗外，暴雨也只在窗外，與痛癢無關。蒼天垂掛起連綿而透明，天然琳瑯的一道水簾幕，將所有信號都遮罩。所有的習以為常的為五斗米折腰，於是合理失聯。室內室外，世界在截然相反的聲色中奇異融合，營造出傳說中的海上仙山，山在虛無縹緲間，九華帳中，夢魂不驚。

鬧鐘這種東西已不復存在，時間變成一根被拉得很長很長的彈簧，適合隨心所欲，適合將那些平時來不及讀的書，一頁一頁，慢慢翻開。從中借一點智者思想的靈光，消解我今日之前的困惑；再

借一點勇者果敢的模式，敲打我今日之後的猶疑，好成全生命裡所有先來後到，那些注定的契合。

也適合種樹，一棵語言的梧桐樹。慢慢剪枝、澆水、培土、施肥，看樹底下那一隻白狐如何挾裹著恩恩怨怨，來來去去，修煉了千年；看樹葉間的幼蟲如何伴隨著分分合合，搖搖擺擺，終於化作了蝴蝶。每一次耕耘都滿腔熱忱，每一滴汗水都飽含渴望，每一朵微笑都嘗試去註解幸福，相信迷路已久的鳳凰總有一天會棲居到這棵樹上。

當陽光再次燦爛，被洗得乾乾淨淨的日光屏滅了紅燭，西灣綠道一路蜿蜒。身影和步履似曾相識，一步一個腳印，全是沙子，點綴數不清的小貝殼，或一叢兩叢不知名的野花。撿起，放下；握緊，鬆開。有一種固執叫偏向虎山行，哪怕明知山有虎；有一種豁達叫來日可期，既然已經領悟往日難追。堅持或放棄，只在一念之間。抬起頭，遠方與近處，夢與詩，異邦與故鄉，萬物澄澈安詳。

留下來，不要走了吧？人的心吶，一不小心就貪婪了。可拉得太長的彈簧容易斷。防城港的時光再好，我們也必須回歸庸常的軌道，儘管那條軌道上布滿的是汲汲復營營。汽車啟程的引擎聲驚動還未放亮的天空，倒不曾驚醒夢，因為夢已學會與黑暗或風雨同行。上車的一瞬間，在輪子邊上看見幾粒不知來歷，也不知是什麼花兒的小小球根。一粒粒撿起來，帶走，就這樣打包了防城港，這個假日的情節。

以愛之名，種下這幾個球根，種下陽光海浪、蝦蟹貝殼、碧樹黃沙，還有還有，一簾急雨映紅燭。讓防城港的假日情節貫穿前路，畫面裡始終有一行白鷺，上青天。

唱山歌囉

眼波舒廣袖，揮灑一幅大寫意，
水似青羅帶，山如碧玉簪。
一個月亮在山上，
半個月亮在水裡，
映照天與地，寤寐相思的畫卷。

疊彩和風吹過，
喚醒靖江王穿越時空，
桂林人排成行，
捧出千年窖藏的三花酒。
老王城的新友故交沿靈渠
走到古南門，
讚一聲：好酒！
不用再說還有什麼心事，
曾經布滿多少塵埃。

唱山歌囉──
鄉音拋繡球，堆砌一串小玲瓏，
船從湖上過，人在畫中行。
一樹桂花滿城香，
千樹桂花上街頭，
開出我和你，療傷止痛的祕方。

蘆笛清音不絕，
撩動兩江四湖的炊煙，
桂林年光特別慢，
慢得一生只夠轉一圈。
全世界的高朋貴客踏漁火
攀上龍脊梯田，
來一碗米粉！
果斷低下頭，
與甲天下的豔遇才慢慢打開。

青春，曾許諾過張家界

　　終於到了。潑滿冰藍水粉色彩的晴空下，張家界是綠油油的。從楊家界索道下了大巴乘纜車上到半山，第一站是「天然長城觀景臺」。倚在欄杆邊，看濃綠包裹的石英砂岩，刀削斧鑿，鐵骨嶙峋。重巒疊嶂排出一帶天然峰牆，無盡綿延無盡起伏，篤定而陽剛的氣勢如虹。近處三株兩株「武陵松」間或從岩壁橫斜而出，捧著一團團毛茸茸的綠意，便讓壯觀的自然奇景添了幾分俏生生的靈氣。

　　「等你病好了，我要帶你去張家界！」

　　這一把曾經熟悉的聲音，在哪裡？記憶一片一片，輕輕地緩緩地飄過，從三十年前青春的雲裡霧裡，墜落眼前的千山萬壑之間。

　　第一次聽說「國家森林公園」這個詞，還是在準備高考的地理課堂上，和這個詞直接相關的地名，叫做「張家界」。「國家森林公園」到底是什麼？什麼樣子？我踏著灘江邊的鵝卵石，追著你問，只因你與湘西大地有著千絲萬縷，扯不斷的親緣。你就大大咧咧地回頭，撂下這句話。

　　從此記住了這個地名，記住了一個承諾。

　　三十年之後，我此刻的立足之地，正是這個中國第一「國家森林公園」。有些什麼塵封良久的東西被撞開來了，像隨遠處浮在天際的峰巒，若隱若現。似有，卻遙不可及；似無，又歷歷可數。

　　邁開大步向烏龍寨一路攀爬而上，也不是要奮力地甩開什麼，或者，找尋什麼，只是被那一個突然重新清晰起來，從來不曾兌現過的承諾所挾持，有些惘惘然。高低錯落，盤繞而上的石臺階，你會知道我終於來到這裡了嗎？濃蔭蔽日，飛瀑繞藤的深谷，你會知

道我終於想起你來了嗎？沿崖縫側身而過，自絕壁岩道向一線天光仰起頭，其實也沒有聲音，也並不真的需要答案，只見原生態興榮交替的生機，愈高愈深愈蔥蘢；只見大自然蛻故孳新的鐵律，愈深愈高愈堅毅。

湖南自古是南北兵家首征之地，「天波府」之外，還有「六郎灣」、「七郎灣」、「宗保灣」，開封府的楊家歷史上確實曾經屯兵於此，「楊家界」得名已逾千年，並非無中生有。路邊賣山果的楊家年輕小媳婦說，此處至今尚有不少楊家後人聚居，有明清時代的楊家祖墓，有保存完整的《楊氏族譜》。

湘漓分流而同源，當年順湘江南下定居灘江岸邊的那個楊家，那個早在張家界被世人認識之前就已經知道它不同尋常的人，那個三十年前遇見了我也被我遇見了的人，與此處有沒有關聯？有什麼樣的關聯？而我終於沒有問。

金鞭溪，全長七點五公里，從楊家界奇峰險壑的壯偉轉入亂石成灘，蒲荇飄擺的婉麗。「久旱不斷流，久雨水碧清」，金鞭溪乾乾淨淨的澄澈得不見城府，明眸善睞，不假修飾的爛漫天真。

像許多來自天南地北的遊人一樣，沿溪信步而行。襯著午後斜斜的陽光，溪水兩岸的綠意和大山裡又不同，有了深深淺淺、遠遠近近，更明顯的層遞感，由溪水牽著、挽著曲曲彎彎地延伸。

「荒忽兮遠望，觀流水兮潺湲」，湖湘山水總帶著《楚辭》裡幽深的遠意。在這種遠意裡，水花波影靜默而多情，註釋著屈原以降，湖湘才子們流散在字裡行間，集體無意識的浪漫與衷情、綺麗與敏銳。「泉聲入山靜，林光近水秋」，王闓運的清幽冷豔；「與人同作客，無奈況經秋」，鄧輔綸的蕭索寥落；「根噬心亦傷，顧影惜娟娟」，李壽蓉的孤高怨憤；「至今悲帝子，終古望夫君」，龍汝霖的悠渺淒迷……；人人才情縱橫，個個筆調清綺雅潔，而語含悲情。

　　一方水土滋育一方風物，養一方人。

　　當年，一回頭看見你，立刻被那一身聰明外露魘住鎮住。以至於你解釋了好幾遍，都沒明白你的名字到底是哪三個字，最後你不得不提筆寫下來，一筆俊逸瀟灑的行書。那三個字，是你血液裡流動，生命裡扎根的湖湘，走到哪裡都無法改變的率性任情。為我，為我們，拉開鋪陳華麗、對仗工巧、充滿奇異想像和跳躍激情的青春序幕。

　　三十年之後，世事人情都不同了。我從地球的另一端，從時光的另一端，走進了曾經被我們的青春鄭重承諾過的山水。「餘處幽篁兮終不見天，路險難兮獨後來。」每一個角度都有林色葳蕤，碧波瀠洄。路邊的峭壁之間，開出一朵潔白的山茶花，深秋裡的風，吹面不覺寒。

　　張家界天然本色的潔淨，讓人無論是失意還是得意，只與山與樹與光陰流水素面以對。此外，情也好夢也好，任何一種尋找或追逐或探究都是多餘。

　　原來，有一種承諾，是不一定非要由做出承諾的那個人來兌現的。

　　你的音信在沉寂三十年之後傳來：至今懷才不遇，至今孤身一人，眼下身染重病。他們說，你人生道路的蹉跌是性格的悲劇，是一個湖湘才子不幸的典型。

　　一方人性格的養成，的確與一方地域文化關係至深。從長沙走到張家界，放眼望去，湖湘風物的確恰如《楚辭》，有湘靈的多情、山鬼的柔媚、巫祝的深婉，更有格律的奔放、比興的圓熟，以及結構嚴整之中的波瀾起伏。湖湘才子們從三湘四水能夠汲取的養分，並非只有纏綿輾轉的悲情。屈夫子之後，王闓運的「湘綺筆仗」之外，從未缺少彭玉麟「旌旗尚帶瀟湘月，鼓角先清淮海風」的雄渾勁健，楊度「天風海潮昏白日，楚歌猶與笳聲疾」的慷慨激

昂。至於近代以來，湘籍士人中更不乏曾國藩的古雅融通、左宗棠的奇崛勁挺、譚嗣同的棱角崢嶸……

惟楚有才，於斯為勝。湖湘文化之所以源遠流長而至今生機蓬勃，不僅在於其抒情感傷的楚騷之音，更在於其厚重內斂而富有張力的生命底蘊，以及與時俱進、自強不息、樂觀向上的開拓精神。

仰起頭，回憶在這一派宏闊的、挺拔的、一點塵埃也沒有的蒼翠裡，突然想要鄭重地許一個願：等你病好之後，希望能夠想起，要再回到張家界。

江嵐著作

饒蕾篇

饒蕾

【作家簡介】

饒蕾，化學碩士、金融MBA，現供職於美國化工企業。

寫詩十年，創作新詩八百餘首。已出版詩集《遠航》《晚風的絲帶》《輪迴》《五瓣丁香》和六本英文兒童繪本。詩歌入選《新世紀詩選》等三十多種文學選集。作品散見中國《詩刊》《詩選刊》《中國詩人》，美國《新大陸》《詩殿堂》《香港文學》等。榮獲第二屆「蓮花杯」世界華人詩歌大賽銀獎，「蝶戀花杯」國際華人文學大賽現代詩歌二等獎，美國漢新文學詩歌獎、散文獎和小說獎，以及臺灣海外華文著述詩歌創作獎。

北美中文作家協會、海外華文女作家協會和紐約華文女作家協會終身會員。

詩意翩躚

多麼調皮，你戴著雲的帽子
搖著柳絲的長裙，向我走來
山坡，不經意地綠了

我笑成花瓣的樣子。不，是
花蕊的樣子，迎接你的清新
用淡淡的含蓄，握住你的筆

這時，寫什麼都是美的
春韻裊裊。詩意，飄在風景裡

饒蕾詩集

山坡上

綠，
一眨眼就燎原了詩句，
春日的陽光
飛翔在清清的草坡上

還有什麼需要煩惱呢
幸福那麼近
新春適合播種希望
你看，
繽紛已攀上枝頭
一串串小花
正在舒展芬芳

詩意翩躚
多麼調皮，
你戴著雲的帽子
搖著柳絲的長裙，
向我走來
山坡，不經意地綠了

我笑成花瓣的樣子。
不，是花蕊的樣子，
迎接你的清新

用淡淡的含蓄，
握住你的筆
這時，
寫什麼都是美的

大峽谷[1]的抒情

（一）

大峽谷在抒情，高聲地抒情
用科羅拉多幾百萬年的濤聲
用山石浩瀚的堅忍，還有無言的疼
美從歷史中走出
雕琢有聲有魂，曲音無垠
多像人生的歌謠
歌唱著摧毀，也歌唱著誕生

（二）

陽光的畫筆婉約，犀利，捕捉住
千變萬化的瞬間，塗抹一路音韻
宛若塵世的慈愛，舞蹈在靈魂中
美妙藏在柔和的光影裡
像舞臺上的大布景，又似少女的小首飾
有古韻，也有俏麗。牽動
淚水或者笑容，匯入大峽谷永恆的抒情

---

[1] 　大峽谷位於美國西北部科羅拉多高原上。全長四百四十三公里，是世界奇景之一。

（三）

我走在舊時光的幸福裡，一行
曾經的年輕人，離我很近
相聚的前方就是分離，讓我們握緊時鐘
分享大峽谷的浩瀚，還有寬宏
爭先恐後，照相機不停地閃動
唯恐漏掉一個微笑，一次重逢

當車隊開出大峽谷的時候
我用視線撫摸著大峽谷的抒情
就像撫摸著人類的過去和現在
我悄悄地珍藏起一粒奇異的火花
它很美，那是人類未來的憧憬

著名的美國大峽谷

寫詩，表達人世間的美好，表達愛

　　寫詩是一件奢侈的事情。我既沒有時間，也沒有文學創作的環境，可是，詩歌就是這樣執著，固執地成為了我生活的一部分。它繞開白日裡嚴謹的科學思維，撥開我腦子裡大片的英文森林和孩子的笑聲，佇立在時光的縫隙之間。多麼可愛的小精靈，詩歌讓我著迷。詩歌以它獨特的思維、韻律的美感，以它深邃的哲理，還有永無止境的挑戰，占據了我的心靈。詩歌是我的熱愛。

　　寫詩，我通常很快樂，很幸福。當快樂突然跳入我的心裡，幸福捉住我的時候，詩歌就翩躚而至。特別是寫風景詩，置身於大自然之中，我感覺美妙的韻律從大自然中升起，藍天、白雲、山巒、河流，甚至腳下的路、身邊的樹木都那樣美妙和親切，自然而然地成了我自己的一部分，成了我的親人，而我也融入自然裡，成了自然的一員。暖暖的美好的感覺在天地之間迴蕩，緩緩地浸透了我的血液、我的肢體。美妙的音符、幸福的顫音，就像泉水一樣汨汨而來，在心中激蕩、沉澱。我沉醉在大自然無與倫比的美韻之中，體驗著大自然宏大無私的愛，幸福至極。這時，我的心就會輕輕地飛起來，我的愛就會悄悄地飄出來，穿過一草一木，瀰漫在無邊的曠野裡。清新的詞語、跳躍的詩句就跟著溢出來，似小河歡騰的浪花。它牽著陽光的絲線，提著路邊的小石子，很輕鬆，很愜意，很幸福，也很頑皮。這些小詩有我的思維，也有自然的筆墨。它們是美好和愛心的結晶，是自然和體驗的融匯。與其說詩歌是用筆寫出來的，不如說詩歌是從心中流出來的。詩歌是心靈的歌唱，是與美好的共鳴，是大自然的美妙流經我的激情，轉化成了詩歌的語言。

　　對我來說，詩歌往往是自己來叩門的。它是一個不速之客。它

一來，就立刻主宰了我的創作慾望。它在我的身體裡四處衝撞，像一個不安分的孩子，直到我把文字清楚地碼在白紙上，它才恢復平和。我的詩歌不能強求。如果我刻意去寫，寫出來的詩可以內容豐富，卻常常沒有獨到的靈氣。沒有靈氣的詩，不水靈。這樣的詩可以很標緻，但是沒有凝神聚氣的詩魂。古詩云「文章本天成」大概就是這個道理。

　　寫詩不能不提到靈感。靈感從哪裡來？靈感來源於外界的詩意和詩人內在情操、情感、閱歷及智慧的共鳴。有時，外界的詩意是一件事，例如遊覽大峽谷，當我佇立在大峽谷的面前，它磅礡的景觀、壯麗的美、歲月雕琢的山巒令我震驚。透過風景，我的身心體驗到這波瀾壯闊的美，經歷了怎樣的滄桑。於是，我寫出：「大峽谷在抒情，高聲地抒情／用科羅拉多幾百萬年的濤聲／用山石浩瀚的堅忍，還有無邊的疼。」我感慨著歷史創造了美，歷史雕琢了人生，摧毀和誕生有時同樣偉大，我揮筆寫下：「多像人生的歌謠／歌唱著摧毀，也歌唱著誕生。」（〈大峽谷〉）大峽谷這個外界的詩意，激起了我內心的共鳴。我的激情穿越了時空的隧道，讚美了大自然，讚美了人生，讚美了歷史，也讚美了一種堅忍不拔的精神。有時，外界的詩意是夢繞魂牽的人，比如〈鄉音〉這首詩，寫的就是我對祖國、對祖國人民的思念。當我遠離祖國的時候，所有的中國人都是我的老鄉，都是我的親人。南腔北調的祖國鄉音是那麼親切。它們就像親人一樣安慰著我的靈魂，和我真誠而又真實的情感產生了共鳴。因此，我寫道：「在異鄉，這一桌是極品／勝似春梅含笑。」（〈鄉音〉）還有些時候，一座城池，一個風景，一段情，一首詩都會作為詩意觸發內心的感慨，詩歌也會孕育，會誕生，〈魁北克〉〈伊斯坦布爾〉〈初夏〉等都是這樣的例子。

　　我寫詩，表達人世間的美好，表達愛。因為我愛著這個世界，愛著人類，愛著大自然的一草一木。我一直期望這些小詩能把美好

和愛心帶給日夜為生存奔波的人們，讓人們看到這個世界的美，這個世界的好，這個世界的愛心，給人們平淡的生活增添一縷歡樂，讓每個人的心中都亮起一盞美好的燈。正如我的詩觀：用美好、愛心和哲思點亮世人的心。儘管我還在習詩的路上「望斷天涯路」，但我已深知，詩歌是我的熱愛。

紐約桃花篇

桃花

【作家簡介】

　　紐約桃花，本名胡桃（Sonia Hu），出版著作有非虛構傳記《上海浮生若夢》（再版為《浮生上海》），電影筆記《鏡花水月懷舊事》，小說集《上海以北，北京以南》，詩集《紐約秋風與明月》等。

　　曾獲臺灣2020年「海外華文著述獎」新聞寫作評論類首獎。主編詩集《紐約流光詩影》及《石村的蒙娜麗莎》等。現為北美中文作家協會、海外華文女作家協會及紐約華文女作家協會終身會員，美國龍出版社社長。

千萬富翁的蘋果園

　　從百老匯353號到蘋果園，喬什・哈里斯完成了從瘋狂的互聯網創業家到藝術家的蛻變。

　　喬什・哈里斯對於藝術的熱情為大眾熟知，始於上世紀九十年代中期。那時，他的互聯網生涯正處於頂峰，他創始的木星通訊公司（Jupiter Communications）剛剛上市，一度擁有流動淨資產四千萬美元的身價。他同時創立了一個叫做虛擬碼程式設計公司（Pseudo Programs, Inc）的網路電視臺，專門從事網路直播活動。他坐鎮於曼哈頓下城蘇荷區百老匯大道寬敞明亮的loft工作室裡，給前來申請藝術項目投資的藝術家每人一張支票。他叼著雪茄，面前放著一本黑色硬殼封面的商業支票簿，從本子裡撕下一張張簽好名字的支票，遞給眼前魚貫而入申請項目資金的藝術家。據說，只要你有一個可以談得出來的項目，你就可以得到他的投資。

　　他定期舉行的派對風靡紐約，以標新立異而著名，你想得出想不出的點子他都能做到。有一次我應邀參加他的派對，他在公司門口堆放了大型白色泡沫做成的窄小彎曲的通道，僅夠一個人屈身鑽進去，每一位來賓進入這個通道時，都得爬行好一段，才能直起身子。這很像麥當勞裡兒童樂園的塑膠滑梯通道，孩子們在裡面爬來跑去。

　　他雇了大量的藝術家圍繞身邊，花費大量的金錢來製作他夢想中的藝術項目，比如網路互動電視直播，他在辦公室裡架起了幾十架攝影鏡頭，定時與全球各地的藝術家直播互動。1999年，喬什・哈里斯開始了一個大膽的社交創意實驗，在百老匯353號做起了每天二十四小時直播的網路真人秀《我們生活在公眾視線裡》，雇用

了一百五十名參與者，讓他們住在353號三層樓裡，每天二十四小時用網路攝像鏡頭將他們的日常生活毫無禁忌地對外直播，包括沐浴和性生活。他和他雇來的女朋友住在一起，也成了真人秀直播的對象。

不過，喬什·哈里斯的成敗都在於網路真人秀。儘管《我們生活在公眾視線裡》的紀錄片在2009年獲得了美國聖丹斯（Sundance）電影節陪審團大獎，卻也是導致他破產的起因。這個直播項目上架不久，就像一部瘋狂的鬧劇被紐約市政局強制終止，所有的人也被驅逐出大樓。喬什·哈里斯被認為腦子出了問題，他對外宣稱他同居生活的女友是雇來為網路直播安排的假女友，而那個女友卻說他們是真的相愛（對這個問題，我後來在蘋果園曾當面問過他，他堅持不改口，說當時雖然瘋狂，但同居女友真的是假的）。

喬什·哈里斯不得不關閉虛擬碼（Pseudo）公司，搬出曼哈頓，用剩下的一點錢在紐約上州哈德遜河谷附近購買了一個蘋果園定居下來。在這裡，他成了一個徹頭徹尾的農夫，每天駕著拖拉機在園裡工作。當然，仍有藝術家們不時來住上幾天，照舊舉行篝火派對。在蘋果園的那幾年時光是喬什·哈里斯最失意落魄的一段時間。他投資失敗，臭名昭著，很多投資人和銀行對他喪失了信心，不再投資他的任何項目，但是他的身心卻慢慢從以往瘋狂的生活中沉澱下來。

我最初去喬什·哈里斯的蘋果園時，對他老房子的破敗不堪感到心酸。前去看望他的藝術家們住在不同的房間裡，每天在寬大卻同樣破舊的廚房裡吃飯聊天。所有的食物都是大家帶來的，或者在周邊的超市買的。曾經的千萬富翁喬什·哈里斯像個普通人一樣生活，與大家一起笑談往事，毫無隔閡。他從曼哈頓loft帶去的各式高級家具都分發給前來看望他的人們，其中的一套真皮沙發和一尊

看上去像明朝的花瓶也送給了我，至今仍然放在我家裡的某個角落裡。整整一年多，我們冬天在他的蘋果園舉行篝火派對，秋天在蘋果園採摘蘋果。我第一次用真槍射擊就是在他的蘋果園裡。他遞給我一支獵槍，讓我對著遠處一望無際的蘋果園射擊，而我卻因為恐懼而差點出了事故。

2005年我最後一次去看喬什・哈里斯的時候，他正在出售蘋果園，把跟隨他生活了幾年的狼狗送給了一個朋友，還遊說我把他的兩隻貓帶走。他打算將他所有在百老匯353號錄製的視頻節目剪輯成一部影片，讓後人記住當時他創立的互動網路的歷史。他是一個想到什麼就做什麼的人，絕不猶豫，是一個完全相信心想事成的傢伙。

喬什・哈里斯搬離蘋果園後，我失去了同他的聯繫。也許是為了對曾經的歲月做一個告白，他沒有給我留下新的聯絡方式。

歲月如梭，再一次聽到喬什・哈里斯的消息是2009年，他的新電影《我們生活在公眾裡》（We Live in Public）獲了獎，喬什・哈里斯再次出現在公眾視線中。五年不見，他胖了，頭髮也剃光了，但是他的眼神依舊犀利。最酷的是，他真的實現了自己的夢想，將他在百老匯353號錄製的視頻節目剪輯成了一部影片。這部電影也在紐約當代藝術博物館MOMA舉行了放映展，讓很多一輩子都想到MOMA辦展的藝術家們欽羨。

如今，喬什・哈里斯真的蛻變成了一個藝術家。我希望他因為如願以償而真的開心。

因為愛，成為美食高手

　　坐在好友Janet位於馬里蘭州陽光燦爛的家裡，我正在欣賞她先生Scott烹製感恩節大餐，忽然聽到Scott問我：「你知道我為什麼熱衷於烹飪美食嗎？」我禁不住愣了一下。驚奇於他居然知道我心裡的疑問──Scott這個從來不曾下廚做飯的華爾街精英，為什麼只幾年的功夫，就變成了喜歡烹飪的美食高手？

　　我在紐約結識Janet和Scott夫婦很長時間了。因為我們兩家都有兩個兒子，上的是同一家幼兒園。後來，我們邀請他們遊玩北京，夫婦倆大開眼界，從而成為無話不談的好友。轉眼，我們兩家的孩子們已都長大成人，他們也早已搬離紐約，在馬里蘭州定居。

　　搬離紐約是Scott的決定，卻是這對夫婦感情的嚴峻考驗。Scott畢業於紐約大學商學院，那時在紐約華爾街的一家著名大公司做trader，年薪加分紅每年收入百萬。Janet則是房地產經紀人，可她大部分時間都忙著照顧兩個年幼的兒子。生活過得舒適悠閒。2008年左右，美國金融危機席捲全球，很多金融公司倒閉，Scott也未能倖免。這個失業的打擊，讓他看清了紐約金融圈內的貪婪腐敗，也讓他決心放棄紐約昂貴的生活模式，而嚮往回到自幼成長的馬里蘭州。好在，Scott在掙錢最多的時候在馬里蘭給他的母親買了一棟有五六個房間的豪宅，這下子成了他全家在馬里蘭州的最佳落腳點。

　　搬離紐約對Janet來說則是一個不小的震動。她在紐約近郊土生土長，是典型的紐約人（New Yorker），因此不願意離開紐約。雖然，她最後不得不夫唱婦隨，但在心裡她一直為這件事耿耿於懷，難以接受。到了馬里蘭後，又因為不適應與Scott的母親在一個屋簷下的生活，Janet一度非常不開心，夫妻關係也因此變得很緊張。好

在她與Scott感情深厚，加上兩人都是虔誠的基督徒，因此，隨著時光的流逝，她逐漸接受馬里蘭州節奏緩慢的生活步調，一顆躁動的紐約心也逐漸被一成不變的生活磨平，後來，她乾脆把住在紐約的母親也接到馬里蘭州與他們同住。

這些年，我也見證了他們兩人為了適應馬里蘭的新生活而經歷的起伏。Scott澈底放棄了華爾街緊張刺激的生活方式，再也無法掙到大錢。而Janet也不得不離開她前半生所熟悉的紐約生活環境和親朋好友，在馬里蘭州重新開始立足。他們的兩個寶貝兒子也從紐約郊區以多種族熔爐著稱的公立學校，到馬里蘭州中產非裔區的一所種族單一的學校上學。對於這個曾經在紐約生活多年的中產階級小家庭來說，從心裡到情感上都是一個不小的落差。不過，經歷了各方面的起起伏伏，Janet和Scott重新找到了各自在生活中的位置。現在，Janet已經成為了一名護士助理和瑜伽教練，在嬰兒接生中心工作之餘，教授瑜伽。而Scott在成為一名中學數學老師的同時，又重新回到了學校，學習後勤金融管理，期望畢業後可以重新開辦一家金融管理公司，專為大公司提供後勤金融管理的諮詢。

儘管，從喧鬧的紐約大都市搬到平靜甚至無聊的馬里蘭，從感覺上來說是一個巨大的落差，但也給他們帶來了意想不到的改變。他們一家從原來紐約狹小的公寓搬到馬里蘭州的豪宅居住，生活空間陡然增加了幾倍，廚房也變得極其寬敞。Scott居然也開始下廚做飯，從一個從來不會做飯的華爾街精英變成了能做得一手好菜的美食高手。對於一直講究生活方式的Scott來說，美食從來都是他最熱衷的事情。不同的是，以前的他對美食的追求就是在紐約各種高級餐館裡品嚐天下美食，而現在則是嘗試著製作各種各樣的美食來滿足胃口和審美。幾年下來，Scott的手藝愈發精湛，製作的美食也開始花樣翻新。

我初次來馬里蘭州看望他們一家人的時候，Scott剛剛買了一個

綠色的巨型雞蛋形狀的烤爐，專門燒烤各種肉食。現在，Scott已經成為了「大綠蛋的掌櫃」，從烤雞翅到烤漢堡和熱狗，他的手藝都是一流的。Scott除了燒烤肉食外，還會製作傳自於他外祖母的祖傳土豆泥和自創的Coleslaw捲心菜沙拉。這個捲心菜沙拉是北美的一道傳統涼菜，甚至在肯塔基速食店都有出售，但是一般速食型的捲心菜沙拉裡都因放置了很多的假奶油而味道較差。每次聽Scott講述他的美食烹飪經，我都忍不住在心裡稱奇。

據Janet說，Scott最拿手的菜是一道叫做Coq au vin的法式紅酒燴雞。Coq au vin是著名的法式紅酒燴雞，輔佐法式勃艮第紅酒、洋蔥和蘑菇等新鮮食材。法國著名作家吉爾貝爾塞斯布朗曾說：「法國的象徵過去是公雞，而今天則是紅酒燴雞。」據說，這道菜還有一個典故，那就是凱撒大帝征服法國高盧時期，高盧阿維爾尼部落首領為了表示對羅馬人的蔑視，給凱撒送去了一隻象徵著高盧人驍勇標誌的公雞。而凱撒則用晚宴的方式回請這位部落首領，主菜看就是用紅酒煮熟的公雞。Scott做的這道紅酒燴雞採取的是法國貴族燒法，用色彩鮮豔的珍珠洋蔥代替普通的洋蔥，從樣子上已經使喜歡顏色和視覺的我感到誠服。此外，他還用了法國勃艮第紅酒來烹飪，賦予了這道菜完全不同的內涵。

Janet一邊給我看Scott不同時期烹飪過的Coq au vin法式紅酒燴雞的照片，一邊給我講這道菜的食譜的時候，一旁的Scott問了我前面那個問題。

「為什麼呢？」我熱切地問，目光不禁掃向坐在Scott邊上的Janet，希望從她那裡聽到隻言片語的解釋。Janet卻笑而不語，目光溫柔地注視著她的夫君。

「因為一直以來，Janet最喜歡的就是用iPhone拍美食照。這激發了我製作美食的興趣，所以我就開始製作各種不同的美食，為的就是讓她拍照。」Scott笑咪咪地說。

　　Scott的話完全出乎我意料之外，他一向是個從來不表露內心情緒的男人，即使從紐約搬往馬里蘭州的時候，他都不曾花很多時間給Janet解釋他的各種想法。如今，他的改變不能不讓我內心感動。當一個丈夫說，他製作美食的初衷不過是為了滿足老婆拍美食照片的愛好，任何人聽了都會動容。

　　Janet接著說，她以前在紐約的時候與Scott嚐過不同餐館做的這道Coq au vin法國名菜，而Scott的Coq au vin則是她生平最喜歡的。我當然明白，對她而言，這裡面灌注了Scott的愛，自然味道不同凡響。

　　對一般人來說，有一個完美的家庭、一所裝潢典雅的豪宅，夫妻之間擁有彼此相愛依舊的情感，已是夢中所願，而對Janet和Scott來說，這卻並不是生命的全部。他們兩個人酷愛旅遊，希望有一天還完孩子上大學的借款之後，他們可以再次攜手周遊世界，嚐遍天下美食。但Scott明白距離這個夢想，他們今天在經濟上還遠遠不夠條件。但作為基督徒，他們懂得水滿則溢的道理，很多時候，得到就是福分，能夠彼此擁有一份真情已經是幸福。因為愛，Janet跟隨Scott搬到馬里蘭州；也是因為愛，Scott成為了美食烹飪高手；更是因為愛，兩個人有勇氣重新構造彼此的事業和生命。也許，這就是上帝給予他們的特殊福分。

Scott在燒烤（胡桃攝）

我父母的滬江之戀

　　1946年，上海滬江大學的一個夏日，一個穿著淡色襯衫和深色褲裝的苗條女學生抱著一摞書順著滬大圖書館大樓的石頭臺階拾級而下，午後的陽光灑滿她瀟灑活潑的倩影，彷彿散發著一個美麗的光環。

　　這就是滬江大學政治系一年級的男生、我父親胡思旅第一次見到我母親謝榕津時的情景。那年，我母親剛剛進入滬大，也是政治系的一年級新生。父親對母親可謂一見鍾情，幾十年後，當父親跟我回憶起他初次見到母親的情景，彼時的愛慕之情依然溢於言表。

　　母親1946年高中畢業，報考了三所著名的美國教會大學，北京的燕京大學、上海的聖約翰和滬江大學的英國文學系。作為從小學到高中時代都是美國教會學校品學兼優的高材生，以她的成績，考上這三所大學中的任何一所都應該沒問題。但不幸的是，大學入學聯考的那幾天，她正值初戀失敗，心情惡劣，聯考完全考砸了，一所大學都沒有錄取她。幸好，母親所在的清心女中的美國校長得知此事後，堅決不相信她的得意門生居然沒有考上大學。於是，校長親自寫了一份推薦信給滬江大學的校董，破格讓她再次參加滬江大學偏門冷系的第二次後補招考，她考上了滬江的政治系。當時母親心儀的英國文學系已經全滿，而政治系正好還有幾個名額，於是她成了政治系的新生。然而，母親卻沒有在政治系久留。上英文課時，美國老師發現她的英文程度比別的學生好很多，因此，幫她轉系到英國文學專業了。

　　雖然是一年級新生，但母親卻因為在滬江劇團的演出而迅速出名。她從小學到中學都是高材生，不僅外形漂亮，人又活潑，而且

戲也演得好。母親從小就具有演戲的天資，在小學一年級初次上臺表演時就得了獎，因此，她對英文戲劇的愛好在美國教會學校一路得到了發揮，從小學到中學都是學校劇團的明星。雖然滬江大學人才濟濟，漂亮女生如雲，但在各方面都出色的女生卻不多，尤其演技好到可以加入滬江大學劇團表演戲劇，則非我母親莫屬。

上初中的時候，我看到過母親在滬江大學演出的劇照，只記得母親穿著旗袍的演出照和劇組照片。她演出梳著齊肩的中長髮，髮梢有點曲卷，微笑的鳳眼神采飛揚，舉手投足充滿了風情和氣質，感覺非常耀眼。拿著滬江大學校刊上的劇照慕名前來的，是母親在滬江大學時代的一位傾慕者，他不知道如何打聽到我家的地址，就貿然上門來拜訪，帶來了這本滬江大學早年的校刊。這件事給我的印象之深刻，至今想起來，我都能看到母親當年的模樣，年輕臉龐上的迷人微笑。母親已經不記得這位傾慕者的名字，他就這樣令人驚訝地出現，又悄然無聲地離開，帶著那本至今想起來都讓我深深懷念的滬江校刊，沒有留下姓名。

我父親喜歡上母親的時候，很清楚我母親根本不在他所能追求的範圍內，但是他還是默默地將這份傾慕放在心裡，觀看她所有的演出，一起上英文課時則凝視她的側影。

終於機會來臨，我父親發現母親的英文功底好，常常在上課的時候偷讀英文原版小說。但是母親的小說都是從圖書館借來的，很少有新出的書籍。於是，父親就買下上海書店所有剛從美國新版到達的英文暢銷小說，上課的時候就把書借給母親。母親一點都沒有察覺父親的愛慕，只是很羨慕父親擁有這麼多的新版暢銷書。每次她看完了書，將它還給父親的時候，都會與他探討一下讀書的感想。當時，我母親對我父親的印象就是：他是個書呆子，戴著一副眼鏡，除了讀書，似乎沒有什麼其他特點。

我的父母就是這樣開始了交往。雖然父親並不引人注目，但父

親家的家庭溫暖卻給母親留下了深刻的印象，成為她與父親關係的亮點。

母親幼年喪父，與二十六歲就成為寡婦的外祖母一起生活。外祖母當時在海關做職員，每天上班，晚上也常出去交際，偶爾在家也常常因為心情不好而衝母親發脾氣。因此母親對外祖母又怕又恨，上大學後就很少回家。母親不喜歡家裡那種從小到大都一直籠罩在她記憶中的冷清氣氛和刻板生活。

於是，父親的家成了母親逃避孤獨的避難所。父親家是一個典型的書香門第，祖父胡叔異曾經留洋，是美國哥倫比亞大學教育系的碩士畢業生。他當時擔任上海新陸師範學校校長，還在上海教育局專門委員會擔任委員一職。祖母讀過女校私塾，是一個知書達理的賢妻良母，把一家子照顧得非常周到。父親家兄弟姐妹五個，大家庭樂融融地生活在一起，顯得非常熱鬧。

母親喜歡這樣歡快的氣氛，父親家庭的和睦與溫暖是她一直夢寐以求的生活。於是，母親在週末和假期的時候都非常願意接受父親的邀請，到他的家裡與他們一家人共度。

母親經常跟我講起她初次見到我祖父胡叔異的情景。那時候，從美國留洋回來不久的胡叔異打扮非常西化，一身西服革履，帶著紳士帽，胳膊上挎著文明棍，一副典型的1940年代美國紳士的派頭。給母親印象最深的，是祖父有一輛黑色的奧斯丁汽車，每天擦得鋥亮，沒有請司機，而是自己開車。當時，上海有車有司機的都是從商的殷實人家。但祖父卻與這些富人家不一樣。他是一個出版了十幾本書的兒童教育家，崇尚開放、平和的美式教育和生活作風。祖父養了一頭德國狼犬，每次看到有人來，就會開心地撲過去問候來者。牠站起來時，個頭又高又大，馬上就給人一種被襲擊的威脅感。母親初次去父親家裡，那頭大狼犬看到她就猛地站起來，雙爪搭在她的肩頭，用舌頭親她的臉。看到這個站起來有一人高的

大狼犬，母親嚇得花容失色。

母親曾多次跟我講述過那個場景。我彷彿看到母親年輕的身影在躲避著大狼犬的襲擊，神色慌張。而父親傻站在一邊偷著樂，看著祖父用文明棍呵斥著調皮的狼犬。那個時刻隨著時光的流逝已經成為了遙遠的記憶，成為了歷史長河中的一個閃光的鏡頭，在那個記憶的鏡頭裡面，我再次看到了父母年輕時代的模樣，他們的青春和笑臉。

1949年，上海解放，上海的教會大學的美國管理人員和教員都撤離了學校。因此，為了繼續念書，我母親考上了從北平到上海招生的華北人民革命大學，離開上海前往北京。我父親為了與母親在北平匯合，考上清華大學後，又因為母親的關係轉入華北人民革命大學。1951年，兩人參加工作後在北平結婚成為夫妻。

作者父母合影（胡桃提供）

　　雖然，滬江大學早已不存在了，但它卻是我父母人生中一個重要里程碑。他們在滬江相識相戀，人生就此改變。彈指一揮間，再次回望的時候，年華已老去，而我父母的過去和滬江大學的一切卻深深印刻在我的心底，想起來時如同電影的膠片一幕幕在我的眼前放映。

常少宏篇

常少宏

【作家簡介】

　　常少宏，畢業於中山大學哲學系本科，讀書期間為校內外報刊雜誌及電視臺專題撰稿。畢業後在中國做了六年專職記者、編輯。

　　1995年赴美留學後分獲咨詢與電腦科學兩個碩士學位。現為電腦工程師。閒時寫詩，寫小說，讀書，看古董，追著看各種體育比賽，對冰球情有獨鍾。

祝福你

祝福你
祝福明月，祝福冬雪
即使月光被烏雲遮住
即使冬雪積了一個季節
還拒絕融化

祝福你
站在原地裡戰戰兢兢的快樂
茫茫人海中永遠錯過的緣分
即使歡樂終究被風吹散
即使機緣化作宇宙間兩顆軌道並列的行星

祝福大海，祝福高山
每一朵浪花裡漂泊著一個渴望
每一線綿延中連結著一座山峰對另一座山峰的仰視

祝福每一隻飛鳥、昆蟲
祝福在大地、江海湖泊
或森林間
棲息、游弋或奔跑的
每一種野生動物

祝福你
每一片枯黃或者嫩綠的草葉
每一朵即將凋謝或者正在盛開的花朵

祝福樹木，祝福森林
即使生活彷彿一座原本
無路可走的樹林
即使呼吸也像大自然中
的微風一樣
吹不到密林深處每一個孤獨的角落

祝福榮耀，祝福恥辱
一切過往的歡樂和痛苦
祝福你，所有沒有走出來
也永遠回不去了的日子

祝福正在疾病又或悲傷中
掙扎著的靈魂
請接受我的憂傷、我的祈禱
還有懺悔的淚水

祝福你
空氣裡的每一粒塵埃

暴雨中的每一滴水珠
所有沒有被聆聽過的
謙卑的靈魂，被忽略了的心願

祝福你
每一條伸向遠方彎曲而又泥濘的小路
每一條沒有等到匯入江海就
已經乾涸了的河流

祝福世界、銀河、宇宙
天空之外的天空
當一個生命告別的時候
另一個生命剛剛誕生

站在時空相逢的臨界
遇見生，遇見死
我沒有選擇
除了祝福，我沒有其他選擇
祝福你！這是我唯一的選擇

作者在簽售詩集（常少宏提供）

討論疫情，有必要彼此拉黑嗎？

　　這些天疫情煩心，全世界各個角落的華人都受到了影響，大家的親人、朋友或多或少地與武漢有千絲萬縷的聯繫。幾乎所有的微信圈和朋友圈都在討論、轉發，傳謠、闢謠，悖論與考證……，導致微信群裡有人吵架、站隊、踢人、拉黑與被拉黑。

　　叔本華說：「人的本質是孤獨的。」如何緩解人類自身的孤獨？孩子們找到了電子遊戲和網路，大人們找到了臉書、推特，中國人發明了微信。

　　2014年微信在朋友圈開始盛行，那時是真正的朋友圈──都是熟人。每天刷微信成了早晨的第一件和晚上的最後一件事。

　　那時微信聊天讓人溫暖，不孤單。

　　到現在，微信朋友圈裡大部分成了不認識的人，即使認識的人，有些留言或發言也愈來愈不客氣，當面說不出來的話隨手就寫了，也不在乎有多少看客圍觀、別人尷尬與否。最近的疫情，更是讓許多微信群走向分裂。

　　大家都焦慮，都擔心，各種公眾號、微博、自媒體文章鋪天蓋地。其實一家人自家都免不了有矛盾、鬧彆扭，自己的牙可能還會咬到自己的舌頭，何況只是在微信群聊過幾年，並不深入瞭解的人，難免生出一些矛盾和分歧。

　　疫情期間，大家有閒功夫各群逛逛，看到什麼不順眼點名道姓點評論一番，彼此沒什麼交情或之前看法有分歧的，沒聊幾句就崩了。有人選擇懶得搭理不接下茬不耽誤功夫；有人據理力爭辯幾句。畢竟五百人面前，不想混淆視聽。有的吵了幾句覺得犯不上，各自給個臺階下就握手言和了，這是有素質心地善良的人；但也有

人覺得要誓死捍衛自認的真理，然後在群裡站隊、口水戰，人性大爆料，直至四分五裂……

　　這幾天看到不止一個群在吵架，有退群的、被踢的，有的人默默退群，也有退群前留下一堆怨言的……，我們是否把自身置於荒島，成為當代《蠅王》？

　　有一本美國初中生的必讀書——《蠅王》，是英國作家、諾貝爾文學獎獲得者威廉‧戈爾丁的代表作。《蠅王》與他第二本作品《珊瑚島》闡述的主題都是文明社會與野蠻社會的對抗。《蠅王》小說講述了一群被困在荒島上的兒童在完全沒有成人的引導下如何建立起一個脆弱的文明體系。最終由於人類內心的黑暗面導致這個文明體系無可避免地被野蠻與暴力所代替。主題是備受爭議的人性，個體權益與集體利益的衝突，是當代英文小說中的經典。

　　這幾天的微信群裡的各種景象讓我覺得與《蠅王》裡的描述何其相似！人類無法戰勝自己的本性，這不能責怪任何人。而這時，人性的善良與光輝，人文關懷與同情同理心，顯得難能可貴。

　　微信群裡的許多人，在這場疫情災難裡都成了類似被困在荒島上的孩子，表達了淋漓盡致的人性。我的一個五百人的冰球與教育討論群，是轉發有關疫情消息最少的，卻被群裡人匿名告發，不得不解散。

　　武漢作家方方（《軟埋》《萬劍穿心》作者）在微博和公眾號《方方日記》上天天寫《武漢日記》，說以後要結集出書；然後有謠言傳她生病去世了，其實她昨天和今天都在發文，真是恐怖（有認識她的朋友證明她活得好好的）！在許多篇比較灰暗壓抑的主題之後，《方方日記》今天的主題終於寫出了封城的武漢十幾天之後人民生活的光明與希望，她講到了社區居民的吃菜吃肉問題，也就是老百姓的茶米油鹽問題如何解決。畢竟人們為了心裡的光明和希望而活著。有一篇公眾號文章後的留言特別溫暖：「人的內心要善

良，眼睛看不到不可怕，可怕的是心裡沒有光明。」

美國有明文規定：凡在疫情期間從中國來的人需要自我隔離十四天。許多大學給每個學生發郵件告知，從中國來的教職員工需要向健康中心通報，自我隔離；住宿生由學校安排住處，每天有人送飯上門。眾所周知，美國政府強有力的公共措施和民間援助，讓自我隔離成為一件相對容易的事情。

加拿大基於平等友好寬容的出發點，政府和學校一直沒有明確的通文要求疫情期間從中國回來的人們採取任何自我隔離措施，所以不少社區華人自發發起援助自願隔離的同胞。下面是一位第一次離開中國，第一次來到渥太華，不認識一個人，沒有一個當地的朋友的女留學生寫下的，題為〈隔離一週小結〉的動人故事：

　　簡單介紹一下，我於2月1日從國內出發，在倫敦停留了兩天，於2月4日到達渥太華。在2月3日獲悉互助群自願選擇隔離兩週。至今已一週有餘，有些心得與大家稍作分享。

　　幫助我的志願者主要有四名，兩人負責日常用品食品採購，兩人負責心理輔導。心理輔導的會隔一段時間問候關心我，還會給我轉發一些有說明的資訊和消息，同時也建議我做一些放鬆身心的活動或者室內運動以保持良好的心情和精神狀態。在他們的幫助和疏導下，在這段時間我仍能對科研工作保持高度的專注，並沒有耽誤工作和學習……

從我個人而言，自我隔離是一項個人道德操守，是我們無論作為外來者或者本地人，一種不給他人和社會添麻煩的做法。我選擇自我隔離也是為社區做貢獻，微信圈裡的群聊，何時可以儘快逃出類似《蠅王》的荒島？畢竟我們都是成年人！現在全中國的醫療隊伍奔赴武漢，誓死剎住疫情蔓延；各行各業陸續返程恢復工作。希

作者攝影作品

望一切會好起來。

　　只要我們從善良的出發點，各自給予更多的尊重，多把別人往好處想，自己也會更開心。許多時候，一言一語的對話進入激烈狀態時，少說一句只能說明你大度，多說一句也不說明你更有理。公道自在人心，相信群眾的判斷力。退一步海闊天空，放下是一種自由與輕鬆。

　　一個聊天而已，不必如臨大敵、不共戴天，甚至老死不相往來。真正可以成為長久的朋友的人，往往不是你的影子，而是可以求同存異的人。

李喜麗篇

喜麗

【作家簡介】

　　李喜麗，廣東臺山人，1993年移民美國。紐約大學數學教育碩士，病退前是紐約市公立學校老師。

　　近百篇散文、短篇小說和新聞報導發表於《星島日報》《僑報》《世界日報》《彼岸》《漢新月刊》《文綜》等報刊雜誌。曾四次獲漢新文學獎佳作獎和2020年漢新文學獎散文金獎，2018年獲（美國）「法拉盛詩歌節」三等獎，2018年獲「海外華文著述獎」新聞寫作報導類第一名。紐約華文女作協會和北美中文作家協會會員。

　　喜麗於2019年五月罹患惡性腫瘤，經兩年多與腫瘤頑強搏鬥，於2021年12月29日與世長辭，享年四十八歲。

渴望一張書桌

一直以來，我都渴望擁有一張真正屬於自己的書桌。

小時候，我做作業和寫字用得最多的是家裡吃飯用的飯桌。不知是地面不平，還是桌腿已被磨損得長短不一，趴上去寫字時，桌子會發出「喀喀」的響聲。桌面已被清潔得發白，可還是會隱約發出鹹魚的腥味。家裡的大人如果批評我字寫得不夠好，我會把桌子搖得喀吱作響，不服氣地大聲抗議：「你看看這樣的桌子，我能把字寫好嗎？」把字寫得不好歸罪於桌子的不給力。

當然，我還在奶奶和媽媽的梳妝檯上寫過作業。那種檯子下面有門關得平平的，不像正規的書桌那樣有一塊空出來的地方，讓我可以端端正正地踏腳。寫字時，我必須把兩腳分開或雙腳併攏擱到一邊。這種姿勢極為難受，寫一會就腰酸背痛了。所以我一直渴望擁有一張真正的書桌——讓我可以舒舒服服地坐下來寫字的書桌。

在國內讀大學時期，宿舍裡每人都有一張書桌。說是書桌，只不過是把教室上課用的桌子搬來放在宿舍裡，是掀開桌面才可以在裡面存放東西的桌子，離我渴望擁有的書桌還有很大差距。

移民美國後，與家人住在紐約唐人街，居住環境狹窄，另買一張書桌還真沒地方擺放。我和弟、妹平時用來寫作業的，是一張可以折疊的簡易小桌子，不用時就收好放在一旁。我習慣熬夜晚睡，為了不影響家人睡眠，我讀書寫字就轉移到離臥房較遠的廚房去，於是飯桌又成為了我的書桌。

美國大學宿舍配的書桌是我渴望已久的那種正規的書桌，有功用齊全的大小抽屜，有可以讓我舒服踏腳的空位。畢業後教書，教室裡也有張供我專用的書桌。不過我總覺得這些書桌並不真正屬於

我，只不過是讓我暫用的，在我之前無數人用過，在我之後不知誰人還會再用。我渴望擁有的是一張完完全全屬於我自己的書桌。

家裡買了房子以後，我生平第一次擁有了自己單獨的房間，迫不及待想為自己添置的第一件物品就是書桌。那張書桌是我在家具店一見鍾情後買下來的，它由原木製作，色澤光潔，桌面夠寬夠平，樣子卻小巧而穩固，極為實用。我設想書桌買來後，一定好好地利用它，坐在桌前讀很多書、寫很多文章。但事實卻是，搬進新居已大半年，我很少坐在書桌前讀書寫字，桌面都已經蒙上一層灰塵了。

我早已習慣了靠在床頭，裹在舒服的被窩裡看書，寫東西也習慣了使用那臺放在客廳與家人合用的電腦。書桌對我來講，並沒有大用。望著那被閒置的書桌，我不解，為什麼我渴望已久的東西，當我真正擁有後，卻不會好好利用和愛惜，而是如此「冷漠無情」地把它棄置一旁？

這樣的情形也讓我疑惑，會不會有其他我現在還沒擁有，卻仍在一直苦苦追求，而當我最終擁有，也如同我的書桌一樣，被棄置一邊的東西？認真想想，這麼多年來我從未缺過寫字的桌子，只不過它們並不是我渴望的那種，不是我想要的，我就從沒重視過它們。我犯了一個人們常犯的通病，苦苦追求自己不曾擁有的東西，即使它可能不是自己真正喜歡或需要的，反而對自己身邊已擁有的東西，不懂得欣賞或珍惜。被閒置的書桌，雖然沒有被我好好利用，卻讓我心安，它填補了我心裡多年來空缺形成的洞。書桌提醒了我，讓我醒悟，應該懂得珍惜、欣賞和享受已擁有的一切。

現在，如果非要坐下來用筆和紙寫點東西，我更偏愛家裡廚房的餐桌。那張餐桌桌面比書桌寬大得多，桌底下全空，腳喜歡怎樣放就怎樣放，自由自在，毫無拘束。廚房兩面臨窗，光線充足，窗外有成排的樹木，春、夏、秋三季都滿窗綠意，在這樣的環境裡碼

字絕對心曠神怡。

　　其實，如果自己喜歡，不拘泥於形式，廚房可以是很好的書房，飯桌也可以是絕好的書桌！

麗結婚十周年紀念（伍炳雄提供）

情感小故事四則

重逢

　　酒吧裡響徹著奔放火辣的音樂，她一邊穿過人頭攢動的人群走向吧臺，一邊四下張望。沒有看到想要尋找的身影，她臉上不禁掠過一片失望的神色，眼睛好像也變得黯淡。她叫了一杯雞尾酒，漫不經心慢慢啜飲起來，像是在等待什麼。

　　感謝上天！終於在擁擠的人群中，她捕捉到了他矯健的身影。而他也接觸到了她的眼神，徑直迎向她。「好久不見！」他向她舉杯，就像他們是重逢的好朋友一樣自然。面對英俊、笑容充滿魅力、舉止優雅瀟灑的他，她感到自己的心在微微顫抖，一時不知如何開口。

　　「喔，你換手機了？」他瞥見她放在吧臺的手機。難得他記性這麼好，她想。「怪不得我一直打你電話都打不通，還以為你故意躲避我呢！」他說，一副恍然大悟的樣子。

　　兩個星期前，他們在此酒吧初次邂逅，相談甚歡，彼此深深吸引，然後度過了一個浪漫纏綿的夜晚。臨別前，他拿起她放在床頭的手機，撥打了他自己的電話，對她說：「你的手機號碼我有了，我會打電話給你的。」她滿心期待，卻一直沒接到他的電話，而「我會打電話給你」這句話，又讓她放不下矜持先打給他。

　　「今晚有空嗎？」他問，溫情默默的眼裡充滿了誘惑。她分明讀懂了他的意思，卻出乎意料地搖了搖頭，溫柔而又堅定。「好吧，美女是難約一點的。」他攤開手聳聳肩，無奈地自我解嘲。

「你的新手機號碼是多少？……我一定再打給你。」他拿起她的手機，像上次那樣，又一次撥打了他自己的電話。

望著他走開的背影，她失笑，笑中透出一絲苦澀。她是換了手機，但號碼並沒有改——如果他曾經打電話來，怎麼會打不通？！

搭錯車

她匆匆進了地鐵站，聽到有地鐵開過來，一望車頭的號碼，恰好是她要搭乘的N號車。她趕緊快跑下樓梯，搶在車門關上之前，閃身進了車廂。她吁了口氣，慶幸自己及時搭上了車，今天的求職面試應該不會遲到。

地鐵轟隆隆地在黑暗中向前開進，她坐下來，腦子裡全是臨出門前丈夫的譏笑和大吼：「不懂英文、學歷低、沒工作經驗，哪家公司會請你？別做夢了！你吃靠我，住也是靠我！離開了我，你連居留權都沒了，等著被遞解回中國吧！……」她閉上眼睛，盡量想把那些不愉快忘掉，好讓自己的情緒稍微平復。

地鐵到了下一個站，她睜開眼瞄了一下站名，嘿，不對呀，她要去的地方在曼哈頓下城，而地鐵卻是往上城方向走，自己在忙亂中搭錯車了！她站起身想下車，可是太遲了，車門「哐噹」一聲，無情地關上了。她只好安慰自己：下一站下車，再轉車返回也還來得及。

不幸的是，她搭的是一輛特快車，地鐵出了曼哈頓進了皇后區，竟然連著幾個站都不停。她站在車內，看著時間一秒秒過去，又下不了車，愈發焦急。可是不管她如何心急如焚，地鐵飛越一個個車站，繼續向前疾駛而去。

好不容易車停了。車站是高高建在半空中的那種，她必須走樓梯下到地面，跨過街道，再從對面的樓梯上去才可以搭回程車。她

下到地面一看，嗨，倒楣的事全碰上了。對面的站口被圍欄圍住，正在維修，此路不通。無奈的她只好原路返回，一步一步攀上高高的樓梯，原本脆弱的神經再次遭到重挫，她頓感軟弱無力，欲哭無淚。

倉促中大意搭錯車，想回頭，竟那麼難，一時間甚至沒有回頭的路可走！正如她閃電式的異國婚姻，看似搭上了浪漫、前程錦繡的直通車，卻是朝相反方向行駛，性情不合的丈夫、陌生的語言和環境、現實與理想的巨大落差、無助的孤獨與徬徨，離她想像的幸福愈來愈遠。無奈的是，居留身分和經濟顧慮讓她無法決然了斷錯誤的婚姻，日子在爭吵、摩擦與忍氣吞聲中一天天熬下去，不知何時是個盡頭。

明知前行是個錯誤，在可以搭上回程車之前，她無計可施，只能將錯就錯，隨反向的地鐵愈走愈遠。

忠告

桌上的晚飯已經涼了，丈夫還沒歸家。猶豫著，她還是撥通了他的電話。「正加班呢，不加班全家吃什麼？別煩了，我遲點回去。」她張著口，還沒問出下一句話，丈夫已經掛了電話。她被氣得渾身發抖，一下子把手機摔到地上，抱頭痛哭。

婚前，她是個聰明、自信、獨立、有主見的現代女性。很多女人談戀愛時，總是患得患失、疑心重重，把男友盯得牢牢的，生怕一不小心，男友就移情別戀。她卻心定神閒，給他很大的自由。朋友們都替她擔心，給她忠告：「你的男朋友條件這麼好，不看緊點，會被人搶走的！」「看得那麼緊，他不累，我還累呢！」她笑笑，把朋友的忠告當作耳邊風。

婚後她對他依然寬容，朋友又紛紛忠告，她依然不做理會，反

而把朋友的忠告當笑話講給丈夫聽。他抱著她深情告白：「你這麼好，這麼愛我，若我還不懂得珍惜，除非我腦子有病了。」

有了兒子後，在選擇堅持工作還是全職照顧孩子之間猶豫時，朋友給她忠告，女人不工作很容易與社會脫節的，而且要伸手向丈夫要錢花，多沒自尊。但母愛讓她放棄了高薪的職位，全心照顧有自閉症的兒子。看到兒子在自己的悉心照料下一天天進步，她很欣慰，覺得自己無論多麼辛苦，犧牲多大都是值得的。

「媽媽你怎麼啦？」兒子走過來拉她的裙襬，才讓她從哭泣中回過神來。她趕緊擦乾眼淚，笑著對兒子說：「媽媽沒事，媽媽看電視，被感人的故事感動得哭了呢。」

近半年來，丈夫說為了要多賺點錢，經常加班，聰明的她輕而易舉地察覺了他外遇的蛛絲馬跡。

若她還是婚前的那個她，會毫不猶豫地追究真相，然後決絕地離開。但是，等待夜歸的他，望著熟睡孩子那無辜的臉與浮出的甜甜笑容，她耳邊響起朋友的另一種忠告：「男人如果還沒有向你挑明，證明他還是顧惜家庭的，你就裝作毫不知情好了！」這一次，她聽信了朋友的忠告，她不敢去拆穿真相，更不忍心去破壞孩子的幸福。

取悅

跟著朋友，她忐忑地走進教堂。教堂的兄弟姐妹很熱情，接納了她，並告訴她，誠心信奉上帝就要做上帝喜歡的事，取悅上帝。突然，她失控地嚎啕大哭起來，淚流滿面。

她做學生時，計畫大學讀中文系，夢想將來成為一個作家。高二文理分班，她毫不猶豫地選了文科班。父親得知後強烈反對，親自到學校要求老師和校長給她換班，為了不讓父親失望，她只好看

著自己的課桌由文科班搬進了理科班教室。

　　她與初戀男友兩情相悅、情投意合，但母親嫌他出身貧寒，前途一般，配不上她。母親為此終日茶飯不思、以淚洗面，甚至以死相逼。為了不傷母親的心，她唯有忍痛與男友分手，並且順從母親的心願，嫁給了她精心為她挑選的美籍華人。

　　夫家雖然已移民美國多年，丈夫也是受西方教育的高知專業人士，卻有著她無法想像的傳統和保守，在連生了兩個女兒後，一定要她再生個兒子承繼香火。她自己更喜歡女孩，也覺得兩個孩子夠了，但她還是隨了他們的意，遂了他們的願，第三次懷胎剖腹產生下了兒子。後來，她又聽從夫家的安排，辭掉了自己幹得不錯的工作，心甘情願地做起全職家庭主婦，相夫教子。

　　她的付出與犧牲並沒換來她期許的幸福。丈夫有了外遇，為了孩子，她打算隱忍無愛的婚姻。但他為了給情人名正言順的名分，決絕地與她離婚，甚至設計陷害她，說她虐待孩子，輕易贏得了孩子的撫養權。

　　離婚後的她失去家庭、孩子、安逸的生活、父母的面子，以及對生活的信心，人生頓時陷入低谷。她迷茫、徬徨，像一隻迷途的羔羊，掙扎著尋找出路。朋友建議她信教，讓上帝賜予她力量，指引她的人生之路。

　　教友說的「取悅」一詞，如雷轟頂，讓她突然領悟：一直以來，她都是為了取悅別人而活，而忘了自己真正需要什麼。在眾人的勸慰下，她好不容易讓自己止住哭聲，擦乾眼淚。

　　她最終沒有加入教會，她已經獲得解脫，知道自己的人生之路該如何走下去。從此以後，她不想再去取悅任何人，也不想取悅上帝，她要學會取悅自己⋯⋯

怎能忘記——懷念文友張蘭

　　第一次見藍藍，是在「紐約華文女作家協會」的成立大會上。初次見面，我開口和她說的第一句話竟然是：「我以為你是上了年紀的。」多麼突兀無禮呀！其實是不善社交口齒笨拙的我把後半句「想不到你這麼年輕漂亮！」愣是嚥在肚子裡沒說出口。誰知爽朗大氣的藍藍毫不介意，哈哈大笑：「我本來就是上了年紀的！」化解了我的尷尬窘迫。正因為藍藍的爽朗親切、熱情善談，在那天初次見面的文友中，她是和我談得最多的一位，留下了深刻的印象。

　　那天的文友大合照放在朋友圈，我妹見了，說：「這位是紐約藍藍。她很出名的，我是她的粉絲，我追她的文章很多年了。」經會長顧月華大姐介紹，我才知道藍藍是粉絲過百萬的博主。我最愛讀藍藍的紐約地鐵故事系列。我平時坐地鐵多是低頭看手機或閉目打瞌睡，對周圍的人和事視而不見或習以為常。同樣是紐約的地鐵，在藍藍的眼中，天天有新鮮故事，精彩紛呈，上演大都市的人生百態。讀藍藍的紐約地鐵故事，讓我重新認識我錯過的身邊許多美麗風景。

　　藍藍的正職是設計師，學藝術出身。怪不得藍藍每次出現，都穿著時尚靚麗，妝容精緻，飾物、高跟鞋配搭得完美出色。藍藍發揮她的藝術專長，為女作協設計了會徽，和製作了一幅印有會徽的背景牆。協會每次辦活動時，背景牆在講臺後一放，氣質高大上，很顯特色。

　　有一次活動完畢後，我幫忙收拾和捲起背景牆那大塊幕布，哇！真沉呀！加上支起幕布的金屬支架，那就更重了。藍藍和她的丈夫麥克，一次次把背景牆從家裡老遠地搬來，活動完後又搬回

去，藍藍為協會的事盡心盡力。很多次協會活動後的聚餐，也是藍藍安排張羅，好幾次吃四川菜。我這個口味清淡的廣東人吃不了辣，但我喜歡那像川菜一樣火辣辣的聚餐氛圍，特別是有藍藍在場，就有歡笑和快樂。藍藍還組織過去聽程琳在林肯中心的演唱會，預先幫大家拿好票。總之跟著藍藍，我就有機會開闊眼界，體驗多姿多彩的生活。

藍藍除了正職和寫作，還和幾個好友創辦了《憶鄉坊》文學公眾號，編輯發表很多高品質的文學作品，也協辦藝術夏令營，而且她是幹練的策展人，幫助許多藝術家開展覽，為他們的藝術作品打開門路。一次我應藍藍的邀請，去參加她策畫的一個畫展的開幕式。我對看畫有興趣，但有社交恐懼，想著就悄悄地去，看完畫悄悄地走。誰知藍藍不讓我得逞，我一進門藍藍就熱情迎接，還介紹我和其他人認識，藍藍不會讓她的任何一個客人感到被冷落。看到藍藍滿場應對周全、談笑風生，我非常羨慕敬佩她超強的社交能力。

藍藍曾經策畫把藝術展開在待售的豪華公寓，豪宅多了藝術氣質加持，藝術品融匯到生活場景，兩者互惠生輝，相得益彰，也讓藝術家不用承擔太昂貴的場地費，一舉幾得。藍藍曾經安排我們協會的聚會在這樣的藝術展豪宅內舉行，文學、藝術、美食、表演交融，文人雅士共聚，大家都被驚豔到了，意猶未盡，紛紛要求藍藍：這樣的聚會，要一年至少辦一兩次！可惜藍藍不在了，這樣難忘的盛會也成了絕響。

國內的朋友讓我推薦幾間美國的藝術院校，因為她的兒子想來美國留學讀設計。我自己大學畢業已經二十年，對最新的大學行情不熟悉，藝術方面的更不瞭解，哪敢推薦？一想到藍藍是這方面的行家，她的兩個女兒也都是讀藝術的，我轉向藍藍求助，她馬上給出專業建議，幫了我朋友的忙。

上年我們女作協和北美中文作家協會合辦春晚，原本我和一

藍藍與她設計的背景牆

位文友被分配領唱合唱節目的其中一小段，但我們兩人都掌握得不是很好，我非常擔心表演時臨時出錯演砸了。後來這位文友有事不能出席，臨時改為藍藍和我搭檔，我一聽馬上放下心頭大石，有藍藍帶著，我不怕唱得偏到陰溝裡去。在我心裡，藍藍是十分值得信靠的人。

我在藍藍的朋友圈看到她幾次說又面試了華人，最喜歡和聰明的華人年輕人共事，而且大家語言文化相同，合作最默契。我知道在美國的職場並不都是華人幫華人，有些華人高管反而最欺負或排斥華人，或因為政治正確為了避嫌，不會把機會給更優秀的同族裔華人。藍藍多招華人正說明了藍藍的光明磊落和勇敢。

新冠肺炎在美國蔓延期間，藍藍投入寫紐約疫情日記，幾乎一日一篇。在眾多的疫情文章中，我最喜歡藍藍的疫情日記寫得真實接地氣而又筆調輕鬆讓人感覺到希望，我每天追看和在微信朋友圈轉發。藍藍說她寫疫情日記的初衷是不能把地盤讓給謠言。

3月17日，紐約市公校終於關門，我在朋友圈發了教室空無一人的照片，發文祈願歲月不只安靜，還要安好。很快就收到藍藍的信息問可不可以借用我的照片和文字，要放在她的疫情日記。她還問了學校關門了學生的早餐、午餐怎麼安排和網課需要的設備怎麼解決，我把我所知道的公校防疫措施都告訴了她。她還說等疫情過後大家再聚。

　　3月27日是藍藍的忌日。報導藍藍車禍身亡的那則信息早上已經有人發在女作協的微信群裡，但我忙著給學生上網課一直沒打開。3月27日也是我和我老公的結婚周年紀念日，疫情期間一切從簡沒打算特別慶祝，但答應了孩子做一個蛋糕。碰巧家裡做蛋糕的材料不足，我不得不在居家兩個星期後，全副武裝，第一次出門去商店買東西。買完東西回到家已是下午，我總算可以坐下來休息透一下氣，才有時間細看手機。看到滿屏悼念藍藍的語句，我被擊懵了，手腳發冷，悲痛難抑，眼淚不受控制地流下來。我心情沉重，本應那天要做的蛋糕沒能做成。

　　「聽說華盛頓特區和武漢的櫻花都開了，一株蘭花，怎麼會在紐約的春天突然凋謝？」

　　這是我寫的悼念藍藍的詩其中兩句。一個如此時尚美麗、熱情爽朗、多才能幹、熱愛生活、活力四射的人這樣突然離世，所有的朋友都無法相信，不能接受，萬分不捨。後來女作協發起捐款支持藍藍的家人，我有三位不是文藝圈的朋友，在生活中並不認識藍藍，只是讀過她的疫情日記，也主動捐款，她們完全是被藍藍的才情和個人魅力感動。

　　在最近一次女作協的視頻聚會，一位姐妹突然悲從中來，她說她想起藍藍了，她不想藍藍就這樣被遺忘了。怎麼可能被遺忘呢？每個認識藍藍的人肯定以她們的方式紀念她，記住她。當我坐地鐵時，我會想起藍藍的紐約地鐵故事；當我再吃四川菜時，我會記起她是貴州人和火熱的個性；當每年3月27日慶祝結婚周年時，我會同時緬懷這位出色的朋友。當我們協會再有活動，看到那幅她設計的背景牆，我就會記得她的藝術造詣和她為協會的全心付出……

　　女作協保留了藍藍的第三號會員籍，這個位置永遠為藍藍留著。藍藍的音容笑貌和文字會留在人間，雋永流長！蘭花雖然凋謝了，我們會永遠記住她曾有的美和沁人馨香！

湯蔚篇

湯蔚

【作家簡介】

　　湯蔚，筆名含嫣，中國學士，美國碩士，任職於紐約長島教育機構。北美中文作家協會、紐約華文女作協、紐約華文作家協會會員。於2010年開始華語寫作，文學作品發表於《漢新月刊》、《文綜》、《青島文學》、《長三角文學》、《世界小說》、《世界副刊》《解放日報｜朝花夕拾》、《僑報》文學時代、《新州週報》等海內外報刊雜誌，十五次獲海內外各類徵文大賽獎，著有中國出版集團發行的中篇小說《弄堂往事》。

她比煙花更寂寞

鄧麗君說：「要有祕密。」一個埋在心底的小祕密，像不小心從密林瀉出的陽光，晃晃悠悠落到地上，細碎斑駁。

鄧麗君又說：「要有故事。」天上的月亮便流了淚，淚花飛濺，化作點點繁星，印在心裡，凝成屬於痛的故事。

鄧麗君深吸一口氣說：「要有愛情。」雲不作雨，一個美麗而孤獨的身影，在滾滾紅塵中倉促閃過。

歌多情、人也多情的鄧麗君，像一個錯落凡塵的仙女，溫柔善良，勤奮自律，幾近完美。她用心靈和生命唱著愛的情歌，深情又纏綿，恬美又浪漫。

鄧麗君嗓音圓融，嫵媚婉轉，聲線富於層次。她的歌聲嬌而不作，柔而不弱，哀而不傷，歡而無痕。柔腸百轉有時癡，繾繾綣綣一線牽。

誰說風花雪月與世無濟？鄧麗君的一曲曲輕歌淺唱，不知慰藉了多少顆寂寞的心，溫暖過多少個憂傷的靈。然而，唱了一生情歌的鄧麗君，也被坎坷的愛情牽引了一生，真愛總是與她緣塵如風。她的情和愛，總是在辛酸苦澀裡游移，於清冷孤寂中落幕。

「問世間情為何物？」女人就是那愛的不死鳥。鄧麗君捧著大愛之心，「流著眼淚唱起歌」。她以她的天賦和豐富，用最本真的情感，唱進了每個人的心裡。

那害著羞，帶著笑的少女情懷，鄧麗君唱起來似喜帶嗔。「只是一個小小的祕密，卻是一番濃濃的情意。我那一向靜靜的心湖，是你把我激起了漣漪。」她向愛人傾吐甘露般的心語，請求他「帶我走進綺麗的世界裡」。

　　鄧麗君心中的愛情，如清水漣漪，任憑風雲變幻，我僅以「月亮代表我的心」，最濃烈的愛戀，鄧麗君唱出的是最樸實的辭章，只是歡喜得要「向世界上每個人宣布我的戀情」，「人生幾何能夠得到知己，失去生命的力量也不可惜」。

　　無可奈何的別愁離恨，鄧麗君唱得委婉纏綿：「我是星，你是雲，總是兩離分。」愛情的錯失，難言誰對誰錯，抑或是命運的捉弄？深情款款的鄧麗君「直到海枯石爛，難忘初戀情人」。對背棄她的情人，鄧麗君沒有棄婦的怨憤，有的只是一往情深執拗的甜蜜：「分明你一切都是在騙我」，我只要你「把我的愛情還給我」。即便有傷痛，也懷著一份溫柔的希冀：「雖恨他忘恩負義痛心疾首」，依然「盼望蒼天許我成佳偶」。

　　往事並不如煙，愛的思憶絲絲縷縷，終難輕易割捨。千種情、萬般愛的傾訴，猶如耳邊的私語：「我將你的背影留給我自己，卻將自己給了你。」當「心中的故事述不盡，忘不去」，「我只有對著大海歌唱，說這故事對他長相憶」。

　　有人說男人之美在於度，女人之美在於韻。鄧麗君天賦女人之美，芳韻流長，輕歌含香。她為世人帶來了難言的美，但她自己的故事卻是不圓美的。當她沐浴在世人賦予她的光環中，她只渴望她的心能被她所愛的那一束光照亮。她想觸摸到那束光，極盡全力，然而直至生命盡頭，她依然在水一方，孤獨掙扎。她呼喚著「媽媽」離開了人間。

　　在天堂，她一定是個快樂的仙女。在塵世的日子，她比煙花更寂寞。

向陽花開夕陽紅

　　媽媽坐在後院的露臺上，春風吹拂著她的白髮，飄然半空裡。媽媽愛美，平時不等頭髮花白，先已染黑。自從病痛纏身，媽媽懈怠下來，連理髮店都不願意去。看著媽媽萎靡不振的模樣，我心疼，從櫃子裡找到染髮劑，我打算為媽媽染頭髮。媽媽擺擺手，轉臉看花。

　　媽媽愛花。從懂事起，我就知道媽媽最愛鮮花。媽媽在窗臺上養花，往花瓶裡插花，來美國後，媽媽在屋前院後種花。媽媽年輕時貌美如花，天然微鬈的頭髮半掩著白皙的俏臉。那時候，媽媽經常去外地出差。每次媽媽離家，我總是牽著她的手，送出家門，送至車站，牽絲攀藤，欲說還休。媽媽溫言細語地勸我回家，又從錢包裡取出幾毛錢塞進我手裡，倉皇而去。

　　有一回，陪媽媽在公交車月臺等車，我再也忍不住了，流著眼淚說：「媽，我送你不是為了要錢。」「乖女兒，媽媽知道的。」媽媽牽著我的手走到路邊花攤，買了一朵梔子花別在我衣襟上，柔聲說：「戴著花，等媽媽回家。」梔子花很美、很香，我戴著花，等媽媽。幾天後，花朵枯萎了，香氣消失了，我來不及難過，媽媽回家來了。

　　當我長到了十四歲，青春期的生理變化伴隨疼痛來臨時，身為女性的意識也砰然覺醒。媽媽鄭重其事地教會我應對措施，送給我一朵向日葵花。媽媽說，向日葵沒有花香，卻有果實，祝願我一生向著太陽，開花結果。

　　我們住在紐約鄉下。媽媽身體健朗時，每天在前庭後園澆花養草，經常沿著籬笆種下一排向日葵花。向日葵，在茵茵綠草間搖曳

生風，流金溢彩。

花開花落，雲卷雲舒，正當我們融入了異國生活，父親猝然辭世，母親一下子黃了臉，白了頭髮。親友們激勵我堅強起來，以慰母心，我卻時時觸景生情，悲啼哀鳴。媽媽見我消瘦不堪，硬是振作精神，無微不至地照顧我。我吃著媽媽精心燉煮的營養補品，腦海裡縈繞著一首歌：「有媽的孩子是個寶。」再柔弱的女人，為了兒女便能頂天立地。

媽媽說要種一棵冬青樹紀念爸爸。樹是另一種生命，根扎在土裡，是為葉子翠綠。想念爸爸時，就給樹澆一杯水，添一捧土。手指輕輕撫過綠葉，哪怕是一瞬，深情盡在心田裡。生與死，並不是天和地的距離。

媽媽每天和花草作伴。她似乎能聽見花開的聲音，也知道花謝的時辰。媽媽忙著園裡的活，一會兒讓我買肥，一會兒又要添土。我嫌煩，又擔心她忙得累了，不料媽媽和鄰街的老人聊天，又想學習種菜。

我說：「花園不是菜園，美國鄰居會笑話的。」「我只種一點點，就在後園圈一小塊地，外人看不見。」媽媽央求似地看著我，看得我心頭發酸。小時候，我想要一件稀罕東西，總是問媽要。媽若不答應，我便受了委屈似地纏著媽，不依不休。日轉星移，媽媽老了，成了向女兒索求的老小孩。可是，媽媽提要求時怯怯的，哪怕不是為自己，也是那麼沒有底氣。於是，我買來了番茄和黃瓜秧苗，種下。不久，便有果實吃了。「這可是有機食品啊。」媽媽興奮地說，臉上泛著紅暈，眼裡滿是笑意。

這，已是前兩年的事了。

往年一開春，媽媽便催我帶她去育苗場買秧苗，回家後一株一株種在後院田園裡。今年她體力不支，沒提買苗的事，只是神情悒悒。我見了心酸，便請園丁種下向日葵。媽媽果然高興，每天都去

後院看花的長勢。

　　陽光靜靜地照耀露臺，灑在媽媽身上，媽媽安靜地坐著，頭靠著椅背，似乎睡著了。我走過去蹲在她腳邊，將臉埋在她膝頭，喃喃地喚著媽媽。昨天下班回到家，我對媽發了脾氣，因為媽又一次硬撐著做了晚飯，炒了菜。媽媽受病痛折磨，身體虛弱，一累就更虛弱。我反覆告訴媽，除了散步，做一些輕便活動，其餘時間坐坐躺躺，看看電視，千萬別幹活。媽媽經常不聽，稍有點精神就摸索著做這做那。有時候，爐上燉著菜，媽媽坐在外間盹著了，鍋底便燒糊了，讓我擔憂痛心。

　　媽媽察覺到我的情緒，輕輕地摩挲著我的頭髮，歎一口氣說：「我記性不如從前了，現在幫不了你，還給你們添麻煩了。」我眼睛濕潤了，連忙說：「媽，對不起，我不該對你發脾氣。我就想讓你把身體養好呀。」

　　「媽媽知道的。」

　　「那你就別再操心家務活了，好嗎？」

　　「嗯，好。」媽媽應了一聲，沉默片刻，忽又低聲說：「劉大媽死了。」

　　「什麼？是教你種菜的劉大媽？」

　　「是的。腦溢血，一下子就走了。」

　　我驚憷了。死亡經常猝不及防，又無可避免地發生在我們的生命中。生老病死，是人生必經之路，卻是一條多麼難走的路啊。

　　「劉大媽的追悼會在星期三，你能陪我去嗎？」「能。我陪媽去。」我緊緊地握住媽媽的手。媽媽的手微涼，我心裡打著顫，嘴裡說不出話來。四周靜悄悄的，唯有風吹樹葉的沙沙聲，偶爾傳來鳥兒的啾啾聲。

　　園裡的樹上有鳥巢。前不久，鳥兒在樹上築窩、棲息，生下一窩小鳥。媽媽怕小鳥們吃不飽，讓我去買鳥食。鳥食罐放在樹的粗

桿上，少了一點，我悄悄添上，又少了一點，我再添上。鳥媽媽還是每天飛出去，銜來小蟲餵牠的寶寶。

忽然間，鳥媽媽飛出了鳥巢，後面跟著幾隻學飛的小鳥。一隻小鳥飛不起來，鳥媽媽用背馱起牠，飛一陣，停住，倏地不見了。小鳥四下張望著找媽媽，急得在草地上團團轉。終於，牠振動翅膀，怯怯地往前飛，卻又跌倒在地。這時候，鳥媽媽飛回到小鳥身邊，引領著牠再次起飛。漸漸地，小鳥飛高了，飛遠了……。媽媽看著鳥兒，若有所思地說：「人也好，動物也好，把孩子養大了，出息了，一生的任務也就完成了。」

我心沉得難受，忙對媽媽說：「媽，人和動物不一樣，動物活著就是活著，人有思想和感情。老天爺讓人變老，是為了讓子孫能夠報答長輩的養育之恩。」「但是，當父母的真不願意拖累孩子呢。」「這不是拖累，是感情的溫習。媽，我來幫你染頭髮，就像從前你幫我梳小辮那樣。」媽媽笑了，點了點頭。

我拿起梳子為媽媽梳順頭髮，沾上染髮膏，從頭頂染起，一縷縷染至髮梢，染刷鬢角。媽聽話地一會兒低頭，一會兒側臉，隨我擺弄。一向都是媽媽照顧我，我很少為媽做事，幾乎沒做過這種貼身小事。我驀然警醒，就算我趕著為媽做事，恐怕也趕不上媽媽為我的付出。然而我還是要趕，且趕且珍惜，珍惜這一生一世的母女情。

夕陽閒閒地落下，我陪媽閒閒地說話。媽一會兒說孫子小時候，一會兒說我小時候，一會兒又說她自己小時候。時光倒轉，媽媽雙目輕闔，在回憶中微醺。

晚風輕拂，日頭西沉，夕陽下的向日葵一片金黃，燦爛如霞。向日葵是看一眼就忘不了的花，再看就會生出暖暖的感動。這永遠向著太陽的花朵，不變的溫暖如同母親的愛。母親的愛滋潤我，感染我，也激起我心中的愛。世間的黑暗、生活的負擔、生命的

脆弱，只要太陽升起，田野裡百花盛開，心中的向陽花就會燦爛綻放。

　　時光帶不走人間的愛，就像風吹不動太陽。

作者與母親同遊加勒比海

古鎮遊記

提起江南古鎮，人們首先想到的是周莊。其實在江南地區，很久以前就已經流傳著這麼一句話：「南周莊，北周莊，不及朱家一隻角。」

朱家角是一個位於上海郊區澱山湖之濱的水鄉古鎮，明清時期曾經是滬上最早的通商口岸，現在被譽為「上海威尼斯」。這是一個依山傍水富饒美麗的魚米之鄉，小橋流水風姿綽約，樓宇街巷幽靜雅致。這是一個人才輩出的靈性之地，文人墨客惜書如金，普通百姓也以讀書藏書為樂。朱家角的年輕人在靈山秀水和書香的薰染下，一個個清秀俊朗，溫文爾雅。

我的姑姑正是在她的妙齡年華，愛上一個朱家角小夥子。她一反平素的乖乖女模樣，不聽家人勸阻，不惜和奶奶鬧翻，出逃似地嫁到朱家角，結婚多年之後才和奶奶重續了母女之情。

雖然奶奶千般不捨，萬分遺憾，姑姑卻情有獨鍾地愛上了朱家角的風光水色，愛上街坊鄰居的淳樸民風和敦厚鄉情。

那年夏天完成高考，在等候錄取通知的時候，姑姑特地接我去朱家角散心。白天姑姑和姑父上班，我在古鎮各處閒遊慢走。朱家角的大街小巷曲徑通幽，青石街面、卵石小路，滿眼盡是小橋流水、小樓盈風。樓閣飛簷翹角，庭院深幽靜雅，黛瓦粉牆錯落有致，朱漆門戶古風猶存。

人在風景中，細碎平淡的生活如詩如畫。

姑姑家是一棟兩層蝸居，烏漆大門向街，小小的露臺臨水可垂釣。磚木築成的房屋，窗櫺鑲嵌著木雕圖案，弧線優美的屋脊微微翹起。在姑夫的親友家，我看見有些房子半枕著河水，由木樁支撐

著懸在潺潺流動的河面。

除了臨河而建的民宅，朱家角還有臨街而築的房屋，它們多半是商家店鋪。商業街上的建築是密集的，店堂多半也是小小的，有的房子底層是店面，樓上是主人的居室，另有一些房子前間是店堂，後間是住宅。朱家角是因水而生的市鎮，建築設計也是路隨河行，屋隨路建，鱗次櫛比。「長街三里，店鋪千家」，是對古鎮歷年繁華的真實寫照。

姑父說，江南地區最完整、最具明清風格的建築當屬朱家角的明清街。小巷幽靜狹窄，似看不見遠景，忽又峰迴路轉，映入眼簾的是一線蒼穹，名曰「一線天」。古人獨具匠心的構築，無與倫比的審美觀，令人讚佩不已。

古鎮水多橋多，除了石拱橋和石板橋，另有一些磚木結構的小廊橋。各式各樣的橋樑凌空懸架在曲折蜿蜒的漕港河上，將一條條大街小巷串連在一起，錯落有致，古樸安然。每座橋幾乎都有一段動聽故事，組成了水鄉特有的「橋文化」。最牽動我心的是在「放生橋」上放生小魚，這是朱家角一道獨特的善美風景。

「放生橋」是一座古色古香的五孔石拱橋，橫跨在波光粼粼的河面上，造型勻稱，氣勢恢宏。河水浩浩蕩蕩地穿鎮而過，水面開闊竟至百米，朱家角的纖柔也因著這橋和水顯出幾分豪邁氣勢。

在放生橋上，姑姑弄來一些小活魚兒，讓我把牠們放回河裡。放生一回魚兒就是積了一回德。我將魚兒送進河裡，目送牠們快活地隨波游去，心中溢滿歡欣。此刻我想，放生的未必只是某個生命，而是人本身對於活在世上的一份心情，一種願望，放生滋養了人的慈悲之心以及平等之情。

姑姑和公婆以及街坊鄰居都相處得十分融洽，鎮裡人悠然自得地過著一種散淡平和的生活，待人接物真誠妥體又親切自然。因為姑姑和姑父沒有孩子，認了好幾個名義上的兒子和女兒，這些孩子

稱姑姑為「寄娘」，姑父為「寄爺」。我在朱家角過暑假時，這些孩子輪流陪我去小鎮各處遊玩。

有一天，夥伴們弄來一隻小木船，藍藍的天空映在河裡，河水汨汨地流著，水中的花樹倒影婆娑，小魚躍出水面。槳櫓吱吱呀呀地搖著，水花在午後的陽光中飛濺，落在心裡成了一朵朵溫暖的小花。

天色轉黑的時候，岸上飄來美食的香氣，阿林的媽媽從臨河二樓的窗戶探出頭來：「阿林，回家吃飯。」我們嬉笑著魚躍上岸，踏著晚霞回家吃飯去了。

姑姑會燒很多當地風味的小菜，經常邀請她的過房孩子來家裡吃飯。朱家角盛產河鮮，我飽嚐了最新鮮美味的油爆河蝦、清炒鱔絲、醬爆螺絲、鱸魚燉雞湯，就連蔬菜瓜果也是附近鄉里剛出土的鮮貨。在我的記憶中，最好吃的燻魚就是用曹港河裡的青魚做的，肉質細緻，香甜鮮美，叫人齒頰留香。

姑姑是溫柔體貼、心思細密的女子，待人接物溫厚多禮，處理事情面面俱到還兀自猶嫌不足。姑父正好相反，爽直開朗、說話詼諧，常常把大事化小，小事化了，如此便撫慰逗樂了姑姑。姑父不僅脾性好，人長得也帥，既無城市人的浮氣，也無小鄉民的土氣。我這才明白姑姑為什麼會愛上他。那時候，他們結婚已有很多年了，兩人依然十分恩愛，也許習慣了沒有孩子繞膝，他們看著電視也是牽手默默，柔情蜜意盡在不言中。我想，也許是他們前世放生了許多魚，積了幾百年德，才覓得了今生情投意合的美好姻緣。

朱家角的風味小吃可口誘人，除了餛飩、粽子、糯米、湯糰等江南特產，印象深刻的還有那一半是豆沙一半是鮮肉的鴛鴦酥。我最喜歡朱家角人自製的豬油百果鬆糕，姑姑每次回上海總會帶上幾砣。朱家角人通常都是在過年時做的，用來敬客送人。

那年夏天我回家前夕，姑姑破例做了。我興致勃勃地幫著也許

是倒忙的忙，幫姑姑在糯米粉裡摻上黏米粉揉成麵團，過篩醒麵，做成生日蛋糕的形狀，中間夾著豆沙果仁，上面是桂花蜜餞。

　　姑姑蒸製的鬆糕鬆軟綿糯、清甜可口沒有油膩感，好吃得賽過喬家柵、王家沙等名店的糯米糕餅。姑姑喜洋洋地告訴我，鬆糕不是每次都能蒸得如此好味，如果哪個步驟或者火候不對，蒸糕發膩黏口。糕含有高興和高升的意思，好糕意味著我的高考有一個好的兆頭。

　　聽著這些充滿溫情和善意的解語，帶著鬆糕和姑姑等親友們的祝福，我回家去了。朱家角的亭臺樓閣和碧流輝映的風景讓我心曠神怡，古鎮濃郁的文化底蘊更彰顯了令我難忘的人文魅力。

　　很多年過去了，如今我在異國他鄉漂流，偶爾回眸，青少年華的夢境漸漸逝去，古鎮的生動形象格外清晰明朗。走著人生的道路，我們總是不斷地尋找著最美的風景，卻在歷經漂泊後幡然明白，返璞歸真才是大自然最慷慨的恩賜。

朱家角一景（陳九攝）

　　這麼想著，我不禁羨慕起姑姑的恬淡生活。朱家角猶如繁華世界枕邊的囈語，是紅塵中清醒著的淨土，而那在夜風中飄起的遺夢，又是怎樣的尋夢人才會將它撿起？

子皮篇

子皮

【作家簡介】

　　子皮，本名施小驪，畢業於北大物理系，巴黎大學博士。現居美國，職業金融量化分析。近年開始寫字，作品發表於《青年作家》《文綜》《明報》，多家電子平臺及其他叢書。曾獲法拉盛海外華語詩歌節獎。著有文集《川普時代：美國不再偉大》，在亞馬遜網站上出售。

下雨的時候

下雨的時候
撐一把舊傘出去走走

滿地的落葉
金黃，暗紅和深綠
被雨水洗得很乾淨
葉脈清晰

子皮攝影作品選

沒有遇到
一個問路的人
街燈還沒有亮

在一個水窪裡
洗淨我的雙腳
又慢慢走上
回去的路

老子願意

你說：「知道嗎──

「你像一個瘋子
在一堵玻璃牆後，演說和歌唱
你唱的時候涕泗滂沱
你說的時候慷慨激昂
但沒有人聽見你，因為你的聲音穿不過
隔音的牆

「你是一個混蛋
在黑沉沉的公寓樓下，叫喊和呼籲
你驚醒靜好的睡夢
你打斷激情的歡娛
所有人都討厭你，你是半夜雞叫的
地主周扒皮

「世界上有無數的東西可以關注：
比特幣最新趨勢和阿爾法狗機理
馬雲和天后和芳華和中年油膩
你為什麼一天到晚地寫一些做一些
毫無意義的東西？」

我說：「我給你講一個故事——

「很久很久以前有一個人
他不做有用的事情
他花很多時間寫一本書，書名叫——
《道德經》

「為什麼？

「讓我回答你，讓我用一句話
回答所有的疑問和勸喻
這是因為——

「老。子。願。意。」

【当代华语世界思想者丛书】

子皮 著

川普时代
美国不再伟大
TRUMP ERA: AMERICA IS NO LONGER GREAT

ABSTRACT
The election of Donald Trump was a political and
social earthquake. But no earthquake is built up
overnight. If only we had paid attention, we would
have learned an obvious fact.
AMERICA IS NO LONGER GREAT.

博登书屋·纽约

子皮論著

疫情引起的思考

最近的「新冠疫情」，讓很多人想起「大瘟疫」這個詞。

「大瘟疫」在英語裡是Pandemic，在很多語言裡也有一個類似的詞。Pandemic來自於希臘語裡的pandēmos，即pan+dēmos。Pan的意思是「泛」，如pan-Americanism（泛美主義）；demo意為「民眾」，如democracy（民主）

所以「泛民眾」和「大瘟疫」是一個詞。也就是說，「在民眾中廣泛流傳的東西，就是大瘟疫」。某種意義上確實如此，瘟疫也許是人群中傳播最廣泛、最凶猛、最勢不可擋的東西。「大瘟疫」和普通的「瘟疫」不是同一個概念。「大瘟疫」是指超越了地區和國家界線的瘟疫。

從古到今，世界上大大小小的疫情不計其數。僅僅21世紀，世界上就有幾次人所共知的大疫情：如2003年的中國和亞洲的非典，2013年到2016年非洲的埃博拉。

疫情爆發是最容易驚慌失措的時候，也是最需要冷靜的時候。冷靜讓我們作為個人更好地保護自己，冷靜讓我們作為群體合作戰勝災難。我們不僅需要冷靜，也需要思考。在這個時候提到思考也許看起來為時過早，但等到災難過去之後，多數人更將忘記去思考。

面對大疫情的歷史看一看想一想，我們大概可以得出這樣幾個結論：

1、疫情和人類同在

導致疫情的是病原體微生物——病毒、細菌和其他微生物。它們是地球上最低劣的物種，而我們人類是地球上最先進的物種，但作為物種，它們比我們頑強得多。病毒細菌不僅僅會和人類一直同在，很可能人類絕跡之後，它們還會在這個星球上存在很多年。

幾百年來人類的技術日新月異，生活方式與從前相比已經面目全非。改善的生活條件和不斷開發的醫藥技術使很多瘟疫受到限制甚至絕跡，但另一方面，全球疫情的危險並沒有消退。某種意義上講，今天，人類在疫情面前更加脆弱，因為：

ａ）今天世界上大多數人居住在人口密集的城市。

ｂ）全球化和快速交通工具使人口流動的速度愈來愈快，使疫情有可能在短時間內傳遍全球。

2019年，世界銀行和衛生組織合作的研究報告稱：世界大疫情是非常可能的現實，將殺死上千萬人的大疫情是真實存在的危險。

2、我們需要做什麼？

對付疫情我們需要：堅守和平、保護環境、促進科學、普及教育、縮小貧富差別。從瘟疫史可以看出：戰亂是瘟疫的溫床。在今天的世界上，如果你希望拯救生命，那麼你應該呼籲結束戰爭，你應該盡你所能維護和平。

氣候變化和環境污染是疫情產生的另一原因，包括因氣候變化引起的農業歉收和氣候難民，都可能間接引發疫情。同時，永久凍原的解凍，也可能釋放出人類從未面臨過病原體，後果不堪設想。

促進科學可以促進醫藥技術的發展，強化我們控制疫情的武

器。普及教育和提高人群素質，也是減少疫情的有效途徑。

和難民一樣，疫情常常產生於相對貧窮的國家；但與難民又不同，疫情不需要簽證就可以穿越國境。疫情可以在幾天之內，可以從世界上最貧窮的角落到達最富裕國家的頂級俱樂部。哪怕僅僅出於自私的角度，這個世界上富有的人群和富有的國家都應該開始致力於縮小貧富差別。

另外，對付疫情，每個國家都需要誠信、透明、負責、有效，並把民眾的安全健康放在首位的政府。

3、人類第一

目前，我們不知道新冠會不會成為掃蕩全球的大疫情，但是有一點可以肯定，人類將面臨掃蕩全球的大疫情，在不大久的將來。

我們準備好了嗎？沒有。

在二戰結束了七十多年、冷戰結束了四十年的今天，世界似乎比以往更加割裂。冷卻了多年之後，今天軍備競賽又開始回暖：大國忙著研發高超音速武器，小國力圖早日造出核武。可是我們都忘記了，不管在戰爭時期還是和平年代，地球上有一種軍備競賽從來沒有停止過，那就是人類和病毒之間的軍備競賽。幾乎人類每開發一種新藥，病毒就會演變成另一種形態——也許病毒最終會贏得這場長期的軍備競賽消滅我們，但我們不希望一切來得太快。

強大的疫情提醒我們一個久已忽略的事實：我們都屬於一個脆弱的物種叫「人類」。在瘟疫面前「美國第一」或任何國家第一都失去了意義。我們要麼選擇「人類第一」，要麼世界上有一天將是病毒第一。

凌嵐篇

凌嵐

【作家簡介】

　　凌嵐，本名謝凌嵐，1991年本科畢業於北京大學中文系，1997年畢業於紐約城市大學。近年開始文學寫作。獲2016年「騰訊·大家」年度作家獎，為《花城》「域外視角」專欄寫文化評論。獲得臺灣2019年「華文著述獎」新聞寫作評論類首獎，提名第七屆「花城文學獎」。小說處女作《離岸流》由廣西師範大學出版社出版，入選2018年度「城市文學」排行榜，入圍2018年收穫文學短篇小說榜，入選《北京文學》主辦的2018年中國當代文學最新作品排行榜，並被收入多種年選，譯有英文版。已出版隨筆集《美國不再偉大？》、詩集《閃存的冰》，並譯有《普拉斯書信集》《伊平高地的一扇門》《牛頓，遠控力量，帝國主義》。

只有十五分鐘

　　去羅馬之前就聽說梵蒂岡博物館前排隊之長，站在高牆外排兩三個小時的隊是最普通不過的事。省時間的捷徑是買旅行社的快通票。快通票把羅馬這幾個景點打包成各種旅遊線路，帶著遊客在三個多小時內逛完，本來最多只需要收十幾塊的風景名勝，被旅遊公司這麼包裝以後，費用高出幾倍，但好處是你不需要排隊了。在烈日炎炎、氣溫高達40度的盛夏旅遊旺季，這種預售快通票常常一搶而空，不預訂就一票難得。

　　圖省事我也照此辦理，買了梵蒂岡博物館和西斯廷教堂的快通票。參觀當天早晨七點一刻坐地鐵到達梵蒂岡博物館，那時距離博物館十點開門還有兩個多小時，可是排隊等待的遊客已經有百多人，我當時還天真地想，至於嘛？

　　旅行團的網站上建議大家在參觀之前在家做作業——看一部關於梵蒂岡或者文藝復興的紀錄片瞭解歷史。導遊先不忙領我們進去，先講「規矩」，博物館裡不能大聲喧嘩，拍照不許用閃光燈。西斯廷教堂裡男士通通脫帽，不許交談，絕對不許拍照……

　　這是被教皇召見還是怎麼的？男士還要脫帽！「是的，真的不許」導遊面有難色，費力地用帶著義大利口音的英語喃喃地解釋「絕對不許拍照是指在米開朗基羅的壁畫下面，你知道，就是《創世紀》和《最後的審判》。那裡必須保持肅靜……，否則那裡的保安可能把你踢出去。」

　　整個梵蒂岡博物館除了個別的大庭以外，基本是一條長長的單行道走廊，高達十五尺的走廊頂棚雕樑畫棟，彩色的壁畫和浮雕被燈光照亮，整個走廊呈現金色。走廊兩邊擺滿或掛滿各種雕塑和油

畫，展品之間密集得沒有多少距離，一左一右兩道深紅色的絲絨繩把遊客與這些奇珍異寶的展品隔開，遊客只能在紅繩劃出的小道之間、像在傳送帶上一樣往前走。

　　保安不停地用義、法、德、西班牙、日語機械地催促遊客往前走，往前走……。四月是淡季，遊客的行列還沒有密集到前胸貼後背，導遊還有餘裕停下來，跟我們講些教皇的趣聞軼事：朱利亞斯二世是一個壞脾氣的老頭，卻有一等一的藝術品味，挑中米開朗基羅這個雕塑家來畫西斯廷壁畫。米開朗基羅為了畫西斯廷壁畫，四年間每天站在二十米高的腳手架上，仰面工作十幾個小時。壁畫的顏料經常滴進他的眼睛裡，積勞成疾得了嚴重的頸椎病，晚年雙目近於失明……。教皇朱利亞斯二世對壁畫是如此癡迷，在去世前三天，還叫人架著他爬上那二十米高的梯子，去查看畫的進展情況……。《最後的審判》畫面上人物是全裸狀態，赤條條在上帝面前，完工前被一個紅衣主教審查，該主教見到神之子耶穌與十二門徒都裸露如嬰兒，憤憤然抗議說成何體統啊，這難道是畫妓院嗎？米開朗基羅不聲不響地把此公的臉畫到壁畫裡的撒旦身上……

　　梵蒂岡博物館的走廊遠兜遠轉，遊客像羊羔一樣被從一個門領進另一個門，導遊拿出早上列隊時的壁畫知識補習圖，說：「現在我們複習一遍，一旦進了大廳我就不能高聲說話了……。請大家記住，當你站在西斯廷天頂下，你應該面對《最後的審判》，舊約聖經的圖畫，比如摩西分紅海在你頭頂的左邊，新約聖經的圖畫如《耶穌誕生受洗》在你頭頂的右邊，《創世紀》在你頭頂……，你們只有十五分鐘時間。十五分鐘後我們必須離開。」

　　哦。這就是給我們的時間。在米開朗基羅前，我們只有十五分鐘！他說完我們就走了進去。

　　整個西斯廷教堂的大庭，有半個足球場大，站滿了靜默的人，每個人都像禱告一樣仰面向上。在我們頭頂二十米的高度，是一片

最美麗的瓦藍的天花板，上面畫有四百多個人物，肌肉遒勁有力，姿態各異，面貌純潔英俊的亞當伸展手臂，似乎想努力碰觸到上帝伸出的指尖，但亞當含情脈脈的目光焦點卻落在上帝身後，那美麗的夏娃身上……。這些人物，像在一個永恆的舞臺上的演員，在用身體上演一齣大戲。這場戲自從1512年壁畫完工開始已經存在了整整五百年。

然而，這些偉大的作品，對於我們這些懷著仰慕之心遠道前來觀摩的凡人，只有十五分鐘。

梵蒂岡博物館（凌嵐攝）

夏季園子裡的地三仙

一、繡球

　　網上傳過一個笑話，說茄子、土豆、青椒攔住了唐僧師徒四人的去路，孫悟空問：「你們是什麼妖怪？」土豆說：「吓！」茄子說：「大膽！」青椒說：「我們是地三仙。」

　　美國家庭園藝裡評地三仙，繡球、芍藥、水仙當之無愧。繡球，英文是hydrangea，當選地三仙之首，應該沒有人會爭議。美國人對繡球花特別偏愛，隔幾年就有新品種培育出來。粉白、粉紅、粉藍、秋香色。十年前培育出一個新品種「無盡的夏天」，Endless Summer。「無盡的夏天」改變了繡球只在老根上發芽開花的特點，新枝當年抽出，當年就掛蕾開花。繡球裡還有個樹狀品種──「頂峰」，Pinnacle Hydrangea。開花時滿樹纖細的白花堆積如錦，密密麻麻壓著綠枝。「頂峰」茂盛時，樹冠呈完美的傘狀，堆雲堆錦一樣，好像有開不完的花、看不完的美麗，真是美瘋了。

　　繡球在日本也是流行花卉，叫紫陽花。鎌倉專門有紫陽花節，滿坑滿谷的繡球花，在宮崎駿的動畫片裡，這種花代表了舊時的日本鄉村，《千與千尋》《螢火蟲之墓》《女巫宅急便》……，數不勝數的背景裡無數的繡球花，好多重要橋段都是在繡球花前發生。

　　東北岸鄉下的繡球花沒有那麼文藝也沒有東洋風，茁壯盛開，多到你視而不見，沒完沒了地開著，和著萱草、玉簪，還有春天的芍藥，草本的黑眼蘇珊、矢車菊，組成夏天的風景。其間雜著亂蓬

蓬的蝴蝶樹。蝴蝶樹是君王蝶、燕尾蝶的最愛，她的穗狀紫花散發令人頭疼的濃香，招蜜蜂，引蝴蝶。

雖然繡球品種不斷出新，最受歡迎的依舊是原先那個流行了半個多世紀的最普通的「拖把頭」，粉紅、淺藍和白色三個品種，以土地的酸鹼度而定。「拖把頭」完美球狀，個頭巨大，所以這個剽悍的名字不是白來的。繡球眾多的粉絲之一是家政女王瑪薩·斯圖瓦特，她的雜誌1994夏天那期的封面用的就是「拖把頭」繡球。

美國人對繡球花有偏愛，我覺得是出於懷舊，出於固執的記憶，類似於梔子花、茉莉和臘梅之於中國人。我們對於某種食物和花的固執，永遠指向那一去不復返的過去，心裡那一點揮之不去的依戀、歉疚和傷感。比如我偶爾在《紐約時報》園藝版讀到的讚美繡球花的文章，足以概括美國人的繡球情結：

> 繡球花特別皮實，在一堆沙土裡繁榮開花，被棒球和籃球砸一個夏天也似乎沒事。我可以證明這些花出來不需要特別照顧。我媽媽有九個孩子，我姨有十個孩子，沒人有時間打理繡球花。就像蕭·西爾佛斯汀的《給予的樹》裡沒心沒肺的熊孩子一樣，我們隨時隨地地摘下那些柔軟巨大雪球一樣的白色繡球花，從來沒有想到回報。

二、芍藥

芍藥，Peony，多年生草本植物。估計任何一個在美國買了房子有小院子的屋主，都會在Home Depot或者沃爾瑪苗圃，買上幾盆芍藥，或者買上一包根莖。你只管種它就好活，是性價比最高的花卉。

如果是園藝新手，第一次看到芍藥開花，那種驚豔近乎目睹

神蹟：粉白、粉紅色的花瓣，包得緊緊的完美飽滿的蕾，乒乓球大小，慢慢打開，一朵花最多時花瓣有四五十片，顫巍巍層層疊疊，像是彩紙包著的禮物，又像嬰兒緊握著拳頭，讓你猜裡面的神祕。也許是紐約這裡天氣冷的緣故，花蕾時間很長，一個個花球不動聲色在莖端能保持好幾個星期，直到性急的你把她忘記，直到你等得不耐煩也根本不在乎了。煞風景的是，芍藥招螞蟻，黑螞蟻在花蕾上爬上爬下，忙個不停，養花多年後我才明白此螞蟻不是禍害，牠們在吃掉花蕾上的蠟，去掉蠟，芍藥才能開花。

五月中氣溫升高，大太陽照著，雨水充足滋潤，一夜之間，好像聽到神祕的信號，芍藥決定開花了。

芍藥花大，最大的品種達六吋，堪比七八歲的兒童臉，花瓣分單瓣和複瓣，複瓣雍容華貴，單瓣風姿綽約楚楚動人，香氣撲鼻，如果是成熟的花叢，會有十幾朵同時開放，應接不暇。花盤碩大把細細的綠莖壓得東倒西歪。油綠的葉子三叉狀，也是亂蓬蓬的。因為太茂盛，太急著抽枝生長，她們好像要在那幾天之內過完一生的華彩。美國東岸鄉村晚春仲夏，如果你在鄉間小路上開車，一定會見到倚著石牆或者木柵欄，一蓬蓬開得肆無忌憚的芍藥。四下無人，豔陽高照，整個世界就你一個人，匆匆目睹這怒放的奇，驚鴻一瞥，車飛快地從鄉村路上飛馳過，你都沒來得及問這是什麼花。

幾年前我們決定海歸亞洲，整個房子的家什需要處理，賣掉送人或者托運帶走，從一月忙到五月，家裡的東西慢慢搬空，牆上的嬰兒照片取下來，整個房子又恢復搬進來以前的空空蕩蕩（我們入住房子時它已經空置了8年，前屋主長期居住佛羅里達）。臨行前芍藥含苞，她好像並不理解屋子主人即將遠行。我站在院子裡，大黃蜂嗡嗡地在草長鶯飛裡盤旋，野生薄荷香氣撲鼻，小園香徑四處飛著白色的小粉蝶。對著初夏盛景，我有一秒鐘的迷糊，納悶芍藥在無人的寂寞裡還會開嗎？離愁別緒已經把我弄得神神叨叨，好像

羅素說的：一個人精神失常的徵兆是覺得自己很重要，世界離了自己就不轉了。

再次看到盛開的芍藥，是在帝都，花農介紹說牡丹為王，芍藥為相，跟帝都的人物一樣，芍藥也封了官。也是在那裡，看到為王的牡丹，高達兩米，花比洗臉盆還大，我對芍藥和牡丹的混淆澈底澄清了。

出門幾年讓我對芍藥的迷思也散了，所謂move on，時移事往，不再癡迷花了。芍藥是多年生的塊莖草本植物，年年歲歲芍藥花開，花比人長久，它在那裡看我們，看我們來來往往，行色匆匆。

三、洋水仙

臘梅和水仙並非中國獨有，比如在英國和美國東北岸開得漫山遍野的洋水仙，就是中國水仙的海外表妹。中國水仙在美國也賣得很好，因其單花瓣薄如細紙，叫「白紙水仙」（Paper White）。白紙水仙玩不了福建那種雕刻花球的功夫，買了花球泡進水裡開花了，香味卻是一樣的。

洋水仙開花是嬌豔的鴨兒黃，在美東海岸的山地水邊野生繁衍，復活節前後開花。復活節在四月，經常倒春寒，有一次大太陽大風，連雞都凍得早早回窩，我跟女兒在林子裡走了兩個多英里，冷得夠嗆。溪水裡的冰化了變成河，河水湯湯，又冷又清寂，女兒累得欲哭無淚，說這哪裡是春天散步啊，滿眼沒有一片葉子是綠的！好像成心戲弄她，在溪水一側的岸上忽然就是大片出芽抽箭的洋水仙，像一根根綠色的生日蠟燭。

臘梅沒有洋水仙的恣肆氾濫，得去專門的苗圃訂購，英文名叫Wintersweet。臘梅在英美無名無品，文化地位遠不如它的歲朝清

供伴侶：洋水仙有文人墨客寫個什麼水仙頌之類流芳百世；從來沒有聽說英語文學裡有作家寫臘梅頌。有次我注意到臘梅在苗圃郵購上屬於免費搭售品種：「買滿六十刀的東西搭售二尺臘梅樹苗一棵（搭售但不包活）。」再仔細看苗圃圖冊上臘梅花的說明：灌木類，特點是「花香，不占空間，無須看管」。嘖嘖，臘梅在天朝這麼悠久顯赫——想想南京明孝陵神道左右的山野幾千棵的臘梅樹吧——飄洋過海她只是「花香，不占空間，無須看管」。

花的文化意義有時是相當害人的。就說前面提到英國詩歌史上著名的〈水仙頌〉，文學大師奈保爾在他的回憶錄裡專門提到。奈保爾生於加勒比海地區的特立尼達和多巴哥，那個島國號稱有加勒比海地區最豐富的生態物種，但偏偏沒有水仙，一棵也沒有。這個英國文學的神童，以特立尼達全國考試第一名的成績考取牛津大學的獎學金，〈水仙頌〉倒背如流，但是水仙到底是什麼，在他進入英國本土前他從來沒有見過。他著文直接質問：「水仙到底是個什麼撈什子花？被寫進詩讓我們這些生於熱帶的孩子來囫圇背誦？」奈大師藉此質問殖民地母國的文化中心主義有多荒謬。

我沒有被要求背誦水仙詩，但是奈大師的抱怨於我亦心有戚戚。我的困惑是馬蹄蓮，白色馬蹄蓮，這個在中國革命史上象徵老一代無產階級革命家友誼的花朵，在我一直是個神祕的謎。南京沒有馬蹄蓮。近四十年前，毛主席到機場迎接周總理，並親手遞上周總理最喜歡的花，「一束白色的馬蹄蓮」是當時我們的小學課文，是中國人都知道、都必須知道，不識字的話還有年畫貼在家裡。

「一束白色的馬蹄蓮」，我對這個高貴精緻的細節迷戀得五迷三道。馬蹄蓮在我心中高貴神祕，我相信她是最美的花，最純潔的花，雖然我從來沒有見到過真的馬蹄蓮。第一次看到馬蹄蓮的時候我已經三十多歲，花開在洛杉磯機場停車場前的苗圃裡。馬蹄蓮曾經跟許多東西一樣，是我們耳熟能詳經常談論、暢想和爭論的，雖

然我們從來沒有親眼看過，沒有親手摸過，但是對於她的傳說，我們是多麼熟悉啊！

繡球與芍藥（凌嵐攝）

紅葉篇

紅葉

【作家簡介】

紅葉，本名陸虹，上海師大中文系畢業，紐約中醫學院針灸碩士，紐約華文女作家協會理事。美國執照針灸醫師，美國中醫藥協會理事。現定居紐約，從事針灸中醫藥工作。

大學期間即開始寫作發表，作品見於各報刊雜誌及網路，曾多次獲獎。主要作品有長篇小說《伊甸園之夢》《紐約八年》《九針》等；中短篇小說《海外剩女的冬天》《紅豆之歌》《似落花飛絮》《華爾街情人》《雪白的圍脖》等。網路小說《紅娘日記》等，點擊率過百萬。

紅葉的寫作範圍廣泛，主要有詩歌、小說、散文、遊記、段子笑話等。此外，紅葉的業餘愛好也廣泛，從琴棋書畫到唱歌跳舞都喜歡。近期創作的漫畫和珠光水彩畫屢受到好評。

紅葉情詩五首

蓮的傳說

那黑暗淤泥中掙扎的
日子　已經過去
七月最適合開花
所有的憂傷都
芬芳　亭亭玉立

夜色篩漏的月光
從天空的縫隙跌落
被大地悶熱的火焰燃燒

捱到旺盛夏季
已明白
沒什麼哀怨值得淚洗
可是仍然會有淒清的風雨
帶來淡淡的惆悵
那就將苦澀埋在心底

而這虛假的世間所欠缺的真實
唯有讓蓮來彌補
那從潔白的根　到碧綠的葉

直至嬌豔的花瓣
會將所有的絕望　轉化成絕美的燦爛

秋雨秋心

總是在朦朧瞬間
望見你
此時簾外的
潺潺秋雨　霜染楓林
無意中觸動一片秋心

信守著昨日的承諾
舉起盞盞蠟燈紅
秋日的落葉　躺在
你走過的腳印上
孤獨　寂寞
在我們輕易揮手道別的路邊
憂傷如秋草般茂盛連綿

你留下的青翠身影
依舊深印我的心底
秋思醞釀在清冷秋色裡
彷彿一壺桂花酒　日漸濃郁

關於你的記憶
我仍然會珍藏枝頭
就像秋蟬收起羽衣
等待著
下一次春天的來臨

貂蟬拜月

她在月下佇立
露水朦朧了她的雲鬢花顏
拈一枝香虔誠祈禱
而另外一枝香為誰點燃
她從不對別人提起

這流水般的潺潺月色
彈奏著大珠小珠落玉盤
此曲只應天上有
多麼像南方家鄉的春江花夜
千里鶯啼綠映紅
亭臺煙雨中
就連每座小小的青山
都擁有著一個美麗的傳說

她沉思時
柳眉隱約的一抹幽怨
讓月也隨之憂愁
關閉了光芒躲藏在雲後
而世間所有詩情畫意的女子
亦如這流水般命運的月色
路途中都注定
聚散悲歡的因緣

站臺

北風邀來了雪花
喧囂填滿灰色的天空
一彎殘月凍結在昏暗的雲層上

淚眼相對無言凝噎
蕭瑟岸邊隨波搖落黃葉
在我們揮手道別的站臺
梨樹一夜間愁白了髮

青青的楊柳倒流回轉
山谷依然抱著我們
翠綠的笑聲

梔子花香重現　瀰漫在空中
月牙合攏再次團圓

一個寂寞的身影
向著天涯盡頭執拗地張望
在被歲月沖刷殘舊的站臺
也許仍然能
等到你

詩意的世界

我生活的詩意世界
與忙碌的人間
只是有些
微不足道的關係

每天清晨
我悠閒地採集
美的花粉
將它用心釀成
詩的甜蜜

餘下的日子

或看每一朵花溫柔地盛開
或聽每一滴雨無聲地落下
在那個世界裡
藍天與烏雲
蝴蝶和黃蜂
相處得和諧親密

陌生人　熟悉人
願你們的生活都稱心如意
即使身處沙漠
也可以隨時揚帆出海
一片秋天的落葉
也能帶來春的歡喜

紅葉繪畫作品選

新春佳節祝無疾

有一個節日讓我們感到幸福
它綿延了多少年代
就像一條緩緩流動的河
而岸邊的丁香、百合、豆蔻
不知不覺地就燦爛盛開了

就像潔白的雪紛飛
那是落在故鄉芍藥園的期盼
母親點燃桂枝爐火
用甘草將冬天烘烤得
溫暖
愛意貼成大紅的窗花
守候著遠方遊子當歸的腳步

如果還有剩餘的憂愁焦慮
就讓這個節日成為忍冬藤下的菊花
沉香我們的勤勞和忙碌
我們等待了那麼多
在這一天
讓珍珠般圓潤晶瑩的
團聚
照亮親人們的笑臉吧

如果還有艱難、苦參和險阻
就讓這個節日成為寧靜的港灣
停靠歇息疲憊的小船
當我們再次揚帆時
不驚亦不懼
無憂無慮也無疾[1]

---

[1] 這首詩裡含有十二味中藥：丁香、百合、豆蔻、芍藥、桂枝、甘草、當歸、忍冬、菊花、沉香、珍珠、苦參，代表一年中的十二個月。可用以下藥方預防各種病毒性感冒：銀花10克、連翹10克、板藍根10克、大青葉10克、蒲公英5克、紫花地丁5克、野菊花5克、夏枯草5克、青蒿5克、生甘草6克，每天一劑水煎服，水煎代茶飲。

漫長的回家之路

　　每次在網上看見節假日機場車站洶湧人潮的照片，總是感歎，無論如何艱難困苦，似乎都阻擋不了人們盼望回家、與親人團聚的腳步。

　　回憶起以前住在加拿大溫哥華的時候，每年秋天，總能看見三文魚洄游的特殊景象。

　　秋天的溫哥華是多雨的季節，雨來得多情而頻繁，像情人的細語綿綿，如透明的絲線斜織，將遠山變成一幅朦朧的山水畫，將鄉村人家的小屋籠罩在薄薄的輕煙之中。滿山的紅葉勝於二月花，如同無數燃燒的火焰在跳動，將秋意烘托得更加濃郁。

　　這些洄游的三文魚是從遙遠的太平洋不遠萬里游來，牠們要游回自己出生的家鄉，在那裡產卵，繁殖下一代。這是怎樣的一條漫長回家之路？

　　那些三文魚，是逆流而游，沿途的阻力可想而知。在漫長的途中牠們要經過無數艱險，時而水流湍急，時而險灘阻擋，運氣不好時，還會遇見凶惡的鯊魚。特別是在跳躍高崖時，有的三文魚連魚皮都擦破了，還在努力地往上蹦，奮力拼搏。一次不成功，再來一次，不達目的，永不放棄。

　　牠們的天敵還有熊，看似笨重的熊其實不笨，牠們此時急忙趕來占便宜。熊站在水中守株待兔，用肥厚的熊掌撲打著蹦跳的三文魚，有時抓住一條，就往血盆大口裡送。

　　那些體力不支的三文魚，就昏倒在途中，也許不會再醒過來。而那些成功到達終點的三文魚在產卵後，筋疲力盡，也到達了生命的終點。一條條肚皮朝上，靜靜地躺在河灘上等著最後時刻的來

臨，遠遠地看過去白花花的一片。那種景象震撼人心，讓人看得心酸，也讓人感慨萬千。

此情此景讓她不由得不感歎自然界的奇妙，那樣漫長的路程，這些三文魚是怎樣找到回家的路的？在茫茫大海中，是什麼引導牠們的航向？

如果換了是人，別說走路，就連開車沒有地圖或導航系統，恐怕不出幾里地就得迷路。她也不由得不感歎世上萬物各有其獨特的習性，就像三文魚，一輩子就在自己家鄉生活不好嗎？牠長大後為什麼一定要遠遠地離開出生地，到廣闊的海洋生活，度過自己的一生？但又為什麼最後一定要回到牠的出生地產卵，落葉歸根呢？

然而，她也喜歡一個人到遙遠的地方去。年輕時就背上行囊，離開家鄉，到異國他鄉生活。年輕，什麼也不怕，有的是勇氣，有的是精力，有的是希望。那時，怕的只是不冒險，不刺激，怕的是過著一成不變的沉悶和無聊的生活。

雨後放晴，青翠的樹林，高低起伏地撐著遠方被雨打濕的沉甸甸的天空。淺淺的小溪流過岩石，濺起一朵朵透明的小花，這清新的情景如同一幅淡雅的山水畫。

在鎮子上的小旅店裡住宿，深夜聽雨聲，沏一杯熱茶，就可以溫暖那顆漂泊的心。她想起兒時的一些朋友，生活很安定，幾十年了，就住在自己出生的城市裡，在同一個地方生活。好像深海中的一條魚，這也是一種生態形式，舒適穩定、風平浪靜、悠閒自得。

魚在水中游，鳥在天上飛，不管選擇怎樣的生活，都是屬於自己的生活。即使是仙人掌，即使是野草，都需要一片屬自己的立足之地的。如同這個小鎮，恬靜地、安分守己地座落在這個偏僻的地方，它在世界上應有的位置。

世界上不同的民族，因地域和歷史的不同，而自然形成不同的心理和生活習慣。無論改變自己的地理位置，或者與來自異域的人

一起生活，都不是一件容易的事情。

初來乍到異國他鄉之時，覺得陌生和新奇，記錄下來的，大都是隱約朦朧的感覺。而生活久了，則又不無倦意，渴望回到兒時熟識的故鄉，這恐怕就是為什麼許多人仍然選擇了葉落歸根的原因吧。

世界上沒有兩片完全相同的樹葉，也沒有兩個完全相同的人。人生也是一樣，每個人有自己獨特的一生，想要複製別人的生活，是不可能的。

讀萬卷書不如行萬里路，行萬里路不如閱盡人間滄桑百態。山窮水盡疑無路，往往轉個彎，卻柳暗花明又一村。想到這裡，她的頭腦豁然開朗。

人的生命只有一次，人太容易把這個世界當作自己永恆的家園，迷戀財富、名利、情感、後代，戀戀不捨。但其實所謂的永恆也是相對的，宇宙間沒有絕對永恆的概念。人能夠擁有的一切物質財富只是過眼雲煙，轉瞬消失。

如果把人生當作一次星際旅行，少一份沉重，多一份瀟灑。這樣的人生，是不是能夠更快樂？

紅葉攝影作品選

瀠瑩篇

濚瑩

【作家簡介】

　　濚瑩，本名李瑩。紐約華文女作家協會會員，海外華文作家筆會會員。詩歌收於《北美十二人詩選》《香港文學》《中國朦朧詩》《影響者》等。散文作品發表於《僑報》《文綜》《新州報》《解放日報》《風雅》等。散文作品獲得美國第二十九屆「漢新文學獎」散文組銀獎。詩歌獲「法拉盛詩歌節」翻譯類首獎和原創佳作獎，並獲得僑聯總會110年海外華文著述獎。

瀅瑩詩五首

雨在遠處低垂

秋來遲，草木裹緊身上的最後一絲綠意
昂首望天，等待判決

這個清晨闃寂如斯
昨夜暴雨沒有發生過一樣
晨光輕盈，它擦拭狂亂的手法
冷靜如水痕

一隻起重機的手臂伸向老屋
像鄭重交談後的擁抱
我木然而立，也擁抱了自己

葉片羸弱，幾滴雨落下來
陌生的路人擦肩而過
風輕輕帶走他們的腳印

紅色警戒

蒙塵的眼睛只能擦出淚水
於是，我轉身擦拭地板

蠻力或是巧力
一場摩擦終會把骯髒轉移
我看到了我的影子
在地面
躲避汗水淹沒

陽光很亮，光閃到極處有一絲
生疼的叫喊
那是膝蓋骨
卑微的
紅色警戒

安分守己

我的夢境裡出現過
折成紙鳶的陽光
開滿詩歌的池塘
也有，錯過月臺的感情
晾曬過期的稻穀……

那隻死在路上的松鼠
從沒有
在我錯愕一眼的昭示下

闖入夢境

他卑微的靈魂與我
保持距離
血肉皮毛凝固成鐘擺的姿態

以留給我足夠的鐘盤水域
在夜裡
擺渡眾多問題
被誇大、渲染了的人生問題

天空的項鍊

每天
我們都會路過那個池塘
像履行一種儀式
一行野雁
就像這個儀式必不可缺的步驟
掠過頭頂

天空有時是昏暗的，有時是明亮的
野雁展開優雅的「人」字
倒掛在牠光潔的脖頸上

你的笑聲總是明亮的
堅韌的力道一直飄上去
把「人」字托成「一」字的弧線
這時候，天空就有了更輕盈的力量
隨著野雁
上下翻飛

一粒安眠藥

請把你交給我
請相信我身後化學分子的熱情
請相信
我的身軀遠小於它的力量

我會將暗夜置換出
你夢中的黎明

置換出白日消失了的上帝
置換出楚蜀密林裡的金絲楠木
請把你的溝壑交給我
用水將我淹沒
這樣照做

你的靈魂將會降落在荒原平川
風嗚咽的節奏便是四壁斷垣
放心吧
你的靈魂還屬於你

斷垣堁口處，如果你感覺到一絲涼氣
也許，那裡藏著樓蘭的寶藏

請把你的肉身交給我吧
別再相信草木之說

水（李瑩提供）

光脊梁的胡同爺

北京的夏天是悶濕潮熱的，尤其在伏天兒。當你竄入胡同兒的時候，一種酸酸、臭臭，又混著飯香味兒、廁所味兒，各種活靈活現的地氣味道就衝著腦門子直接襲來，你知道，你來到了最富有生活氣息的地方。

年少的時候，我經常去位於宣武區珠市口西大街胡同的姑媽家。胡同裡有一景，特別吸引我年少的眼球，不是我故意去看，而是如何躲也躲不過的。那就是光著膀子，露著脊樑（北京土音ning），或挺著滾瓜溜圓發福肚子，或瘦成竹竿兒的北京胡同爺們兒。他們往往都手裡搖把大蒲扇，穿著大褲衩，踢踏著拖鞋，啪塔啪塔、悠哉悠哉在胡同裡逛，見面哈哈著：「吃了嗎您？」要不就是手裡拎著二兩豬頭肉或是蒜腸，再抱瓶二鍋頭，揚著聲兒問：「哥們兒，喝點兒？」有時候他們會三五圍在一起下棋，有抓耳撓腮的，有面露喜色的，偶爾聽得一聲吼：「將了您的軍！」一片刀光血影無形幻化融入在知了的鳴叫中。也有打撲克，或是從家裡放風出來甩片兒湯話的，邊說還邊啪啪拍著自己膀子或是軟塌塌的肚子滅蚊子。

到了晚上，一把一把的汗出了一身又一身，胡同爺們兒們反正也睡不著覺，很多就在院子口，挨著胡同牆邊兒支起行軍床，再鋪一席涼席，四仰八叉躺在那兒納涼。昏黃的燈光下，一圈圈兒的蛾子繞燈飛舞，胡同兒過道兩邊的行軍床一順排開，男人們光著上身敞開了或坐或躺，隔著過道兒互相揶揄著喊話聊天。這時候女人們就羨慕得緊，在這熱到讓人想鑽地縫的天兒裡，女人們怎麼就不能享受男人坦露上身的特權呢？現在想起來，就是這些最鮮活的光脊

樑胡同爺們貢獻了大部分北京胡同的味道，那種酸癟，又富有陽性的男人氣息，透著平常百姓的敦實和生動的民風地氣。

　　他們大都不是那麼富裕，甚至可以說是比較底層的平頭老百姓。鬥志被生活的無奈磨平了，但還是勤奮地如蚯蚓一般在日子裡翻騰，想為自己或家人翻出一片藍天。當然，也有沉淪下去的，但更多的是用生活的達觀態度，從看似不務正業的花鳥魚蟲、京戲相聲，或是黑白棋子裡，撫慰自己熾熱風乾的理想，從這些看似懶散卻大有生活意趣的物件遊戲中，掙扎快意著自己的人生，琢磨著但凡有一點兒生機的別途出處。

　　如今，珠市口西大街的胡同早已不見蹤影，大都光脊樑的胡同爺們兒也隨著拆遷披上了衣服，可有時候還是有些懷念那種融合著汗酸味兒、直衝鼻子的淳樸和喜樂，那種言語一聲兒，就有無數人熱情相幫的真誠。

北京胡同（李瑩提供）

何涓涓篇

何涓涓

【作家簡介】

　　何涓涓，筆名絹窗小雨，江蘇蘇州人，旅美藝術家、設計師、作家、教授。美國伊利諾伊大學香檳分校藝術設計碩士，北美中文作家協會終身會員，紐約華文女作家協會和海外華文女作家協會會員。

　　她著有長篇小說《孤島曼哈頓》、中英雙語繪本《卡婭和圖圖歷險記》。散文作品收於《2018北美中文作家作品選》、美國《新州週報》《世界日報》《漢新》月刊、國內《財賦生活》《姑蘇晚報》等，獲得2021年首屆華美族移民文學獎散文組三等獎。

　　她的設計和藝術作品展出在紐約洛克菲勒中心、紐約哈德遜藝術家協會畫廊、紐約皇后城15畫廊、新澤西州蒙茅斯博物館、紐約巴雷特藝術中心、伊利諾伊州聯合畫廊等機構。作者網站：www.junehetheartist.com作者微信公眾號：絹窗小雨。

母語的隔閡

　　幾天前和初識的朋友逛書店，朋友指著書架上厚厚的一本小說：「你知道他嗎？我的青少年時代深受他影響。」我伸手取書，作者的名字是Murakami Haruki。無比陌生。我搖頭，說不清楚。於是，聽朋友講述了半天這個日本名字對他的影響。

　　我回到家裡上網搜索，發現這個名字的中文翻譯是村上春樹，那是我小時候就知道的名字。從《挪威的森林》開始，到《海邊的卡夫卡》，從中學到研究生，從國內到國外，他的書一直陪伴著我。只不過，我讀的是中文版，我對村上春樹的記憶，都是中文的。人家說英文，我自然掛不上勾。

　　我陷在沙發裡，想起這些年來旅居海外諸如此類的事。陌生人說的事情，明明不清楚背景，卻又不好意思去問，假裝懂得，蒙混過關，避免尷尬。回家上網搜索，原來自己懂得更多，卻偏偏由於專有名詞對不起來，造成隔閡，以致迷失。美國朋友之間聊天，人家會劈頭蓋臉地告訴我：「你怎麼可以這麼無知？世界史還沒學過？」我趕緊解釋，我學的世界史都是中文名詞。我這個連中文名字都記不清楚的人，怎麼能讓我去記英文翻譯的日文名和長串的歐洲名字？美國人說，你們這種教育方式是不正確的，是跟國際無法接軌的。我一時語塞，不知該如何作答。

　　我想，每個人的國際都有所不同。他們的英文國際，以英語為參照；我們中文的國際，以中文為參照。我們都想國際化，卻終歸站在了不同的參照體系裡。縱然我在英語體系裡生活了這麼久，我的知識積澱，我的潛意識，依然固執地抓住我的母語和本土文化而不鬆手。轉換潛意識裡的體系來看世界，是無比困難的事。

　　剛到美國時，在大學裡做美國本科生的藝術設計史講師，不是我想教書，是因為做講師可以合法地在美國拿生活費，對於需要自力更生的我來說，非常重要。備課時，攻克專有名詞是一大難關。一個是發音，一個是記憶。往往是結束了一天的研究生課程，做完作業，備完第二天的課，批改好作業，已經是凌晨兩三點。那時候對於生活基本常識的語句尚不熟悉，打個電話給房東都要打草稿。在課堂上背起歐美當代藝術史裡的專有名詞，階梯教室裡一百多個人，我都不敢直視學生的眼睛。記得有一次，一個金髮的大二女生，上課舉手反對我的發音，說不正確，要像她那樣說。我尷尬萬分，心跳加速，滿臉發熱。這個時候，坐在最末一排的胖胖的美國小男生，忽然站起來說，這個外國老師已經很不錯了，我們應該為她鼓掌加油。於是，他一個人開始鼓掌，很快地，周圍的美國孩子都開始一個個站起來，紛紛鼓掌。那個金髮的女孩不說話了。我忽然很感動，這讓我想起了傳說中的美國精神。

　　或許我們根本無須轉換本能裡的文化體系。這個世界，並非每個人都可以澈底瞭解對方。為什麼要去很努力地改變自己？同理心（empathy）是美好的努力。那個美國小男孩，即使畢業後失去了聯繫，我想起他至今還心存感激。可是，子非魚，焉知魚之樂？莊周至多只能夢蝶，卻變不了蝶。這樣想來，我又有所釋然。所謂求同存異，要的就是一片心安吧。知道不同，隨之而去，不要強求理解。

　　中國的朋友問我，身處這樣一個文化環境裡，注定不能得到全部的理解，會不會失望。我以為，這是跳出安全區（comfort zone）之後必然要遇到的問題。當你做出背井離鄉去探索世界的決定時，你就不能期望路上的同行者可以像你小時候一起長大的玩伴一樣懂你了。如果你不能接受這一點，那就不要去遠行。徒步中漫長的路，有驚喜也就有孤獨，兩者並存，缺一不可。

一天以後，我發短信給這位朋友，告之我對這個作者也很熟悉，並談了我對村上春樹作品的理解和經歷。朋友回了一個笑臉。那個談話的時刻已經過去，空間也錯了位，我大概已被人家歸為「無知隊伍」中的一員，再解釋也沒用了。

其實我不需要解釋，只不過是內心太過糾結。文化宛若雨滴落在水裡，自然消失，不用小心翼翼捧在手裡，等候懂得的迴響。古人說得好，有容乃大。這個「容」字，就是知道不同，懂得放手，讓不同的文化自然流淌，並為之鼓掌。

作者小說封面圖

造福人類還是圍困自然？
——一位產品設計師的自白

　　我和同事一起在美國境內做短途出差，他開著自家的車來接我。小車搖搖擺擺，有一股汽油味道，據說車齡已「年方十三」。我問他打算什麼時候換新車。同為產品設計師的他，歎了口氣說：「一直都想換，可是眼高手低，眼光被設計學校教育得很挑剔，只看得上好的車子，但看中的款式，既滿足所有家人的需求又符合自己的審美標準，真是買不起。買得起的車型又不喜歡其設計。設計師的眼光挑剔，卻並不是謀生的好職業，自己設計的美麗東西往往是買不起的。」我笑說：「那些對審美沒什麼要求的人，買個實用的東西，不考慮太多，不追求精美，也不破費，簡簡單單地生活著。」他說，那樣許少了很多糾結，生活或許更幸福。

　　可惜我們回不去了。因為喜歡美，追求美，把自己的一輩子奉獻給創造美、發掘美的「偉大」事業。可是現實生活，不得不被醜陋包圍，就像這輛即將支零破碎的小車，為了美的夢想，不得不接受醜，從醜到美的心路，要一步步艱難地走。

　　說句心裡話，學設計的人，骨子裡都想過上書本裡的經典生活，面對現實生活，總有些清高鄙夷。家裡最好放幾款世界設計史上介紹過的椅子，放幾盞光影迷離的大燈……，仿製品都不行。設計師是一群很要面子、很驕傲的人，真品價格離譜，那麼怎麼辦？先什麼也不放再說吧，幸好這個叫做極簡主義，也很潮的。

　　幾乎人人喜歡購物。走在零售店燈光閃爍琳琅滿目的環境裡，我們感到身心舒暢、心滿意足，彷彿自己與這個世界都變得更富足、更有信心。消費者接觸的只是經過完美包裝的終端產品，從設

計到批量生產，對大多數人來說，依舊是一個黑箱操作。作為設計師，在「享受」提供創意給高檔零售店貨架的樂趣以外，有幸可以走到所謂「高檔」的背後，走進批量生產、勞動密集的流水線上，走入工人日日揮汗的車間裡，去探索一個產品是怎樣生產出來的，從半個局外人的視角來揭開黑箱操作的面紗。

前一段時間，我拜訪國內一家工廠時，被連排巨大的六色印刷機產生的轟鳴聲震撼了。這是我第一次參觀大型印刷和包裝生產商，他們為世界上最有名的各種歐美品牌做包裝盒、包裝袋。金屬的模版雕刻著精美的圖案，在紅色的板紙上壓印出金光閃閃的花紋；紙板的磨具堆積在高聳的倉庫裡，記憶著每一個包裝盒的平面裁切；技術工人爬上高高的機器，機器將印刷好的彩色廣告圖片與印製板緊密黏貼；一張張色彩斑斕的紙板，帶著誘人的產品信息和圖案，像一個個小山丘堆積在龐大的倉庫裡。我們探索著包裝世界的祕密，用放大鏡在特殊燈光下檢驗著細小的色塊，討論著細微差別導致的價格起伏……

午餐時，工廠響起鈴聲，印刷工人紛紛走出車間，他們滿臉通紅、赤著膊，肩頭掛著濕漉漉的毛巾。鈴響前，他們在充滿化學氣味的廠房裡揮汗如雨，以迅速而準確的重複動作，刷印出很有小資情調的品牌標誌。

有一天，在紐約高檔商場，我驚訝地看到了在流水線上看到的包裝盒。如果我沒有參觀過工廠，我會對它沒感覺。可是現在感覺心裡一震，它們突然變得與眾不同了，像一位好久不見的老朋友，漂洋過海來看我。我知道它們從哪裡來，見過幫著它們出生入世的工人，這包裝盒凝聚著他們的汗水和辛勞，當然，我也能預感這些包裝盒將要往哪裡去。

我知道，當包裝盒所承載的產品到達消費者手中時，就是它生命終結的時刻。包裝盒的命運是曇花一現：它會被無所顧忌地撕

開，扔到垃圾桶裡，等待垃圾回收車把它碾碎。我忽然間喪失了購買的慾望。每買一件產品，設計精美的包裝盒就面臨犧牲。那些材料、那些勞動、那些時間和流水線後的生命，都是為了什麼？為了多賣出一個產品，多賺一點錢？

2019年5月6日，《紐約時報》和《英國衛報》同時有科學家的最新報導：人類對於自然環境史無前例的破壞速度，以及因此導致的生態惡化和生物滅絕，已是真真切切的現實，不再是危言聳聽。讀完報導，我坐在辦公室的電腦前，忽然覺得無法工作下去。眼前是海邊被污染物致死的海龜和鯨魚，我淚流滿面，覺得自己的工作是有罪的，是導致它們受苦的一個因素。

為了趕上每個季度不斷上漲的利潤指標，我不斷地設計產品、設計包裝、設計購物體驗，日復一日。當然不只是我，這個流程涉及了亞洲的供應商、美國的客戶，以及歐洲的財團。多少汗水、止痛片和唇槍舌戰的消耗。我不知道到底消費者需不需要每年有這麼多的新款產品，我只能生活在自己的泡沫中，承受擔心完成不了指標而導致團隊落後的壓力，以及得意於好創意的設計受到的好評。

我們的媒體和公關把購物渲染得神聖而大氣，好像擁有了揮灑金錢的能力就是擁有了人生自由和美好生活。消費者看到的廣告，從來不會展現流水線上的密集勞動，也從來不會呈現垃圾場裡成百上千被迅速遺棄的產品，更不會透露被污染的動植物奄奄一息的掙扎。過濾了人和環境，留下的只有物，物能帶來短暫的快感、幻想的幸福、空洞的滿足。那麼，設計師是要不停地設計賺錢，還是要減少設計從而保護環境？

生活要繼續，現金流要拓展，我們是不是可以考慮設計和創造品質更好、使用壽命更長的產品，同時用更簡單的包裝與可回收的材料？比如，明天我打算不用普通塑膠，而是換用可生物降解的塑膠來做產品。這意味著什麼？意味著我需要支出更多的成本從更貴

的供應商那裡取得可降解的原材料。因此，我的產品比同行競爭者更貴。我有兩個解決方案：其一，壓低產品生產廠家的費用。原材料沒有辦法壓價，生產廠家能做的，就是減少工人的報酬和福利。消費者高高興興地以為用較便宜的價格買到了綠色產品，對自然界做了好事，自尊心大幅度提升，對這個品牌好感倍增。可是呢，最底層的勞動者被狠狠地剝削了一把，這是消費者怎麼也沒想到的，也是品牌在做推廣時竭盡全力避免涉及的。另一個解決方案，提高我的產品價格，同時意味著我失去了與同行競爭的價格優勢。那麼，我應該大力宣傳綠色環保材料的好處，就像有機食品要賣得比普通食品更貴一樣。這樣下來，我的產品開始走更「高端」的路線，也意味著我的消費者，大大縮小了一圈，我開始擔心自己要虧本……

在消費者熱烈響應保護環境的宣傳時，他們也熱切地希望自己購買的產品價廉物美。當他們跑上街頭義憤填膺地強調維護人權時，他們依然不暸解也不願意為了遠方工人的福利和近處自然環境的改善而買單。消費者自始至終被媒體教育著：買、買、買！這個設計─生產─廣告─丟棄─污染的流程，是一個互相影響互相制約連環，大家在享受購買樂趣的同時，必然有環上的另一處在承受著不能承受之重。

設計師的工作，追求美，創造美，多麼美好的初心！在這孜孜不倦地生產美的過程中，在這一步步拓展實踐美的歷練裡，我才慢慢懂得美的代價。我擦乾眼淚，繼續設計。可是，那張死去的海龜的照片，滿肚子都是垃圾的慘狀；那位赤膊的工人，在轟鳴的車間裡揮汗如雨的身影；那些排隊在零售店門口，充滿期待和慾望的爭先恐後的人；那輛充滿汽油味的設計師同事的小破車……，我不能也不想忘記。

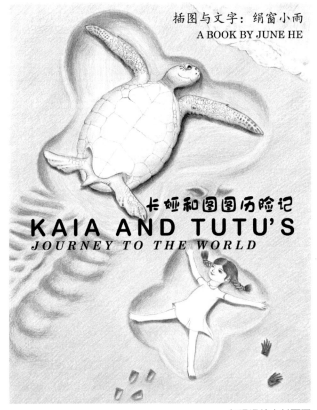

何涓涓繪本封面圖

我的第一本英文書

　　我的書架上有一本書，出國的這些年裡，每次搬家，我都會把它帶在身邊。它是我的第一本英文書。

　　很久以前，當我還是小學生的時候，這本書來到父親的手裡。他讀不懂英文，便一直把它擱在家中的書櫃上，淹沒在中文書中。那時我剛剛開始學習英語的ABCD，離讀懂英文原著的水平還差十萬八千里。偶爾地，我把書取下來，好奇地翻閱，除了看些黑白的歷史圖片外，總是一知半解，悻悻然地放回去。

　　送書的先生是位斯坦福大學的老教授，這是一本關於南京大屠殺歷史的書。十幾年以後，我本科畢業，準備出國留學，把這本書放在了旅行箱裡，讓它陪著我去它的故鄉，也因為它是一本我還沒有完全讀懂的書，我期待著通曉它的那一天。老教授給我起了英文名字，幫我修改好英文材料。那時候，我並不清楚，留學，將會在後來，對我的人生產生怎樣的一種改變。我懵懵懂懂地，拿著老教授的推薦信，去敲開一扇我並不熟悉的門。

　　2007年，我來到美國的伊利諾伊大學香檳分校學習藝術設計。現在想來，那是一個多麼美好而開放的時代。沒有對新冠的恐慌，沒有對亞裔的排擠，沒有群體的反智，更沒有各國之間的停航隔離。一天，放學回到寢室，我無意中翻開這本書，忽然發現，書的作者，和我竟然是校友，我們出生在不同的時代，卻經歷著同一個環境。可惜，她在我到美國的三年前，已經去世了。她是第二代華裔美國女性，父母同在伊利諾伊大學做教授。她的祖籍江蘇，跟我一樣。冥冥之中，我和她有著某種聯繫。我開始重新讀她的這本書，斷斷續續地，不時需要查閱字典。

　　每年感恩節時，我會給老教授發電子郵件，祝他身體健康，他也會回覆我。他一直對中國的文化和藝術很感興趣，我們常常探討書法和繪畫。那時候，我往往會想起這本書，但我沒有跟他談論過具體內容。說實話，書的內容太沉重，圖片太驚悚，如果不是中華民族的歷史，我真的不敢也不想看。時間一久，我便不清楚書放到哪裡去了。

　　父母到美國來旅行，我帶著他們到華盛頓首府參觀各種博物館，其中之一是美國大屠殺紀念博物館。雖然我們沒有親身經歷過猶太人大屠殺的歷史事件，卻深深地震撼於博物館將這段歷史呈現於世人的方式。觀後感到無比沉重，久久不能釋懷。博物館中有一處，地上堆滿了成千上萬隻破舊並褪色的鞋子。這些鞋子有的成雙，有的單隻，有成人的，也有孩子的，它們來自於納粹波蘭集中營中的囚犯，是他們逝去之生命的見證。我不禁感歎，什麼時候，世人也可以像猶太人紀念大屠殺一樣，看到中華民族遭受的苦難？我向周圍的美國人詢問二戰時中國人慘遭的屠殺和凌辱，卻鮮有人知曉。他們甚至會問我：「這是真的嗎？」我感到自己有責任把那本書看懂，有責任把它介紹給閱讀英語的人。可是生活一忙，書看到半截往那裡一擱，又沒有看完，畢竟不是一本好看易懂的書。

　　這期間，我在美國大學的課堂上給學生們講述中國當代的藝術和設計，介紹設計師以中國書法為元素做的商業設計，分析中國象形文字的由來和組成，解構傳統文化對中國乃至世界的影響。作為專業課的內容，這是學生的必修課。我很高興有這個平臺，可以和西方世界分享更多的關於東方美學和文化的故事。可是，我一直沒有合適的機會去講述這段中華民族飽受其辱的歷史。我不知道該如何表達，也不知道對方是否願意聆聽，更不清楚，我的講述，應該引起如何的一種效果。

　　多年以後，我搬到紐約工作。有一天，我在整理房間，太多的

書，有一些必須拿去捐獻掉。無意中，從儲藏室的硬紙盒中發現這本書，原來它依然留在我的身邊，等待著我、召喚著我。我開始再次翻閱，忽然間，我意識到自己可以毫無阻礙地閱讀書中的字字句句了！我不用再依靠字典，做斷斷續續地解讀，一切豁然開朗，我與作者更近了一步。

我開心地寫電子郵件給老教授，想和他探討書裡的背景知識。我要告訴他，不知不覺地，那個只認得ABC的小姑娘，已經可以流暢地閱讀您給她的書了。我也由衷地敬佩，作為一個外國人，他認為這段歷史是多麼重要，多麼與我們有關，所以才會送這本書。

但他沒有回覆我。我有個內向者的習慣：如果可以寫郵件，就不發短信，如果可以發短信，就不打電話，如果可以打電話，就不視頻。因此我寫了很多電子郵件給他，卻石沉大海。我勸慰自己，他作為教授，一定很忙吧，便沒有太在意。

在半年沒有音訊以後，我疑慮重重，便打了電話過去，是他夫人接的。也許我內心始終不肯承認的事實終於呈現了：老教授已於半年前駕鶴西去。我翻箱倒櫃，找出他多年前幫我修改的文字。再讀原文，我領悟到，事到如今，我依然寫不出那樣優美、典雅而又充滿哲思的英文，可惜當年他落筆的時候，我沒有水平讀到這一層，也不懂他的心思。現在，他雖然走了，他的精神和文化，仍然帶領著我去追尋藝術、美學和民族的歷史，永無止盡。

2014年，南京大屠殺死難者國家公祭日設立於每年的12月13日。我從書架上取出這本已經翻閱得泛黃的舊書，懂得了老教授的用意。

在得到這本書的二十多年以後，我終於從頭到尾一氣呵成地把它讀完了。它充滿耐心地等待著我，等到我可以讀懂它的那一天。我開始向周圍的西方人介紹這本書，用他們的語言和文化傳達這段珍貴而慘痛的歷史。我深知，雖然老教授和女作家都已不在，他們

的精神早在我的內心撒下了種子，如今開出了孕育多年的花朵。

這本書的名字是：The Rape of Nanking，中文翻譯《南京暴行：被遺忘的大屠殺》，作者是Iris Chang，中文名張純如。

謝勤篇

謝勤

【作家簡介】

謝勤，筆名蘋果，1991畢業於北京大學西方語言文學系法國文學專業。大學畢業之後，留學美國，畢業於東康涅狄格州立大學（Eastern Connecticut University）財務專業。曾先後在鳳凰保險公司（PhoenixInsurance Company）、花旗銀行（Citibank）、藍盾藍十字（Blue Cross Blue Shield）醫保組織等大公司的金融部門任職。2000年，轉行做電腦至今。

謝勤生活中是一位性情中人，初心不變，喜歡用詩歌、散文來表達心中的感受。未名詩壇的會員，紐約華文女作家協會會員，北大大紐約未名詩社社員，作品曾收集在2017年出版的《未名詩集》、未名詩壇公衆號，以及印尼和美國新澤西等媒體雜誌。衆多的詩歌散文發表在網路微秀和美篇，點擊率上萬。

自編自曲自詞的兩首歌曲〈嫣紅〉和〈小巷〉參與了北大120周年原創歌曲大賽角逐。除了喜歡美圖美詩、音樂舞跳、朗誦攝影之外，還經常為社區主持各種活動。

秋約

曾經有一個約定
半個世紀後，相約
某個雨後秋天的清晨

儘管
一夜秋雨
一池碎夢
卻擋不住
一彎新月
萬千思念！

疏影橫斜的陽光
斑斕繽紛
滿天飛舞的紅葉
剔透晶瑩

靜靜地
風中葉落的聲音
驚起了半個世紀的款款深情
托住了半個世紀的日月星晨

我說
秋歸去，人迷醉

妳說
歲月悠悠，憶在深秋！

秋葉（謝勤攝）

心飄

心
靜靜地飄
就像紅楓樹上
枯萎的一片黃葉，飄掉了
過往的沉醉和燦爛，隨風
不知又會
繾綣到什麼地方

心
柔柔地飄
就像藍天白雲下
窗外的一瓣粉花，飄掉了
曾經的芬芳和憂傷，凌亂
不知又會
寂寞到什麼地方

秋風秋雨在敲窗
一簾幽夢
一場煙雨
心飄
飄起了迷茫
飄起了惆悵，飄掉
回憶中如水的月光，飄掉

夜夢中溫暖的對望
害怕
在那緣深緣淺的時光裡
我那安靜而無怨的靈魂
花隨風飄，無處安放！

妮妮與花兒的故事

　　春天來了，草綠了，花園裡萬紫千紅，開滿了各色的鮮花！

　　天黑了，滿天的星星，小鼠妮妮在地下室的洞裡也能感到春天的習習暖風。她對媽媽說：「媽媽我想去花園看花兒。」媽媽說：「孩子，好的，等大房子裡住的人都睡了，我們也該出門找吃的了，我順便帶你到花園賞花。」

　　妮妮好開心。她把衣櫃翻了個遍，穿上一件最鮮亮的黃裙，配上一雙白色的涼鞋。黃和白都是妮妮最喜歡的夏天的顏色。她等呀等，終於午夜十二點的鐘聲「噹、噹、噹」地敲響了。所有人都睡著了，周圍靜悄悄的。妮妮迫不及待地拉著媽媽的尾巴，鑽出了洞門！她們悄悄地從地下室爬上樓梯，又穿過客廳，打開客廳的玻璃門，來到了後花園。

　　哇，後花園美極了，月光如水地照在一朵朵花瓣上，一閃一閃的。妮妮來到一棵櫻花樹下，抬頭看著滿樹的櫻花，粉粉的，白白的，她深深地吸一口氣，香氣撲鼻，啊，醉了。真美啊！她對櫻花們大聲說：「櫻花，櫻花，你們好香呀！」櫻花好像沒聽見，沉默不語。

　　她扭頭對一朵太陽花說：「喂，你好！」可太陽花也不說話。她又對一朵紫羅蘭說：「你真美呀！」可紫羅蘭也不回答。妮妮哭了，問媽媽：「他們為什麼都不跟我玩啊？」媽媽回答說：「孩子，現在是晚上，他們都穿上了月光睡衣，正甜甜地睡覺呢。小朋友晚上都要按時睡覺，對不對？」妮妮好傷心，她掉著眼淚對媽媽說：「那我們回家吧，明天白天我再來找他們玩。」

　　妮妮回到家裡，心裡一直想著賞花兒的事情，其他什麼事也不

想做。爸爸和媽媽趁著夜幕的庇護，忙著為孩子們找食物，妮妮卻呆呆地坐在沙發上，眼睛望向窗外的天空。她盼呀盼，盼著天快快地亮起來！等啊等，等到大約凌晨五點半鐘，月亮終於躲起來了，太陽也從山後面出來了。「天亮了，天亮了！」妮妮一邊喊，一邊推開了媽媽房間的門！「媽媽，媽媽，天亮了！你答應過我，今天帶我去花園賞花的！」媽媽看著如此花癡的小寶貝，微笑著說：「我工作了大半夜，已經很累了。你知道我們小鼠是白天睡覺，夜間出來活動的。所以我現在應該睡覺了。但是既然我答應你了，我不會食言。咱們準備一下就去後花園，好嗎？」妮妮好奇地問：「準備什麼？」這時媽媽從冰箱裡拿出兩朵漂亮的花。一朵是大大的粉白交錯的牡丹花，另一朵是漂亮的藍藍的蘭花。媽媽把蘭花穿在妮妮身上，自己披著牡丹花瓣當外套。然後說：「你看，穿上花瓣衣服，不僅漂亮，而且我們都變成花了！到花園裡就不會被人發現，我們可以好好地在花園裡逛逛！」妮妮真開心！甜甜地說：「謝謝媽媽！我好愛你，媽媽！」於是小妮妮拽著媽媽的尾巴，爬上樓梯，穿過客廳，打開客廳玻璃門，又來到了花園。

哇，白天的花園和夜晚的花園完全不一樣！真美呀！鳥語花香！好熱鬧！有黃花、白花、紅花、藍花，還有黑色的花呢！妮妮目不暇接，眼睛不知道該看哪一朵好了。媽媽說：「孩子，去和花朋友們玩吧。兩小時之後我在這兒等你一起回家。」妮妮一邊唱著歌，一邊跳著舞，在花園裡跑來跑去的。有這麼多花朋友，她該和誰玩呢？

太陽慢慢地升高了。不知不覺已經是上午八點。花園裡的花兒大都睡醒起床了。一陣風吹來，花兒們迎風飄揚，競相開放！妮妮用手揉揉眼睛，又用手整理一下自己漂亮的藍色衣服。她感覺太陽照在臉上，暖暖的，可就是睜不大眼睛。圍著花園已經跑了三圈了，可到底跟誰玩呢？每朵花都好看，每朵花都香香的！別忘了老

鼠的鼻子是最靈敏的。她深深地吸了一口氣，動了動鼻翼，有一種甜甜的香氣太好聞了。她順著香氣飄來的地方，抬頭一看，一簇簇白花帶著淡淡鵝黃的花蕊，陣陣甜甜的花香撲鼻。

妮妮興奮極了。她拍著手說：「你們好香！我喜歡你們。你們可以做我的朋友嗎？」白色的夜來香皺著眉頭，打著哈欠說：「對不起，我們要睡覺了！不能跟你玩了！」妮妮一臉茫然，心想，現在不是白天嗎？為什麼騙我要睡覺了？她心裡好著急，於是伸出手去抓夜來香花瓣！一瓣掉落在地上，又一瓣掉了下來。

這一幕正好被高高在上的櫻花樹媽媽看見了。她立馬打電話給花園的守護者小蜜蜂。「喂，蜜蜂，快點來花園，夜來香被一朵藍花兒欺負了！而且很奇怪，這朵藍花今天一早就在花園裡跑來跑去。我覺得不像是真花，是小鼠！」小蜜蜂放下電話，立即出發！

幾隻小蜜蜂一會兒就飛到了花園，一眼就看見了正在折花瓣的妮妮。他們一起放箭射向妮妮！「哇！好痛喲！媽媽，好痛喲！我要回家！」這時妮妮的媽媽聽見了妮妮的呼救聲，趕緊跑過來，抓著她一溜煙兒地跑回地下室自己的家裡！

媽媽幫助妮妮脫掉藍衣服。哎呀，身上起了好多紅泡泡。妮妮委屈地哭了，她說：「我沒有想去咬花兒，我只想和她們握手做朋友！」媽媽聽完妮妮的委屈，語重心長地說：「夜來香晚上才開花，白天她們需要睡覺。而且你知道嗎？你伸手去碰花兒，花會很痛的。如果她們掉下來，會死的。花兒的美麗要大家一起愛護，我們才有美麗的花園可以欣賞，對不對？」妮妮點點頭，羞愧地撲在媽媽懷裡說：「對不起，我錯了！下次我再也不隨便碰花了。」媽媽擁抱著妮妮，撫摸著她的頭說：「知錯就改，妮妮是乖孩子。」妮妮累了，過一兒就睡著了。在夢裡，她夢見自己又來到花園，和花兒們開心地在一起玩兒。

Photographer Jean Xie

作者藝術作品之一

海倫篇

海倫

【作家簡介】

　　海倫，本名靜慧燕，任職於美國賓夕法尼亞大學。鳳凰美東詩社社長，影視簽約作家，中國青少年作家文集選及湖南經濟報新媒體中心顧問等。海外文軒及紐約華文女作家協會會員。

　　作品發表在《文綜》《漢新月刊》《家庭》《西南當代作家》《風雅雜誌》《中國草根》《中國詩影響》《國際日報》《僑報》《人民日報》《長江詩歌》《天峨文藝》《海華都市報》《詩殿堂》《齊魯文學》《靈雲師苑》《暮雪詩刊》《當代商報》《世界日報》《今日詩界》、《魯中詩刊》等海內外中英文文學雜誌期刊。

　　詩歌、散文、小說及評論數十次獲海內外文學大獎，獲獎作品入選多本獲獎文集。小說《天使的翅膀》及多篇作品分別獲2019年及2020年度海外華文著述獎。

父親的背影

　　我的父親，在別人眼裡，可能是個再平凡不過的老人，但在我心中，卻是一個偉岸的身影。父親不僅是我年幼時的寄託，也是親人在坎坷滄桑歲月裡的依靠。父親用飽滿的愛心和付出，默默地用自己的雙肩挑著沉重的擔子，帶領我們走過一路風雨。父親馬上就七十四歲了，在為父親準備生日禮物時，我情不自禁地想起和他老人家在一起的往事。

　　小時候，我是在姑爹、姑媽、奶奶的北京家裡長大的。姑爹姓胡，鄰居們叫我小胡燕。姑爹姑媽也把我當成老胡家最小的孩子。奶奶從沒對我講過親生父母的事情。從懂事起，我就記得每年春節，都有一個長得很清秀也很和藹的人來看我。表姐和表哥都親熱地叫他大舅，我也跟著叫大舅。大舅總是來去匆匆的，每當大舅離開時，奶奶就抱著我倚在三樓的窗前，戀戀不捨地目送他離去。透過玻璃窗，我看到大舅奔走在凜冽寒風中的高高身影……

　　時光如梭，到了八歲讀書的年齡，我因沒有北京戶口，無法在北京讀書，姑爹姑媽只好將我送回河北農村的親生父母身邊。回到我出生的家，讓我頗為驚訝的事情發生了：那個我稱之為大舅的人，竟是我的親生父親。從父母那裡我得知，姑媽在我還沒有記憶時就接我去北京生活，想讓我的童年更美好。回到家後，儘管我對母親很陌生，但可以開口叫媽媽。可父親曾是我叫習慣了的大舅，怎麼能改口叫他爸爸？父親是個喜歡孩子的人，他想盡辦法接近我，母親也不斷地為我叫父親製造機會。每逢吃飯，母親就叫我去喊父親。我總是羞怯地對他講：「我媽叫你吃飯！」那時，我常看到父親年輕忙碌的背影。

一晃半年過去了，一天，父親從城裡回來，給我買了一個紅色的音樂鈴。當音樂響起時，我的心被感動了，情不自禁地喊道：「爸爸！你該吃飯了！」父親幸福地笑了，他眼裡閃著欣喜的淚花。我這第一聲的「爸爸」，對父親來說是那麼的珍貴。我們相認，是命運坎坷的父親整整等了八年的期盼啊！父親不想讓我看到他的眼淚，便轉過身去，我看到的，是父親歡樂和開心的背影！

接到高考錄取通知書那年，我還不滿十七歲。聽說學校會很冷，母親用一件出嫁時的藍皮襖，連夜為我趕製了一個皮坎肩。北京的姑媽，親手編織了兩雙厚厚的毛襪和手套，並託人帶來一包保暖的衣服。

開學前，父親送我去火車站。當我走進車廂時，父親微笑著向我揮手告別。就在火車徐徐啟動時，我看到父親流淚了。他轉過身去，背著我不停地抹眼淚。我想到父親的人生充滿了風霜雪雨和悲歡離合，父親心中的苦痛，順著我們父女分別的淚水流淌而出。望著黯然神傷的父親，我的雙眼也被淚水淹沒了。我把頭探向車窗，透過那晶瑩的淚光，我看見了父親充滿牽掛和思念的背影……

幾年後，我參加了工作並成了家。在我兒子一歲時，母親患了肺癌，醫治無效去世。母親離世時，父親只有五十歲，他一定是很苦悶的。當父親和我們姐妹們一起埋葬了母親，在回家的途中，我看到了父親憂傷略顯蒼老和孤獨的背影。

父親的一生，充滿了坎坷。他早年喪父，中年喪妻。本應該成為一名優秀教師的父親，為了養活因受政治迫害而被迫返鄉的家人，為了在那饑荒的年代裡，讓患難中的親人有口飯吃，他放棄了教師生涯，做了一個農民。後來，父親通過醫學培訓，成為一名醫技高超的鄉村醫生，在缺醫少藥的農村行醫三十餘載。

十多年前，父親隨妹妹移居城裡。他不肯待在家中，就做了學院研究生宿舍的看門人。他工作勤奮認真，一晃就十多年。他對學

生，就像對待自己的孩子一樣。我幾次邀他來美國，他總是說工作忙，不斷推遲行期。父親在電話裡對我說，他很喜歡他的工作，每天看到進進出出的學生們，就像看到我們姐妹們年輕時的笑臉。

父親快七十四歲了，可他還不肯放棄為學生們看門的工作。也許，父親在追尋幾十年前的那個教師夢吧！當他和學生們在一起的時候，父親或許會覺得自己又年輕了。想到這裡，心中略感寬慰。遙望故鄉，我似乎看到了大洋彼岸父親滿足的背影。

此情可待成追憶

在美國芝加哥和費城的機場裡，總有川流不息的人流，眾多的人群中也有我來去匆匆的身影。我在繁忙的工作後，每兩週一次飛往芝加哥。週五下班後，我在暮色中拖著行李箱，一路小跑，奔向登機的通道與調到芝加哥工作的先生共度週末。然後，又在週一的凌晨登上飛回費城的飛機。在這個快節奏的社會裡，我與先生因工作需要，一個在美國東部的賓夕法尼亞大學做科研，另一個在美國中部的醫藥公司任職，週末的團聚似乎成為家中的一件大事。

每當我在暮色中走出繁忙的芝加哥機場，看見先生早已等候接我，那穿梭不息的車流和明亮的燈光，讓我們疲憊的心瞬間感到像飛機落地時的平安。飛到芝加哥是團聚的開始，讓人欣慰。而週一凌晨，卻是分別的時刻。我依偎著飛機臨窗的玻璃，從芝加哥飛往費城，總是戀戀不捨地遙望身後密西根大湖上的繁星。每當我感受著湖面冷氣流的顛簸，總會有一些傷感。在這個必須飛行的時刻，我的眼睛像湖水一樣潮濕著。

有人說：「生命沒有完美，你所經歷的一切，都構成了你的生命。」我和先生兩週一次的相聚，飛機票大部分都訂在週末，如果趕上費城和芝加哥幾所大學的春假、畢業典禮或者球賽等，飛機票不僅昂貴且一票難求。為了節省往返機票的費用，我有時要坐長途火車去新澤西州登機，然後再飛到與芝加哥相鄰的威斯康辛州機場。有一次，因為諸事繁忙疲憊，我竟在凌晨中迷迷糊糊記錯了機場。當我在芝加哥機場自動取票機旁，費盡九牛二虎之力都無法找到自己的機票時，忽然覺得頭冒冷汗、天旋地轉。

當我向機場工作人員求助，他們發現我返回的機票，是從威

斯康辛州機場飛回費城，而不是我準備登機的芝加哥機場。此刻，送機的先生已在返回芝加哥住處的途中。即便他在這裡，我們也來不及開車到幾十公里之外的另一個機場。我原計畫在早8點前飛回費城，九點開始和大家一起做實驗。如果我趕不到，幾個人的實驗就要泡湯。我把實情和機場工作人員講了後，立即得到幫助。他們發現有一架即將起飛的飛機，可以是去到我準備降落費城機場，只是中途需要轉機。他們馬上打電話聯繫這架航班，最後，只加收了五十美金的手續費，就幫我辦妥了一應手續。為了避免排長隊過機場安檢趕不上飛機，工作人員護送我從特殊通道快速過了安全檢查口。我以百米衝刺的速度，在機場裡一邊奔跑，一邊歉意地對身邊的人喊：「Sorry！」當衝到登機口時，我已大汗淋漓心跳過速，氣喘吁吁地成為最後一個登機者。

登機後，我剛找到自己的座位，飛機已在跑道上滑行。因為轉機的接駁時間非常緊湊，我必須以急行軍的速度，才能趕上飛往費城的飛機。我向一位空姐求助，請她幫我查找到了轉機的登機口。飛機降落後，空姐用廣播通知乘客，讓我一個人先走。乘客們靜靜地坐在原位，給我讓出通道。那一刻，我眼中淚光閃閃，心中充滿了感激。我一路小跑向空姐告知的登機口狂奔，終於趕上了飛機。下了飛機，我又是一路小跑，去追趕從機場開往賓夕法尼亞大學的火車。早晨九點整，我準時趕回實驗室，開始一天的忙碌，懸在空中的心終於落了地……

來美國前，我在國內每次坐長途公共汽車都暈車。暈車厲害時，感覺五臟六腑都要吐出來了。第一次從國內飛美國時，我在飛機上還特意吃了備用的暈車藥和睡覺藥，避免在飛機上嘔吐。先生在身邊時，我總有一種安全感，上了飛機只管閉眼睡覺，下了飛機就糊裡糊塗地跟在他身後走。自從先生去了芝加哥工作，一切都變了。我不僅要克服暈車和暈飛機，還要自己認路學開車，並獨自

承受車禍意外帶給我的巨大身心創傷，默默品嘗人生中的團聚與離別，幸福與眼淚，希望與失望。

先生覺得我每兩週暈機飛行很辛苦，曾嘗試著飛回費城探親。但因他工作責任太大，工作時間難以固定，曾給他預訂四次機票，就有兩次因公司召開緊急會議，無法成行而作廢。有一次，原本是他預定回家的日期，公司卻因急事，竟把他送到臺灣的FDA開緊急會議。先生的機票作廢了幾次後，我覺得自己飛行雖然辛苦，但安排好工作，還是可以按預定時間飛行，比先生飛回探親更可行。

於繁忙的工作和家事中，為了避免不再走錯登機場，我便在日曆上開始用紅筆標記飛行的日期和不同的起飛降落機場，免得張冠李戴。但人算不如天算，在預定的飛行探親途中，因天氣等原因，造成航班延誤的事時有發生。夏天的雷電暴風雨，冬天的暴風雪，都嚴重地影響我的飛行計畫，讓我在機場裡坐立不安。有一次，因天氣原因，我在芝加哥機場滯留了幾個小時。在萬般無奈的等待中，看到朋友圈裡有人發了一條有關小說有獎徵文的通知。我便坐在候機室，以芝加哥機場為背景，用手機文檔寫了短篇小說《緣》，在登機前匆忙電郵投了稿。數月後，我收到通知──《緣》這篇小說獲得2017年「林語堂杯」小小說大賽優秀獎。這個在機場滯留時意外的收穫，曾讓我含淚歡笑。

在飛機數次起飛降落中，我經歷了雷暴、低雲、低能見度、大氣湍流、空中急流、顛簸、結冰等壞天氣，也感受到因天氣原因給我的飛行帶來的不安全感。那時，我曾想過：人生就像一列火車，有人上車，有人下車，即便是生命的盡頭，也要心存感激地告別……

時光如梭，日月輪迴。在2018年歲末的風塵中，我又匆匆趕往芝加哥與先生相聚。放下行李，我便打掃家中滿院的落葉，後院湖邊迎接我的還有幾百隻加拿大大雁。大雁是我的乳名，我好像總是

與雁有緣。我拿出冰箱裡的麵包和麵餅灑向結冰的湖面，雁群嘎嘎地鳴叫，愈聚愈多，讓人激動又感懷。白天湖面的雁群，伴著我忙碌的腳步，起飛降落，猶如我忙碌的人生。而此刻，後院湖邊此起彼伏的雁鳴，讓我的心情難以平靜。

夜幕降臨時，我依舊可以聽到雁群在岸邊嘎嘎低語，我想牠們也許旅途勞累，也許餓了，便點亮後院的大燈，走到碼頭送去幾片麵包。藉著燈光，我看到不遠處的湖面，歇息著一排排明日即將起飛的雁群。那一刻，在後院碼頭上，我陸續收到朋友們的新年祝福短信，在新年鐘聲即將敲響之際，我和先生互相傾聽著內心的聲音。此刻，2018年的冬天已成了漸行漸遠的時光，湖面上的風帶著瑟瑟的聲響，像是唏噓著光陰。不遠處，湖邊公路上的車流，依舊

後院風光（海倫攝）

來來往往，既有陌生也有熟悉。河對岸，一盞盞華燈，照亮著幽影幢幢的湖畔小鎮，冥冥中，我好似望見了彼岸的伊甸園。

回屋後，開始下雪。我躺在床上，卻無法入睡，便又打開通向湖邊的大燈，聽雪花無聲地飄落在屋簷上。透過通向湖面的玻璃窗，雪花燦燦閃爍，我思想的羽翅也隨之翩翩起舞。窗外是夢幻般的世界，美麗聖潔的雪花開始鋪滿湖面，庭院的樹枝和草地也銀裝素裹。沙沙沙！沙沙沙！湖邊的雪愈下愈大。

黎明時刻，先生對我說，他準備接受賓州一家醫藥公司的工作，跟我返回費城過團聚的生活。他的話音剛落，屋內的夜色已從四面八方漸漸退去。屋外的雪還在下，那是向冬天告別的雪花！當我驀然回首，這個讓我風塵僕僕往返團聚、芝加哥湖邊的小家；這個蒼茫人世間，讓我停留、給我溫暖的湖邊庭院，無論是院中繁花滿枝的喜悅，還是秋葉零落時的思念和眼淚，都已成了我生命的一部分，也即將成為我人生歲月中，燈火闌珊處的美好記憶。

光陰深處，庭院歲月

中秋節那天，我在美國的家中整理花園時，看到兩隻像鐮刀一樣鋒銳的大前爪向我舞來。我仔細一瞧：是一隻魁梧英俊，有著褐色身子夾雜著綠色波紋的螳螂。牠雖然受了傷，卻還像個驍勇的武士，時而在花枝上施展拳腳，時而翩翩起舞。牠張開翅膀溫柔的一瞬間，又像一朵盛開的鮮花。在古希臘，人們將螳螂視為先知，因螳螂前臂舉起的樣子像祈禱的少女，所以又稱禱告蟲。我趕快回屋取了相機，給螳螂拍照。

雨後的清晨，當樹上的鳥兒喚醒了花園裡沉睡的螳螂。螳螂晃著那可愛的小腦袋，從花叢裡跳出來，睜著一雙好奇的大眼睛，伸伸腿扭扭腰，踩著花枝跳來跳去，在花園裡自由地攀爬。有風的時候，花園樹上那串古色古香的音樂鈴，會隨風而動，奏出美妙的音樂。這時的螳螂，像一個快樂的孩子，就成了花海裡的舞蹈家。牠搖擺著腰上的長裙，在花園裡，伴著音樂的節拍，隨風起舞。每當此時，我就忍不住停下自己匆忙的腳步，放下肩上那倉促背上的行囊，給自己一段開心的時光。駐足在花園旁，與那陶醉在舞蹈裡的螳螂共享美妙的過往。

週末時，我會泡上一杯從西子湖畔帶來的龍井茶，拿一把椅子坐在螳螂居住的花園裡。看著那螳螂在花叢中，跳來跳去。螳螂看見我的到來，就晃著牠機靈的小腦袋，眨著一雙調皮的大眼睛，像一個可愛的小孩子，時隱時現地與我在花枝上捉著迷藏。螳螂身上那超大的翅膀，就像一條彩色的長裙，總是無意中暴露牠的行蹤。我追尋牠的目光，就像一條看不見的風箏線，牢牢地繫在螳螂的彩裙上。與螳螂一起玩耍，讓我忘卻了世間的瑣事，忘卻了匆忙的人

生，讓時光這葉小舟，盡情地走過歲月的河流，快樂地停留在任意一個美麗的港灣。

人說相遇是一首歌，是一條神奇的河。人的一生總是在相遇中離別，在離別中相遇。記得從美國亞利桑那州的鳳凰城，戀戀不捨地向佛羅里達州搬遷時，一位長者這樣對我說：我們第一代移民，背上行囊趕路，就是旅途中的過客；放下肩上的包袱停留，就找到了心靈上的故鄉。

院中花園裡那隻彩色的螳螂，帶著一雙美麗的翅膀，在不經意中飛到了我的花園。一簇簇盛開的鮮花擁抱了牠，讓這隻手臂受傷的小生靈，感受到了不期而遇的溫暖。牠把這個靠近森林和一條山澗小溪的花園，變成了牠永遠的家。

花園裡自從有了這隻可愛的螳螂，讓我感到這個世界是那樣的奇妙。每天早晨上班時，我會情不自禁地走到螳螂居住的花叢，從心裡向牠問候一聲：「Good Morning！」螳螂聽到我善意的腳步聲，在天氣晴朗的時候，會早早地跳到最高的花枝上，一邊津津有味地暢飲花瓣上的露珠，一邊搖擺著牠那聰明的小腦袋東張西望，似乎在等待著我的到來。

我和這個可愛的螳螂之間，久而久之便形成了一個默契。好多時候不需要我開口，牠就懂得你的意思了。我們之間的友誼，就像美國的高速公路一樣，即便我有時會度假而不駕駛在路上，牠照樣會加寬變長。

在芸芸眾生中，上帝給了我很多意外的相逢和驚喜。在外地讀醫學博士的兒子，在秋天裡回家與我們團聚時，我給他看花園裡螳螂的照片。先生對兒子說，他小時候也喜歡螳螂，他的家鄉在河北，他見過許多綠色的、黃色的、褐色的、紫色的各色螳螂，牠們是益蟲，我們要保護。當兒子聽說螳螂吃蚜蟲時，就像我們吃法國大餐一樣開心。他興奮得像個孩子，讓我們帶他去拜訪院中花園裡

的螳螂。

　　螳螂聽到我們的腳步聲，就一蹦一跳地站到那最高的花枝上。牠那雙熟悉的大眼睛，充滿好奇地打量著兒子。兒子開心地問：「媽媽，你是怎樣成為螳螂的朋友？」我說：「這很簡單，只要你用心去愛牠，用行動去保護牠，牠就會成為人類的朋友。你應該知道，花園裡的花，會因為我們的疏忽管理，來年不再盛開。世間任何一個小生命，會因我們的冷漠和忘卻，而轉身成為陌生路上的過客。」

　　有人說：「在這個世界上，最珍貴的東西都是免費的。」比如每一個嬰兒來到世上，都受到父母無微不至的呵護，那是一份深入血脈不求回報的疼愛。沒有父母會對孩子說：「你得先給我錢，我才會疼你。」父母的這份愛，不會因孩子的成長而貶值，更不會因父母的衰老而削減。只要父母還活著，這份愛就始終如一。

　　從親情中的母愛，我不禁聯想到養育人類的大自然。從早晨的日出，到傍晚的彩霞；從明亮的月亮，到清新的空氣；從春風中的細雨，到迎新年的瑞雪。大自然是那麼慷慨地給予我們人類，養育著地球上的每一個生靈。而摯愛著我們的親人和長輩，他們的生命會在某一個時刻，和我們永遠地分離和消失。我自己常常想到一個問題：那養育人類的大自然，會讓子孫萬代永遠地取之不盡、用之不完嗎？

　　為了工作和事業，我們有時經常忽略與自己血肉相連的親人，更何況離我們既遠又近的大自然呢？我們偶爾為了自己的利益，對大自然的環保視而不見；有時因生活索取得太多，不顧及對大自然的虧欠。那藍色的天空，我們不該珍惜保護它嗎？那清澈的河流，是人類的生命之泉，我們不該維護它的純淨嗎？也許，我們以為時間會等我們，容許我們從頭再來，讓我們彌補因為生存而造成的許多遺憾。我想說：時光的老人，它揚手是秋天，落手是冬雪，時不

待人。從種植一盆花開始，從養育一顆蔬菜起步，那高樓大廈的城市裡就會多一分新綠，那美麗的螳螂也會飛到你的花叢中翩翩起舞。

花叢中的螳螂（海倫攝）

梅菁篇

梅菁

【作家簡介】

　　梅菁，祖籍上海，畢業於西安冶金建築學院環境工程系（現西安科技大學），曾從事工程設計工作多年。1991年就讀於復旦大學中文系作家班，1994年在海口廣播電視臺從事廣播節目主持人的工作，2000年移居美國。

　　九十年代開始發表中短篇小說，曾在時尚雜誌開情感故事專欄。中篇小說《獨自生活》曾入選1997年第2期中篇小說選刊。著有長篇小說《紐約綺夢》（2010年）、《檸檬樹之戀》（1998年）和《九月的風》（1996年），散文集《東西海岸協奏曲》（2021年，施瑋、梅菁合著）。

　　移居美國後定居紐約，在「紐約中國廣播網」從事記者及節目主持人的工作至今。

愛上紐約

出發到紐約時，我的心情真有點異乎尋常的傷感，當時我覺得為我送行的人都比我本人更興奮，他們說去紐約的人都說是去看看，去看看就不回來了。

可我當時不是這麼想，也不是要這麼做的。我媽媽當時還在住院，關於怎麼開口告訴她我要遠行這件事，我一直很糾結，倒是我媽覺得我這次真的要遠走了。所以當飛機一起飛，我便開始淚如雨下，眼前滿是我媽在醫院窗口向我揮手的身影，而這一別竟成了我們的永別。

如果當時我就知道，我這一走就再也見不到我的媽媽了，我真的還會走嗎？我也不知道。我當時好像知道我的選擇會有什麼結果，但我卻選擇不去選擇，一由事態在我的身後發展，我就簡簡單單隻身飛往紐約了。

就如從我十六歲離家求學一樣，那以後的每一次離家，都是那樣自然而然的事了。而且，我絕對不會在一個城市生活超過六七年，短則幾個月，長則三至五年，最長也不過是斷斷續續的七年，每一次我離開，好像都拋下了一串美麗的咒語，因為通常只要我離開以後，這個城市都會有突飛猛進的變化，會大興土木，會天翻地覆。如上海，現在是全世界的金融之都；重慶，現在已成了中國最大的直轄市；深圳，曾是偉人在南巡畫圈圈的地方；海口，現在是全中國的旅遊勝地；北京，都不用我說啦！我的每一次離開都得到了什麼呢？結論全是要走，還要走。我彷彿只能是，也總是生活在別處的人。

在去紐約的途中，我一路不語，心事重重。當我從飛機上往下

看紐約時，我的心情還是有點傷感的。我由洛杉磯進關轉機到紐約時，已是晚上十一點半，我看到的是燈火通明的紐約，從飛機上往下看，紐約就像是一塊燃燒著的毯子，又像是一個在玻璃盒子裡的玩具城。當時我想，我仍然會是一個過客，匆匆而來，匆匆而去。不是嗎？明明是4月30日來的，可是你到的時候，又是4月30日，那種感覺真有點怪怪的，有點像被什麼人一拎就拎到紐約來了。

　　紐約的暱稱是「大蘋果」，這是由爵士樂手起的，人們從全世界各地湧到這兒來，為的是尋求更大的發展。來自全球各地各種各樣的人，操著各種語言，在街上，在地鐵上，推揉著向前衝。我相當地喜歡〈New York, New York〉這首爵士音樂，活力四射的爵士音樂，讓人有置身在紐約大都會的自由和奔放，她就像一位神祕的千面女郎，扮演著千變萬化的角色，值得我們去細細品嚐！紐約所擁有最珍貴的旅遊資產，全世界最好的音樂、戲劇、舞蹈、繪畫都在此匯集……，每一個人才來到紐約時，馬上就會被這個城市深深的吸引，而全世界的移民將他們的文化和信仰又帶進這個城市，豐富了這座城市。

　　真正感受紐約的生活，還是在這裡工作以後。那時我每天上班時有一個小時要在地鐵裡度過的，每天我是拿著一杯咖啡豪飲，一路小跑地鑽進地鐵，然後開始眯著眼打量一車廂的形形色色的人。與出國前在海口悠閒地在下午的「咖啡與哲學」坐著品咖啡相比，紐約的日子倒有點像打仗。紐約愛那些肯為她付出的人。同樣的藍天下，紐約人比美國別的城市的人要忙碌得多，步伐要快得多、急得多，生存在紐約，你必須堅強——在白人的世界裡優雅，在黑人的世界時黯淡，在少數種族的世界裡自成一格，在同胞老鄉們面前，要搞清自己的政治方向。雖然不見得會有人與你談政治，但別人說起來的時候，你不能什麼也不知和不關心，這世界上你總有一樣要關心的。

紐約一景（梅菁提供）

　　紐約從來都是敞開她的胸懷，接受來自全世界的想要投靠她的人們。因為發生了「9‧11」，我和所有在紐約的人與這座城市一起經歷了劫難和洗禮，我覺得自己從來沒有過如此激情澎湃地愛上紐約。為紐約而做事有一種幸福感，而當我在紐約有了自己的一兒一女時，才真的覺得踏實了，塵埃落定，我就安家在紐約了。

　　我從來不後悔來了紐約，雖然為了適應也吃了一些苦，可是那些苦，是如我這樣一個總在漂泊的人捱得過去的，捱過去後，就是一片新天地。回想這十八年的生活，就像我擺在廚房裡的沙漏，雖然有艱難的瓶頸，可只要你堅持著滴下去，時間一到，設計者預謀的美妙音樂就會為你響起。

紐約疫情下的小日子

　　李建國下班回來的第一件事就是將外衣外褲全部脫了，放在一個黑色的垃圾袋裡，噴上消毒酒精，然後將黑袋子紮緊；第二件事，就是洗手，使勁洗，用三遍洗手液、一遍香皂，這是他這段時間下班進門後做的第一件重要的事。室友Jack笑他，病毒早沾上了，九個小時不掉，消不掉毒，洗也白洗。

　　這個白石鎮的半土庫裡住著三個單身男人，在紐約的皇后區，但又遠離紐約。李建國來自武漢，Jack姓王，不知道真名叫啥，來自青島，另一位老耿，來自鄭州。三個人合租三室一廳，共用小廚房和廁所，老耿打餐館，從不煮飯，要十二點左右才會回來，一般晚上只有李建國和Jack在家。

　　Jack將電視聲開得特別大，美國中文電視正在播出晚間新聞：「州長葛謨18日簽署行政令，除了食品、醫療、醫藥、運輸和供應行業外，其他州內公司和機構都要保證只有不超過50%的員工需要外出工作，其他員工則在家辦公。目前，全紐約州新冠肺炎確診病例達2,382例，新增1,008人，死亡20人，住院率為23%，較前日有所增加。」

　　Jack很神祕地說：「紐約就要淪陷了，明天我就到我姐費城的鄉下去避一陣子。」

　　李建國一邊煮著麵條，一邊想，他可沒有什麼退路，往哪去都不如不去。他聽著中文電視的播音員沉穩的播報，心裡也有點亂。他有時也會看看NY 1頻道，但不管怎麼練習英文聽力，他就是聽不懂。他來紐約的第一年，每天都去語言學校學習英文，沒堅持半年，他就彈盡糧絕，不得不快點進入打工的行列了；五年過去了，

他現在的英文水平也就是能寫個地址寄個信，買個東西問個價，多一點也聽不明白了。

手機在他口袋裡不停地響起來了，是他妹妹打來的微信電話。

「哥，你在紐約怎麼樣了？我們都看了新聞，說那裡已經是重災區了，你要不就回國吧，武漢這邊已經平靜了，咱爸媽都出院了。」他妹急切地說，李建國都插不上話。

「回國？我暫時沒有這個打算，是有些緊急，但紐約州這麼做是為了向聯邦申請補助的，我都還在上班，忙著哩！」李建國一邊往嘴裡吸著麵條，一邊說話。可能是動靜太大了，他妹妹問他：

「哥，都幾點了？你怎麼才吃飯啊？」

「我這不是加班了嗎？最近特別忙，雖然前些日子中國那邊不接貨了，我們這邊的快遞業務也中斷了一陣子，但三月份就全恢復了。小紅，我寄去2,000二千美元的錢你收到了吧？」

「哥，謝謝你，收到了，爸媽都特別高興，說他們有個好兒子！」

李建國放下電話，趕緊打開電腦，他要看看網路上的新聞，白天的忙碌是強體力，幸好他一向健壯，這些打包運貨搬貨的體力活，難不倒他，但累是真累。快遞公司本來在中國新年前是最忙的，這次他工作的這家紐約老字號的快遞公司雖因新冠病毒疫情的影響，在過年後曾經有二十多天不能發貨也不能收貨，老闆也讓他休息了十天，他感覺，這是他五年來紐約後，休息得最長的時間。可他還沒有太放鬆，就又像上好發條的鐘錶，滴答滴答地開始轉動了，這一轉又成了每週要做六天，每天早上九點到晚上九點了。

真的很難想像，早在1月23日武漢封城的當天，他急得心裡發毛，武漢他家那邊的電話不是不在服務區，就是沒有人接。他爸媽的座機也沒有人接，他感覺自己已經瘋了，只能不停地給他妹小紅微信留言，情急之下他利用自己工作的方便，先給他妹妹寄了二百

個口罩，然後又去西聯匯款寄給家裡二千美元。做完這些，他還是無法安心，當時老闆讓他掃貨，將附近藥店的口罩都整箱整箱地買來，有一次他拉著一小車貨，繩子鬆了，掉了一箱他也全然不知，還好，路上的好心人告訴他了。一直到1月30日，他才聯繫上了他妹妹，知道他爸媽都同時住院了。他心一下子提到了嗓子眼，那些天，他幾乎講不出話來，他自問，自己離開老家到大洋彼岸來，當時那一跺腳地出走，是否真的值得。七年前，他在漢陽的一家工廠裡做工時受了傷，但廠裡不按工傷處理，還直接解聘了他，他實在想不通，兩年來一直上訴打官司，屢戰屢敗。最受傷的是，妻子要與他離婚，李建國終於被逼得沒了退路，這才狠了心辦了一個旅遊簽證來美國了。其實，他哪有什麼心思旅遊，他是保存了他那最後的一點尊嚴，不是說，三十六計走為上嗎？

李建國就是這樣風光來紐約，又經歷了十多次的工作變化，一年前，才在這家快遞公司做穩了。他做的是最簡單的理貨、搬貨員，要的是體力，不需要太多的英文，前房主因為賣房，半年前才搬到這個地下室，與兩位男人成為室友。

快遞公司的老闆真有眼光，當人們還在被新冠病毒這個新聞嚇得沒有回過神來的時候，老闆已收羅了各種專業口罩、防護鏡、防護衣，他說是要捐給中國，但遲遲沒有見到寄走，只是不停地拆箱，有人來寄保健品，店裡的員工就告訴客人，他們有少量的洗手液、口罩等，貨走得很快，都過了正月十五了，快遞公司的老闆才讓記者拍照，說他捐了五千個N95口罩給北京。這才過了多久啊，紐約就疫情大爆發，連口罩也空前地緊張了。

李建國用滑鼠划拉著各類新聞，突然看到：「財政部將要求國會通過五千億元，作為發放給全美納稅人的現金之用，協助民眾渡過難關，直接給納稅人兩張各一千元支票，將在4月6日及5月8日分兩次發放……。」李建國大睜著眼睛，簡直不敢相信。還好他從一

年前通過政庇後開始報稅，他也是個合法的報稅人，他想，怎麼還有這麼好的事啊？

李建國聽到大門「哐」的一聲響，是老耿回來了。他忙著起身要告訴老耿這個消息，可能老耿還不知道吧。

「老耿，你知道嗎？政府要發錢給每個人了，一個人一千，發兩次。」李建國難掩喜悅。

「知道了，下午大家都在談論，不過好像還沒有最後批准吧。」老耿倒是挺冷靜的。這時，Jack也探出頭來問：「什麼錢啊？」

「你看了半天電視，沒看到這條消息嗎？」李建國問。

「最重要的，你倆都沒有看到，州長特別強調，即便沒有症狀，也可以傳染給他人。而且，九十天之內不會驅逐房客，包括住家和商業租客。」老耿得意地說。他意味深長地看了一眼兩位傻楞著的室友，補充說：「也就是說，我們仨可以三個月不付房租，房東不能趕我們走。因為我從明天起就不上班了，餐館沒有堂吃，只有外賣了，我沒有工作，理所當然不付房租。」

「這不大好吧，房東老公好像跟人跑了，房東太太自己帶著三個孩子，有點可憐吧。」

「你是可憐房東太太吧，量她也奈何不了我們什麼，她家這個房子改建過，她不敢告我們，把地下室出租本來也犯法。」老耿很有把握。

李建國還來不及想更多，他腦子在飛速地轉著，兩個月發二千，三個月不付房租，三六是一千八，還有這樣的好事了，他盤算著，嘴角不知不覺地上揚了。

紐約家居（梅菁提供）

陳曦篇

陳曦

【作家簡介】

　　陳曦，北京外國語大學法語系畢業。九十年代末期移民加拿大，獲麥吉爾大學圖書管理信息專業碩士。就職於美國紐約皇后區公立圖書館，現擔任皇后區圖書館新移民服務部總監，曾獲得紐約市警察局頒發的服務移民社區突出貢獻獎。美國圖書館協會和華人圖書館員協會會員，國際圖書館協會聯盟多元文化服務委員會委員。

　　業餘時間愛好文學作品，擔任紐約華文女作家協會理事，致力於推廣華文文學。在圖書館主辦過華裔作家新書發布系列，包括海峽兩岸著名作家王安憶、王鼎鈞、張宗子、顧月華、陳九等等。疫情期間與北美中文作家協會和紐約華文女作家協會聯合舉辦雲端「極光文學系列講座」，獲得海內外關注。

疫情下的避風港

　　白露剛過，民間有「露水先白而後寒」的說法，意思就是「更深露重」，要進入深秋季節了。竟沒察覺樹葉在一天天地變斑斕，讓人不禁感歎大自然的鬼斧神工。

　　新聞報導這兩天美國的新冠病例明顯下降。對於這場曠日持久的疫情來說，無疑是天大的好消息。距離去年三月中旬圖書館關閉大樓以來，不知不覺整整十九個月了。

　　我的腦海裡始終非常清晰地記著這幾個特殊的日子。

　　2020年3月16日，紐約三大公共圖書館（包括我們皇后區公共圖書館）宣布，為減少病毒傳播，關閉大樓。

　　2020年4月17日，我們皇后圖書館「新移民服務部」推送了第一個遠端講座，邀請專業人士用國語講解如何應對疫情焦慮和壓力。

　　2020年7月6日，皇后圖書館開始推出有限服務，允許讀者事先預定書籍資料，然後到指定的分館領取。

　　2021年7月12日，皇后圖書館宣布全面開放符合條件的分館，讀者可以享受與疫情前基本類似的服務，唯一不同的是，暫時不提供線下節目。

　　2021年7月26日，我終於回到闊別已久的辦公室上班。歷史總是驚人地相似。1918年的流感大流行，造成當時世界人口約四分之一的五億人感染，沒想到，自己居然也親身經歷了一場置全世界於水深火熱的大瘟疫。

　　去年圖書館剛剛關門時，以為只是暫時的，心裡想著過幾個星期就會重新開放。記得那天總館長召集我們一幫中層管理者開會，表情凝重地說，關閉圖書館容易，可是要重新開啟卻比登天還難。

薑不愧是老的辣，之後的情形果然被他說中了。在家上班的日子感覺比正常上班要忙上好幾倍，熱火朝天地策畫遠端節目，每天接連不斷的網上會議，還要培訓同事們遠端上網的技能。工作之餘也時不時掛念著遠在加拿大上大學的女兒，千叮嚀萬囑咐地讓她照顧好自己。忙碌的日子總是過得很快，時間的流逝使得在家上班的新奇感逐漸消失，不斷上升的感染和死亡數字也讓我變得麻木和厭倦，有時甚至都不想聽到有關疫情的新聞。夜深人靜時，我不禁自問：這樣宅家抗疫的日子什麼時候才能結束？我們圖書館難道就一直這樣關閉著嗎？難道我們紐約就看不到曙光了嗎？

　　回想起我來到紐約皇后區圖書館工作，至今已經十六年。我對紐約這個大都市一見鍾情，不僅僅因為她的氣質像極了我的家鄉魔都上海，更因為她是一個移民大熔爐，海納百川。很久以前很火的電視劇《北京人在紐約》裡有這麼一句話形容紐約：「如果你愛一個人，就送他去紐約，因為那裡是天堂；如果你恨一個人，那就送他去紐約，因為那裡是地獄。」我卻認為，不管是天堂還是地獄，紐約就是有她獨特的魅力，吸引著世界各地的新移民源源不斷地投入她的懷抱。眾所周知，皇后區是全美國最多元化的行政區之一，有將近一半的人出生在國外。我很幸運，在紐約皇后區這個大熔爐裡扮演著一個文化使者的角色，努力幫助新移民們更好地瞭解紐約，實現他們的夢想。

　　2020年6月，一次偶然的機會我讀到「紐約城市未來中心」發布的一份研究報告，報告稱，這場新冠疫情最大的受害者就是移民社區。大部分的移民失去了收入來源，又因為身分、語言或電腦網路設施的缺乏而無法得到政府的援助。很多移民基於生計所迫，不得不從事著一線的工作，例如送餐員、超市收銀員、醫院清潔工等等，這無疑增加了病毒感染的風險。新冠疫情雖然恐怖，但是精神上的迷失和絕望更加可怕。經常在報刊電視上看到新聞，很多新移

民沒有被新冠病毒感染，卻被孤獨和抑鬱症打倒了。可以想像，疫情期間大家都小心翼翼地閉門不出，娛樂場所和餐廳紛紛關閉，本來就遠離母國的移民們，豈不更是加倍地感到孤獨和無助？這份報告讓我足足沉思了好幾天。作為移民們歷來最信任的公共圖書館，我們是不是更應該在這個關鍵時刻雪中送炭呢？新冠無情，圖書館卻可以給大家提供一個溫馨的避風港。

這場疫情讓一向生機勃勃的紐約沉寂了下來，博物館、電影院、百老匯劇場和各大文化中心紛紛關閉。紐約人失去了精神家園，更讓大多數藝術家的職業生涯雪上加霜。疫情前，我主持的皇后圖書館主管移民事務的部門，會不定期地舉辦各種文化活動，讓遠離家鄉的華人移民們仍能欣賞到中華文化。疫情一來，圖書館大樓關閉，可讀者們對文化的精神需求依然不減。很多藝術家紛紛與我聯絡，希望在這最艱難的時期，可以給大家帶來精神安慰，忘卻疫情帶來的憂慮和無助。紐約著名的剪紙篆刻藝術家陸明良老師最早聯繫我，我們合作推出了「網上剪紙教學」、「水果雕刻」，和「系列中國書法入門」講座等等，深受歡迎。陸老師之前授課的幾家藝術學校和老人中心都因為疫情紛紛關閉，導致陸老師收入驟減，可陸老師對我說：「只要圖書館需要我，我會盡全力支持你。報酬不重要，重要的是我可以盡一份綿薄之力，在疫情中給大家中帶來希望。」這句話至今都讓我感動不已。疫情讓人與人之間的距離疏遠了，可是我卻在無形中感受到許多人性的美好與溫暖。

做遠端節目，實際做起來遠遠要比想像中的艱難。先不說為了掌握網上直播技術潛心鑽研，就說平時為了節目品質和人氣，在週末加班加點都是家常便飯。節目成功了皆大歡喜，節目不成功難免覺得受挫。現在回想起來，在精神上一直支撐我走到今天，要感謝一位文學前輩，她就是「紐約華文女作家協會」的終身榮譽會長顧月華老師。我們部門從去年10月份開始，與「北美中文作家協會」

和「紐約華文女作家協會」合作，聯合舉辦「極光文學系列雲端講座」，旨在向大家推出優秀的海外華文作家們，讓讀者們欣賞一道道燦爛的極光。「極光文學系列雲端講座」的策畫人是顧月華老師，她以八十歲的高齡，憑藉龐大的人脈，邀請到了許多海內外著名的華文作家參加雲講座，例如葉周、陳九、沈寧、凌嵐、陳屹、少君、劉荒田、王渝、張純瑛、陳瑞琳、胡桃等等。極光講座迅速成為疫情中文學愛好者們翹首以待的文學盛宴和靚麗風景線。我作為極光團隊的一員，親眼目睹了顧老師為籌備講座付出的心血。顧老師能夠不顧高齡不計回報地為極光講座嘔心瀝血，給疫情中孤獨的人們帶來精神慰藉，相比之下我還能有什麼理由不堅持下去呢？

漫步出門，放眼望去，天空出奇地藍，藍得就像一片寂靜的汪洋大海，讓我忍不住趕快拿出手機拍照，生怕它瞬間消失了。此情此景不禁讓我想起海洋上的船隻，為躲避風暴會停靠避風港。回顧這十九個月來，與圖書館讀者，與家人，還有與藝術家、作家朋友們一起走過的漫長旅程，不正是我們互相尋求避風港灣的寫照嗎？新冠疫情奪走了很多人的生命，改變了我們工作和生活的方式，可也在無形之中讓我們領悟了不少人生哲理。我真心希望新聞報導疫情改善的消息是真實的，它讓我感覺到一絲黎明之前的曙光。

豐富多彩的圖書館活動（陳曦提供）

春陽篇

春陽

【作家簡介】

　　春陽，本名劉建萍。1982年畢業於武漢大學化學系，後獲美國化學碩士。現定居美國新澤西。多篇文章刊登於海內外報刊、雜誌。

　　參與並編輯出版《與西風共舞》《生活還可以》《教育還可以》《如切如磋，如琢如磨》《詩情畫意》等多部合集。

　　散文曾獲「江南美食杯」佳作獎。微小說獲「新健康杯」優秀獎。多篇散文、小說獲漢新文學獎。小說〈任務〉獲漢新文學獎銀獎。

　　出版個人文集《散花輕拾》《歲月流沙》。散文集《歲月流沙》，由劉道玉校長親自作序，並獲海外華文著述獎佳作獎。北美中文作家協會會員，紐約女作家協會會員。

第一杯青茶

　　朋友送來一盒新茶，是譽滿中華的名茶，裝在古香古色的盒子裡。打開以後，盤龍繡鳳的金黃緞袋，露出茶葉包。取出一包泡上，一時茶香滿屋。手捧茶杯，茶葉在杯中翻滾，確有「合座半甌輕泛綠，開緘數片淺含黃」的感覺。透過嫋嫋浮起的氤氳白霧，我似乎看到了另一杯茶，我的第一杯青茶。

　　高中畢業後，隨著時代的大潮，我到鄂豫邊界的革命老蘇區當知青，來到一個林場。

　　林場沒有很多樹，能稱得上「林」的是一片冷杉，而這林是不需要人管的。因為林子進口處有塊牌子寫著：「偷樹的人，斷子絕孫！」在香火和偷樹之間，鄉親們多選擇前者。

　　林場有一片茶山。知青的主要任務，就是和農民一起，管理茶山。

　　茶山是一大面山坡，梯子一樣幾乎到達山頂。茶樹根深葉茂，山邊清泉長年不斷。茶樹的葉子常年不掉，秋天修剪時，打掉老枝。來年春天長出的新芽，就可以採摘了。新芽通過幾道工序就製成了茶葉。

　　採茶時，每人腰上都圍個大布袋子，以便順手放入。早春的茶樹得了一夜露水，長得飛快，一夜就能衝出半尺高。沾著露水的嫩綠新芽，脆生生的，輕輕一折，落入手中，手感很好，心情也跟著好起來。於是有人就唱起了山歌。山裡的清晨，薄霧層層環繞山頭，唱著唱著，霧就散了。

　　早工是從六點到八點。早飯後，留下幾個人負責炒茶。早上採回來的新茶葉，都堆在一個大屋中間。靠牆邊一排有五個大鐵鍋，

斜著砌在牆裡，燒火的灶口在牆外。大鐵鍋被大劈柴燒得通紅時，帶著露水的青茶葉被放進鍋裡，刺啦啦，一時劈啪作響，熱氣撲面而來，即使是在早春的涼意中，也會立馬被「蒸」出一身汗。炒茶的人手持兩隻粗粗的兩齒木杈，不停地翻炒。青葉在鍋底時間不能太長，否則糊了，會影響茶葉口感。所以這道工序，必須爭分奪秒，這一步叫做「殺青」。

殺青是個強勞力的活兒，自然都落在年輕人身上，還得不怕苦和表現好的知青才能幹。隨著鍋裡的青葉愈來愈軟，慢慢從滿鍋落到半鍋，又落到只剩了三分之一，這時就該起鍋了。

殺青後的青葉子被抖落在一個巨大的青石板上攤涼，下一步是「揉團」。這是個技術活，一般是老場長親自動手。他每次都攏上兩大捧，團成一大團，然後順時針一下一下輕輕地揉，他說只有這樣，才能把散亂的葉子揉順了，成為一團團的茶葉。他揉搓茶葉的動作，很像母親輕輕撫摸自己的孩子。此時，他常會情不自禁地唱起一種地方戲，曲中有漢劇的柔美，也有豫劇的清揚。

聽林場裡老人們說，當年老場長是個「角色」，曾搭班唱戲走南闖北上十年，而且是唱女聲。後來他在父親的威逼下回到家鄉，娶了一個比自己大七歲的老婆，從此安分過日子。老場長是黨員，他知道那些都是「封資修」，在那個年頭是絕對不應該唱的，但是他卻忍不住要唱，而且更像是唱給自己聽。唱戲的時候，他完全沉醉在自己的世界裡，誰也不知道有多少往昔歲月在他頭腦裡翻騰。好在林場地處偏遠，革命氣氛並不濃烈，人們也很享受這難得的娛樂活動。在場的人們都屏住呼吸，仔細聆聽。而這時候，我常常是手持大木杈，一面翻攪著鍋裡的青茶葉，一面仔細捕捉戲文，在那哀婉淒涼的訴說與歎息中，感歎著他人的過往，和自己未卜的前途。

最後一道工序是「甩乾」。揉過的茶葉需要進一步脫水，才

可叫著「茶葉」。同樣的五口大鍋，就從大火變成很小的火，溫度大概五六十度。微濕的茶葉倒進鍋裡，要用手一下一下順時針地往鍋上面甩，一直到甩乾為止。這個過程比較長，而且每次不能放很多，五口大鍋同時甩乾的新茶，也不過就兩斤多。

青茶葉子源源不斷地從山上運回，我們一鍋一鍋地炒，老場長一把一把地揉。晚飯後，還會剩下很大一堆青葉，青茶葉是不能過夜的，無論多晚，都要把殺青做完，不然焐壞了，茶葉味道就不好了。

晚飯後，大屋裡只剩下幾個人在忙，到了十一點，大家便又累又睏，這時老場長的故事就上場了，一般都是民間故事和笑話，白天不敢講。老場長是識字的，不但走南闖北經歷多，而且還讀過很多書，因此他的故事，時而很有哲理的，時而又把人笑翻。

我印象極深的一個故事，是關於明朝機敏才子謝謝。他說有一天下大雨，謝謝走在街上滑了一跤，惹得路人大笑，謝謝起身撣撣衣服上的泥，笑指眾人，口占一詩：「春雨貴如油，灑落滿街頭，摔了我謝學士，笑死一街牛。」可想而知，聽故事的人也都笑成了一窩「牛」。

晚上十二點，大家已經累極了。炊事員老段會煮一些白米稀飯，加點鹹菜送過來，這夜宵是加晚班的報酬。加晚班唯一的一次例外是一碗兔肉湯，那是老段用他的老獵槍打到的。其實那時候能打到一隻兔子不是很容易。林場在一個四面環山的山溝溝裡，除了那片茶山外，周圍全是光禿禿的山。我在那裡幾年，只有一次是在大家的哄鬧聲中，遠遠看見過一隻大家都認為是「狼」的野物在山樑上。

老段白天並沒有聲張，一隻小小的兔子是不夠全場幾十人分的。晚上十點以後，他才悄悄拿出來，在大鐵鍋裡燉了。幾個加夜班的人，每個人分得了半茶缸兔肉湯，裡面還有兩塊兔肉，又給每

個人小半碗米飯。兔肉湯泡飯的那個鮮吶，是我在林場那幾年吃到的最美味的飯了，也是我這幾十年都難忘的美食。

第一鍋茶葉終於出鍋了。每一顆都是捲捲的小圓團，茶葉的一端露出細細的白毛，故而也叫毛尖。老段早就燒了一鍋開水，每個人都拿著茶缸，抓一把新茶，倒水泡茶。我也和大家一樣，拿來大茶缸，抓了一把茶葉，倒進了開水。過了一會兒，茶涼了些，大家都開始喝，而我卻看著那一大缸子深綠色的茶水不敢嚐，我怕苦。

場長看出了我的猶豫，笑著對我說：「嚐一口嘛，新茶是甜的。」說完他自己喝了一大口，並咂咂嘴，一副很享受的樣子。

我一聽說新茶是甜的，趕緊喝了一大口，頓時一股濃烈的苦味包圍了我的味蕾。

「呸！」我急忙吐了出來，引來一陣笑聲。我很生氣，老場長騙了我！可就在這時，一股絲絲甜意在嘴裡蔓延，是我從來沒有體會過的甜。新茶果真是甜的嗎？我又抿了一小口，慢慢吞下去，就等那甜甜的味道出現，果然還是同樣地甜。

老場長看著我，意味深長地說：「怎麼樣？苦盡甘來吧？」於是為了那「苦盡甘來」，每次一小口，我把一大茶缸子青茶都喝光了，後果很嚴重！我一夜都沒睡著，第二天還整整精神了一天。

如今青春已逝，炒茶的幾道工序反而在腦海裡更加清晰。細細想來，似乎和漫漫人生有了些契合。殺青時，那劈劈啪啪，分秒必爭，多像人生中的大江大河，大起大落。揉團的輕揉慢搓中，有了足夠的時間，閉上眼睛，慢慢梳理著煩亂的世界給心靈帶來的困擾。而那最後一步，慢悠悠地用文火甩乾，卻又如涓涓細流，歲月靜好。人生所有的苦，猶如那茶葉，最後留下的都是絲絲甜意，而正是這些甜，匯成了苦盡甘來的人生。

此刻，我捧起桌上的名茶，看著還在水裡旋轉的片片茶葉，輕

一杯清茶

輕啜了一口，卻喝不出那第一杯青茶的味道。我想，那是因為在那青茶裡，有大山朝露晨霧的流連，有老一輩人滄桑的過往，還有我那流逝的青春。

白糖發糕

　　上次回國的時候，朋友請我們吃飯，在一家非常高級賓館裡。朋友很貼心地點了具有家鄉風味的武昌魚、香味四溢的土雞湯，但是最讓我難忘的，卻是最後上的那一盤白糖發糕。離開中國三十年了，一直都沒有吃到過白糖發糕。那發糕雪白雪白的，軟軟的，表面還有著一個個透明的小氣孔，和我記憶裡一模一樣。我拿起一塊白糖發糕，撕下一小團，放到嘴裡慢慢咀嚼著，那微酸而又帶著絲絲綿甜的味道，在嘴裡緩緩擴散，思緒卻一下子回到幾十年前。

　　「白糖啊！……發糕！……」「白糖啊！……發糕！……」離開中國這麼多年，很多事情都變得模糊不清了，唯有這「白糖發糕」的鄉音深深地印在我的腦海裡。賣發糕的常常是個老婦人。她叫賣的時候，起調在「白」字用的是平聲，「糖」字用的是降調，並且拖得很長，在中間加了一個「啊」字，讓聽的人舌尖上蘊出了甜蜜。在「發」字上轉一個彎，最後在「糕」字突然用了升調，然後就一直拖得很長很長，給人無限遐想，頓時飢腸咕嚕。「白糖發糕」四個字就這樣被她唱成了一首歌，一首悠揚的歌。她邊走邊重複著這首歌，從巷頭一直唱到巷尾。

　　賣發糕好像總是在冬天的晚上，她的手裡提著一個竹籃子，竹籃子圍著厚厚的棉墊子，中間堆滿了一團一團的白糖發糕。竹籃子上面也會蓋著厚厚的棉被，發糕其實只有一隻手窩那麼大。有人來買的時候，那婦人會輕輕地揭開一隻角，輕輕從裡面取出一個發糕，就像不願意驚醒熟睡的嬰兒，一切動作都是那麼地輕。我喜歡吃發糕，喜歡那甜而不膩、軟糯綿纏的口感。每次聽到叫賣聲，心裡就癢癢的，但是白糖發糕五分錢一塊，在當時還是很貴的，所以

白糖發糕就變成了一種嚮往，似乎只有生病的時候，才會享受到的待遇。

小時候寄居在親戚家的時候，基本上沒有生病和看醫生的印象，也可能在那裡生病是不用看的。記得在姨媽家的時候，一隻腳整整潰爛了一個冬天，都沒有看過醫生。我母親自己是醫生，她認為生病是一定要看，要吃藥的。所以每次一回到母親身邊，我就常常用發高燒、扁桃體發炎來折磨她，似乎是我的身體對沒有得到母親照顧的一種報復。記得有一次，從河南老家回武漢，在火車上就發起了高燒。燒得糊裡糊塗的我，被母親從火車站直接牽到了醫院的門診部。

每次看病的時候，護士都是先在耳朵上扎一針，擠出大血滴去化驗。然後就在手上做皮試，打青黴素針，也許還給了退燒藥，但是高燒常常是不會輕易退去。關於發燒，有一個非常清晰的畫面，時常出現在我腦海裡。常常是在半夜裡，我躺在我家的地鋪上（那時候家裡沒有床給我們姐妹們睡），媽媽披衣下床，蹲到我身邊，用手試試我的額頭，皺著眉頭說：「這麼燙，又燒起來了。」然後就去拿了冷毛巾敷在我的額頭上，又從一個玻璃瓶子裡拿出酒精棉球，跪在地上，在我的脖子、腋下、手肘和膝關節的彎處，輕輕地擦著。拿著清清涼涼的酒精棉球，母親的手在我身上游走，伴著母親關注而焦急的眼神，我常常在母親擦拭的時候就睡著了，第二天醒來時燒就退了。

十三歲那年，正是文革期間。有一段時間，家裡只有我和母親兩個人。正值青春反抗期的我，把母親當成了階級敵人，把和母親對著幹當成一種革命行為。母親是個軟弱的人，不會與人爭論，說急了就哭。記得每次到了星期天，我就用在外面學的那些話和她辯論，辯著辯著，她就哭了。然後就一邊哭，一邊要我寫檢查。記得我每次都拿兩張紙，先在下面一張紙上寫滿了「打倒XXX！」

「炮轟XXX！」「火燒XXX！」，並且在XXX上面打滿了紅叉叉，而這個XXX就是母親的名字。出足了氣以後，再在上面的一張紙上應付幾句話，作為我這一週的檢查。當然每次交了檢查以後，至少有幾天，我都堅決不和她說話，所以每次都是她主動先找我說話。

那一次我扁桃體發炎，夜裡就發起了高燒，因為是在和母親賭氣，早上我沒告訴她。她上班走了，我高燒一直不退，在床上整整躺了一天，喉嚨腫得很厲害，什麼東西也吞不下，所以一整天都沒有吃東西。到了晚上，母親下班回來，才發現燒得滿臉通紅的我，於是急忙找藥給我吃了，然後就守在我身邊，不停地在我額頭上換冷毛巾，拿酒精棉球在我脖子上擦著。

就是在這個時候，「白糖啊！……發糕！……」、「白糖啊！……發糕！……」一聲聲從小巷裡傳來。守在我身邊的母親，

作者散文集

一聽見那叫賣聲，就輕輕問我：「想吃發糕嗎？」我還在賭氣，扭頭沒理她。母親看了看我，輕輕歎了口氣，起身出門，過一會兒拿了兩塊發糕進來。她倒了一杯溫開水，然後側身坐在我的身邊，撕下一小團發糕放進我嘴裡，用小勺餵一口水。我怕痛，好半天沒有嚥下去。母親說：「吞呀，吞呀，不吃東西怎麼能好起來？」看著母親眼裡的鼓勵和焦慮，我忍著痛吞了下去。見我吞下去了，母親很高興地說：「慢點吃，能吃東西，才能好得快啊。」就這樣一小團，一小團，她把兩個發糕都餵給我吃了。那時候我心裡一股股熱流湧動，眼淚順著眼角慢慢淌下來。好像就是那個時候，我突然記起，小的時候，母親就是這樣一口一口地把我餵大。我也突然明白：我和母親之間並不是敵我矛盾，她一次次地忍讓並不是軟弱，而是一個母親的愛。

「白糖啊！……發啊糕！……」「白糖啊！……發啊糕！……」那悠揚的叫賣聲，和著母親的愛就像一股股暖流，永遠存留在了我的心裡。我終於明白了，之所以牢記了這叫賣聲，其實是對故園情的不捨，對慈母愛的留戀。那次在高級賓館裡，剩菜剩飯，我們都打包帶走送給了親戚，只把幾塊沒吃完的白糖發糕留給了自己。

之光篇

之光

【作家簡介】

　　之光，本名侯之光，曾任某雜誌社主編。四十歲後撇家棄業獨自赴美求學，機遇使然開始經商。九十年代中期回國創業，任某企業集團董事長。

　　七十歲退出商海，回到紐約，開始筆耕生活。出版長篇小說《紅黑時代的青春》及短篇小說《大徐之哭》。中國《格調》雜誌專欄作家，以關於女性及兒童教育為主。作品有〈平視與婚姻〉〈進一步退兩步〉〈丈夫出軌之後〉〈巨嬰是這樣養成的〉〈母親的考驗─當孩子出現心理問題時〉〈談婚姻〉等作品。偶有微型小說及詩歌散見報紙及詩刊。詩歌榮獲第三屆「法拉盛歌節」佳作獎。

　　北美中文作家協會、紐約海外華文作家筆會、紐約華文女作家協會終身會員。

平視與婚姻

　　每位邁入婚姻殿堂的女人都希望婚姻美滿、長久。在我年輕時，大多數女人都以做賢妻良母來贏得「執子之手，與子偕老」的美好晚景。我未婚前也如是想，但身邊兩個女人的故事卻讓我澈底改變了這種想法。

　　其一是我原工作單位的圖書管理員大陳的故事，一位公認的賢妻良母。她每天早晨五點起床，爐子生好後料理飯菜，六時把丈夫的洗臉水、漱口水按固定的冷熱水配比倒上，並且連牙膏都替丈夫擠到牙刷上。之後喚醒丈夫，在丈夫洗漱時，擺好碗筷，待丈夫坐好後，把飯菜端上，每天早晨固定是兩菜一湯一飯。丈夫吃飯的時候，把丈夫的手提包、午飯的飯盒都打點好，皮鞋擦得閃閃亮。把丈夫伺候走，又去叫醒兒子，把兒子打點好後，自己匆匆扒拉幾口飯就送兒子上托兒所，然後上班。中午休息時間去商店把菜買好，晚上回家後又開始忙晚飯及清潔，丈夫臨睡之前還要把他的洗腳水倒好。

　　可是她丈夫出軌了。得到這樣一位賢妻，丈夫理應感到得之我幸，然而換來的卻惘然無感，繼而到外面沾花惹草。後來大量的事實證明，這類的女人很少能夠逃出這種宿命。

　　我反覆地琢磨這其中的原因，依我之見是這種女人沒有擺正位置，話說狠點是作踐了自己，說同情點是太不瞭解人性：當你過分重視他時，他就會輕視你；當你輕視他時，他反過來討好你。夫妻關係取決於你把自己放在什麼位置上，大陳自願地把自己擺在女傭的位置上，對方自然就變成大陳的主子。久而久之，換來的只能是日益加深對你的輕視及無視，連同你的付出都會因習以為常而變成

沉沒的資本。

我問大陳為什麼要這樣自降身段,她說:「我二十歲結婚,先生比我大六歲,又從蘇聯留學回來,我不光是愛還有崇拜的成分。第二,我媽媽就是這樣對我爸爸的。」「那你爸爸對你媽媽好嗎?」她說:「1947年,我十幾歲時,他丟下我們全家和另一個女人跑了,好像去了天津。」我問:「你媽媽什麼反應?」「我媽就是哭,沒有一句埋怨的話,只說:『還好我還有個兒子。』」聽後,腦子裡立刻湧出四個字「三從四德」:未嫁從父,即嫁從夫,夫死從子。大陳的母親幸運自己還有兒子可以從。

女人的一生絕大多數都是一部悲劇,就是這三從四德洗腦的結果。這三從四德規範下的女人還是人嗎?那就是男人的奴隸、附屬品,連個寵物都不如。一個強烈的聲音湧進心中:「滾他媽的賢妻良母吧!」

其二是小時候院裡一位阿姨的故事。這位阿姨的丈夫是派出所的一位工作人員,因為長得帥,外遇不斷。妻子賢慧(大家都這樣讚她),忍氣吞聲,不吵不鬧,假裝不知道。後來我下鄉了,回城後很久沒見到她先生,原來她丈夫又換的女人軍人妻,他以破壞軍婚的罪名入獄。那時破壞軍婚判二十年徒刑,最終阿姨的丈夫因病死在監獄裡。

人們讚美忍氣吞聲、一味順從丈夫的阿姨是賢妻,但如果她丈夫第一次外遇時,她敢於維護自己的自尊及權利而與丈夫鬥爭,就不至於那樣痛苦,她丈夫也不至於入獄和死去。這分明是害人、害己。做這樣的賢妻還有意義嗎?

這兩個人物的命運讓我明白一個道理:對丈夫不可仰視,必須平視。無論他比你帥,比你學問高,比你有社會地位……,總之要學會平視他。其實平視一個人並不容易,中國上千年禮教講的就是尊尊卑卑的文化,浸潤其中的人們或仰視或俯視,不習慣的反倒是

平視。

當然不但要平視還要平權。只有平權才能平等，只有平等方可達平衡，而平衡即是長久。

我慶幸自己在戀愛前明白了這一道理，雖然文革前我只是高一的學生，而我的男朋友已是清華大學的大學生。但我絕對做到了平視，並在結婚前提出家務勞動平擔。他問我：「為什麼？」我說：「我不想婚後的生活是綠肥紅瘦。」他說：「那好，家務勞動我還行，首先做飯的事不用你管，我包了。」很慶幸，在孩子三歲時我可以去念大學，四十歲後可以去美國學習。成功與否是外界的承認，沒必要在乎，但成功與否自己是知道的。而且我今年七十二歲也算是「執子之手，與子偕老」了。

女兒結婚前，我把自認為行之有效的平視理論講給女兒聽：要想婚姻長久首先就要不怕離婚。女兒對這看似相悖的話很不理解，奇怪地問：「為什麼？」我說：「很多結了婚的女人總怕丈夫不愛她了，總怕被丈夫拋棄。一旦有了這個『怕』字，就會著意去取悅丈夫，而男人和孩子一樣，會被寵壞。一定要平視他，不但平視還要平權。婚後一定要讓丈夫分擔家務，一定要讓他對這個家有所付出，只有付出了，他才會珍惜這個家。其實每個人最愛的都是自己，他為這個家庭付出得愈多就愈珍惜，他珍惜的是他的付出，因為那已是他生命的一部分。如果沒有付出，他拋棄這個家時會毫無痛惜之感。」

當今，女人幾乎都擁有了平視男人的經濟基礎，因為絕大多數的女人經濟是獨立的。不像以前的農業社會拚的是體力，那時真的是「嫁漢嫁漢，穿衣吃飯」。而現在，時代的車輪飛轉，轉眼已從工業化社會轉到信息社會，愈轉對女人愈有利。現在是溝通的年代，女人的溝通能力普遍比男人好，現在重點發展的是第三產業，女人在服務業比男人有先天的優勢。總之，現在的女人在自謀生路

上是沒有問題的。

問題是女人要精神獨立，情感獨立，摒棄過去那種做攀樹的藤，做依人的鳥。

寫到這，我想到一個故事：一個女孩長得很漂亮，但她沒有憑姿色找個可依賴的大樹，她找的是同單位的一名司機。改革開放後，這位司機發了大財，之後當然是男人有錢就學壞的故事，司機開始用新歡的標準挑剔她。可之後，司機反而求我勸他老婆別離婚。我與她老婆剛一通話，她就滔滔說出要離婚的理由：「他是有錢了，房子確實大了，但再大我不就睡一張床嗎？他有錢了，每天請這個吃請那個吃的，可哪個老婆願意看丈夫天天晚上醉醺醺的樣子？現在又嫌我不化妝了，你外面的女人化妝，我就得化妝不成？大姐，這婚我堅決離，你勸他趕緊簽字！他有錢愛給誰花給誰花，我的工資足夠我自己花的了，我不稀罕他的錢！」這番話被坐在我身邊的司機全部聽到，從此跟他老婆不再牛逼，至今兩人仍在婚姻中。這是位寧肯騎自行車笑，也不肯在寶馬裡哭的女人，雖然文化程度不高，但自尊自愛，我敬佩她。

夏威夷風光之一（之光攝）

從女兒帶孩子「逃學」所想到的

　　2020年年底，女兒決定帶一兒一女翹課，對此決定，我舉雙手贊成。首先，紐約疫情再次加劇。其次，孩子只是在家上網課，無聊得很。最後，紐約實在冷，很限制室外運動。主張童年多運動少學習的女兒不再猶疑，立刻買了去夏威夷的機票，開始「翹課」之旅。

　　還未等走出機場（露天機場），我們已聞到暖暖空氣裡的淡淡花香。等走出機場後，則是一派「面向大海，春暖花開」的明媚景象。雖然每年聖誕節孩子們都來夏威夷待上幾天。但這一次，他們像被久困的小獸給放出來一般格外興奮。女兒當然不想辜負夏威夷的陽光、海浪、沙灘，給孩子們安排了衝浪課、高爾夫球課、網球課、足球課、鋼琴課，晚上則是游泳。本來已做好犧牲文化課的準備（因時差無法上學校網課），但沒想到學校居然為孩子們各配上一名教師，配合夏威夷的時間給孫女、孫子一對一地上網課。想不到兩全其美了。

　　童年什麼最重要？當然是快樂最重要！一個快樂的童年可以抵擋一生的陰風、苦雨，而不得憂鬱症。但如何能擁有快樂的童年，那就要順從她們的天性，孩子的天性就是玩。中國有句古話叫「順天則昌，逆天則亡」，做媽媽的一定要給孩子一個無憂無慮的童年。

　　寫到這，我想到我的一個朋友。文革時她七八歲，爸爸作為走資派進了牛棚，媽媽作為一名走資派的祕書，知道自己很快也要進牛棚，就對七歲的女兒說：「媽媽只要求你一件事，就是吃。無論生的、熟的、好吃的、不好吃的，餓了，哪怕生土豆子也要啃著吃

了，聽懂了嗎？」之後，媽媽入獄。她果真在沒有吃的時候啃過生土豆子。那時，上課沒什麼教材，主要學習毛主席語錄，可她在上廁所時，把揣在兜裡的毛主席語錄本一下子掉到糞坑裡了。她雖然小，但知道這是大罪，她不怕髒，扒在糞坑邊把語錄本撈出來，然後用水沖。可惜，她還是太小，沒有沖乾淨，在晾曬時，被人發現了。結果老師領著一群學生審問她，批鬥她。她說當天晚上她就開始出現幻覺，之後她發現她總是站在地球外面看著地球，常常難以區分現實與幻象。後來，媽媽平反回家後，她在情緒失控時，把家裡古董瓶子砸了。她媽媽只是流淚，沒有斥責一句。那個悲慘的童年讓她一生憂鬱。

很多憂鬱症患者都有一個不幸的童年，著名的心理學家佛洛伊德認為心理疾病與童年有關。而我們很多的家長怕孩子輸在起跑線上，違背孩子的天性，早早把學習的枷鎖套在孩子的脖子上。

德國的小學教育是四年不是六年，德國啟用憲法，明文禁止過早開發孩子的智力，不允許將孩子大腦變成硬碟，孩子在童年的唯一任務就是快樂成長。就是這樣一個以玩為主，小學教育輸在起跑線上的民族，自諾貝爾獎設立以來，德國人（含德裔）得諾貝爾獎的人數，近乎占了總數的一半，也就是說八千多萬的德國人拿走了一半的諾貝爾獎，而全球另外六十多億人口獲得了另一半。如果執意違背孩子自身成長的規律，非要揠苗助長，孩子可能一生都會失去學習的內驅動力。在孩子的理解力尚未達到情況下，提早讀的都無用。

記得我和一個忘年交朋友同時看到一個廣告，廣告語信誓旦旦保證，用一年的時間，讓三歲的孩子學會《資治通鑑》，這位朋友的孩子恰好三歲，當時很興奮。我立即潑冷水，因為《資治通鑑》從西元前四百多年前開始寫，一共寫了一千三百多年的歷史，而且主要是圍繞著政治和軍事，不用說三歲的孩子，就是我們大人讀起

來都很累。再說理解不了，只能背，真的是把大腦當硬碟用了。我建議她不如帶孩子酣暢地去玩，在玩中鍛鍊她的體魄，鍛鍊她的意志，以及勇敢、不懼困難和愛心等品格。我和這個朋友講了我帶孫女在海邊拍沙窩的故事。

那年孫女三歲，我帶她到沙攤上拍沙窩。這之前我和孫女去商店買了鏟子、勺子，及紅色的小桶，那紅色小桶是孫女執意要的。在拍沙窩的時候，孫女用鏟子一鏟一鏟挖沙子，突然鏟出個小螃蟹來，我立刻把小螃蟹放到帶水的小紅桶中。到了吃午飯的時候，我對孫女說：「我們把小螃蟹放回大海吧，這樣牠可以長大、可以活下去。」孫女眼睛瞅著我，小手指在桶裡來回撫摸著小螃蟹的背部，說：「No！」大約又過了十分鐘，我說：「別再玩了，媽媽等我們吃飯！」我拎起小紅桶，孫女跟在我後邊，不消幾步到了海水邊，我把小螃蟹從桶裡拿出，放在孫女的兩隻手上，說：「把牠放回海裡，讓牠去找牠媽媽吧。」孫女蹲下身子，兩隻捂在一起的手在海水裡攤開來，小螃蟹立刻歡快地游進大海裡。

我正尋找著小螃蟹，忽然發現剛買來的紅色小桶也在海邊漂浮著，我不假思索立刻去撈那個小紅桶，可是，孫女一把狠命拽住我的胳膊，用她吐字不清的中文喊著：「找媽媽！」沒有時間理會孫女說什麼，因為只消兩個浪潮打回，這個桶就無法夠到了。我執意想甩開她的手去夠那個桶。可是孫女兩腿弓著，一副拔河的姿勢死死地拽住我，一邊喊著：「讓它找媽媽去！」看著愈漂愈遠的小桶，我放棄了撈回的想法。卻突然明白孫女的喊話，唉，可憐的小孫女，她以為她喜愛的那隻紅色小桶和小螃蟹一樣也有媽媽在大海裡。

我對朋友說在玩中很自然進行的愛心教育，立竿見影就在孩子身上起到了作用。童年是人生的底色，童年是人生的根部，根歪了長出的樹只能是歪的。童年又是可塑性最好的年齡，家長再忙也不要忽略陪伴孩子的童年。在陪伴孩子玩耍中有意識地培養孩子的愛

心、同情心、自我意識、團隊精神、敢於嘗試、不怕失敗等品性。這些品性一旦具備會使孩子受用一生，也是造就孩子成為成功人士的必備素質。

用書本知識剝奪孩子的童年快樂，很多情況是家長望子成龍的心態所至。每個父母都希望孩子有美好的未來，這是人之天性，但美好的願望代替不了骨感的現實。一個有關期望值的段子很有趣，說孩子在幼兒園時，大部分家長都認為自己的孩子是天才，可以改變宇宙；小學一年級時覺得孩子雖不是天才但也是小天才，將來一定能進哈佛大學、麻省理工學院之流的學校；小學二年級明白孩子不是天才，但覺得還是人才，進清華、北大沒問題；小學三年級認為孩子雖不是人才，但也是可以進985及211的；等小學四年級明白孩子潛力有限，不過進重點本科大學應該沒問題；等小學五六年級發現孩子就是個普通人，覺得孩子將來有書讀、不啃老就心滿意足了。在這個段子中，父母的期望值在不斷地降低，在降低的背後是父母們不斷地失望，在父母的失望中，孩子面對的是不斷地指責，在不斷地指責中，孩子們不但失去了快樂的童年，心理素質也變得愈來愈脆弱，以至於就怕犯錯，就怕失敗而最終碌碌無為，甚至一旦競爭失利則輸不起而自殺。

夏威夷風光之二（之光攝）

楊笛篇

楊笛

【作家簡介】

　　楊笛，曾任編輯記者十餘年。遊歷了二十多個國家，著有散文集《我作驢友走印巴》、小說《臺無寧日》，評論及散文等散見報端。2019年獲「南方航空杯」徵文比賽一等獎，文學網站《悠悠書屋》創辦者與總編輯。

中國人看電影

　　中國人都愛熱鬧。結婚擺婚慶酒；生孩子擺滿月酒；生日擺滿生酒，死人擺爛酒；離家去外地要聚餐，叫餞行；從外地回來也要聚餐，叫洗塵；過年過節要聚餐，叫團圓。總之，只要有機會，中國人是絕不肯一個人待著的。中國的戲曲就是熱鬧的集中點，基於愛熱鬧的本性，中國人對京戲情有獨鍾。而電影的出現，讓中國人不難找到戲曲的替代品。

　　中國的第一部電影《定軍山》就是京劇《定軍山》照搬上銀幕。電影《定軍山》選拍了京劇《定軍山》的請纓、舞刀、交鋒這三段場景。老黃忠大敗張郃，乘勝追擊，斬殺夏侯尚和夏侯淵，奪取了定軍山。影片在北京的戲院播放，據說萬人空巷。即便是無聲電影，也仍然吸引無數戲迷前往，從此電影走進中國人的視界。

　　《馬路天使》一上映就贏得一片讚揚，受壓迫的妓女和受壓迫的賣唱女，淒涼身世的背景輕易地博得了觀眾的同情，底層人心底的吶喊找到出口，對剝削階級的深惡痛絕讓群情激憤，剝削被視為傳統的承繼，人們在仇恨傳統的同時，迎接著革命的到來。新生革命中女子與男子一樣享有平等的權利，封建社會的包辦婚姻是革命中最為仇視的一點，人們對自由戀愛滿懷憧憬。

　　《馬路天使》闡述了底層小人物的愛情，困頓的生活讓他們同病相憐，愛情的發生往往產生於雙方等同的心理，同樣的生活經歷使他們產生共鳴，影片中小陳和小紅，這對自由戀愛的青年，勇敢地追求愛情。最後以小紅的姐姐小雲獻出生命為代價，保全了他們的愛情。半悲劇半喜劇的結局符合浪漫主義悲觀色彩，虛假得不失真實，觀眾接受了。至於配角小雲的愛情的遺憾，是用來完善主角

　　愛情的。白璧微瑕，中國人的思維，月缺是為了月更圓，這一類的結局取的就是這個道理，太完美反而顯得不完美，有瑕疵的完美，就是更完美。

　　中國人喜歡大團圓結局，不好的結局總讓人心有遺憾。團圓的結局給予人們希望，電影是寓教於樂，當然不能讓人產生悲觀的情緒。人縱然有千萬種，都可以歸於一個模型培養，電影變化無窮，萬變不離其根本形式，只要內容新穎，人們一樣津津樂道。

　　時代的前進並不一定是進步，狂熱的巨浪捲裹著火樣的激情，讓電影藝術戛然而止。八大樣板戲震耳欲聾地登上中國電影的歷史舞臺，開啟了藝術的荒漠歷程。無數紅衛兵、造反派衝上街頭，喊著「革命無罪，造反有理」，燒、砸、搶、掠。街頭成為戰場，成群的人們聚集在街頭打架、批鬥、叫口號。「鬥爭」是當時紅極一時的摩登名詞，「鬥爭」也是八大樣板戲裡的主色調，樣板戲一開場，臺上臺下鬥成一片──正義與邪惡的鬥爭，群眾與階級敵人的鬥爭，群眾與壞分子的鬥爭，中國人與日本鬼子的鬥爭，中國人與美帝國主義的鬥爭，貧農與地主的鬥爭，共產黨與國民黨的鬥爭，中國人真是草木皆兵。究竟是先有鬥爭還是先有樣板戲？這個問題和先有雞還是先有蛋一樣犯難。他們張牙舞爪地生活著，父母、兄弟、親戚全都靠不住，滿眼皆是無產階級敵人，階級鬥爭絕不能鬆散，防止敵人反撲，陰謀要扼殺在階級鬥爭的搖籃裡。人們愛熱鬧的天性已經順利轉化到鬥爭中去了，中國人從來都順應時勢。

　　《小街》像一股清涼的風，吹熄了人們的高溫，也吹活了人們內心不安靜的青春。最是小俞那頭男士短髮讓人們心裡一亮。在一個男子也才剛剛剪掉辮子的國度，女子的短髮有著嘲笑的意味。中國的男子對於頭髮向有「身體髮膚受之父母」之情，清朝又有「男降女不降」，對於剪髮頗為忌諱。剪掉辮子象徵一切意義上的反叛，中國人反原始、反奴隸、反封建，卻不大肯去檢討和反思。

　　《小街》之前，中國的女子千篇一律地梳著兩條長辮子，一個制度模子裡壓出來的美女。小俞清新靚麗的形象，迅速占據了男子的心，看膩了八大樣板戲，《小街》正好充當調劑品。

　　《小街》的故事有些失真，在那個動盪的年代，沒人敢這樣幫助一個黑五類，即便對她有深深的愛戀，何況只是一面之緣。中國人的愛情一直帶有功利性，雖然我們的電影對此持批判態度。女方父母嫌貧愛富阻攔男女的戀愛，而女子獨具慧眼與男子私定終身，最後男子考上狀元回來迎娶女子，趁機羞辱女方父母，大家冰釋前嫌。《小街》這樣安排，是希望呼喚真情回歸，因為在那樣的年代，我們幾乎無真情可言。文學必須表現美好和正義的一面，除此之外，無路可走。是否以生活為基礎、是否脫離現實，似乎都不是考慮的行列，這造成電影市場以後愈來愈妖魔化。正是因為這種奮不顧身的捨己為人已是鳳毛麟角，所以人們有一種久違的激動，中國人的善良往往表現在安全的地方。即便遠離生活的電影，中國人也願意樂在其中。

　　《霸王別姬》上映在九十年代，講述的是過去的故事。大部分中國電影都沉浸在過去，對未來不甚展望，未來僅限於理想。那是因為中國人缺乏想像力和創造力，未來屬於未知範圍，對未知的事多想無益。按部就班地來，按部就班地去，一生無大風波，被視為福氣。段小樓的虛偽、自私與脆弱被影片努力地掩飾著，程蝶衣為日本人唱戲，救出段小樓，段小樓對此很不屑，卻不在乎享受成果；他鄙視權貴（袁四爺），卻在他手底下討生活；文革期間，他幾次拋棄程蝶衣，絲毫不內疚；為了確保自己的安全，最後他連菊仙也拋棄了。這樣的人，影片依然把他當成正面人物來描述，這是中國式定向思維。

　　程蝶衣對他的師哥有強烈的感情，有時候他自己也搞不清他究竟愛著的是師哥還是西楚霸王，在他生命裡唯一確定的事：他愛著

京戲。與其說他離不開師哥，不如說他離不開京戲，但是京戲這個主體，總是對他若即若離。他幽怨人們看不懂他，看不懂京戲。他在現實中沉淪，他眼睜睜看著為之付出畢生精華的京戲，跪在了政治面前。絕望像生根的野草，在他的心裡瘋長。

段小樓和菊仙的結合，是戲子與妓女的結合，這種組合，幾乎無生活可言。那時，妓女和戲子都是士大夫階層的玩物，他們經濟來源於士大夫。並不像影片瑰麗的描述，京戲演員成角後都是現代好萊塢明星。

這之後，人們又把極度的熱情投向宮鬥戲，看皇宮裡的鬥爭進行得如火如荼。電影言傳身教地教人要心計、用心眼、爭上位、整人、踩人。幾千年中國文化中的糟粕，被一代又一代人傳承著，綿延不絕，生生不息。現如今，通過電影把它發揚光大。

《甄嬛傳》裡有一段對白最精彩：

寧嬪：那些合歡花是冊封熹貴妃之時，他送你的賀禮。因怕你夜夜為此心痛，所以嬪妾便說是自己夜不安寐，須留合歡烹煮療養。還好，皇上同意了，要人把那些合歡移栽在嬪妾宮中。
甄嬛：多謝你。
寧嬪：那就別輕易放過他。
甄嬛：不急。

聽後頓覺恐怖，一幫人策畫一起謀殺案，卻打著宣揚正義的旗號，人治的國家是多麼沒有章法。

近幾年，又掀起對日本的仇恨，抗日戰爭的影片充斥螢屏。南京大屠殺被反覆宣傳、強化著，帶民族性的集體報仇就是一次次抗戰的勝利。人們的仇恨在螢幕上得到舒緩，手撕日本鬼子，機關槍

掃射鬼子等誇大的劇情，膨脹了人們的內心。高亢的情緒在這裡得到宣洩，人們熱烈地議論著屠戮日本鬼子的劇情，沉浸在臆想的歡樂中。

中國的螢幕裡永遠都是八大樣板戲式的電影，所有的影視劇新壺老酒地上演著同一內容，中國文學上驚人匱乏，讓人不寒而慄。然而，中國人還是滿足的、快樂的，因為電影畢竟是電影，電影以外才叫人生。就像那首童謠唱的：月光堂堂，照見汪洋，汪洋水浸過方塘，風吹蓮子香。

水中樹（楊笛攝）

印度美食：咖哩與素食

　　中國人對吃向來講究，也深有研究，幾乎每人都有一套自己獨特的「飲食經」。印度人在飲食上絕不輸於中國人，印度也是一個好「吃」的民族，說到印度人的「吃」，自然要說到咖哩，因為印度人狂愛咖哩，不論主食與小吃，通通加入咖哩，簡直「無咖哩不歡」。咖哩是一種調料，但它卻是由許多種調料組成，具體有：生薑、肉豆蔻、桂皮、丁香、胡椒、辣椒等。我在印度街頭，看見許多種類的咖哩，赤橙黃綠青藍紫，讓人眼花繚亂，目不暇接。

　　普須卡這個美麗的小鎮，執守素食，雞蛋和蒜頭也在被禁食之列。它的旅遊景點不多，小吃店特別多，從街頭走到巷尾，隨時想吃馬上就能找到小吃店。檸檬炒飯是這裡每個小吃店都有的特色小吃，一個大大的平底鐵鍋，下面燒得旺旺的爐子，番茄和檸檬間隔著擺了鐵鍋一圈，紅紅黃黃的像一條項鍊，中間就是黃澄澄的檸檬炒飯，裡面合著碎洋蔥和新鮮的香料葉、小茴香，當然少不了咖哩。檸檬炒飯口味不大重，炒的時候不斷添加新鮮檸檬汁和糖，沖淡了咖哩味，只留下微辣，印度人擅長用檸檬汁來調劑酸味。

　　在印度，大部分居民屬於印度教和耆那教，印度教和耆那教均屬素食。古時的婆羅門教崇尚神靈，祭祀時大量宰殺動物，後佛教和耆那教以反婆羅門教的形式出現，婆羅門教一度衰敗，這種狀況迫使婆羅門教進行改革，它吸納了佛教和耆那教的素食、不殺生教義，婆羅門教改革後稱為「印度教」。耆那教甚至連紅色食物都不吃，他們認為紅色像血液，普須卡是耆那教徒的居住地。

　　聖雄甘地是絕對素食主義，他吃素食有更深層的意義，堅守印度傳統，宣導印度獨立。

　　胡椒和辣椒也是印度菜裡不可或缺的調料，和咖哩搭配著使用，即便咖哩裡面已經包含著大量的胡椒和辣椒，但要令菜辣上加辣，胡椒和辣椒多多益善。哥倫布在發現新大陸的同時發現了辣椒，葡萄牙人在16世紀殖民印度果阿，一併給印度人帶來辣椒，從此後，印度人為辣椒著迷。

　　印度有一種主食叫「塔里」，也許是「達里」，不知道怎樣拼寫，只順著發音叫它「塔里」。「塔里」是米飯和烙餅，搭上配菜，當然配菜全是素菜，有土豆、豆湯和青菜，加入多種咖哩、辣椒和胡椒。多種咖哩搭配在一起，味道特別好，也特別辣，還有辣椒和胡椒的助力，辣得喉嚨冒出火來，頭髮一根根豎起來，做「怒髮衝冠」狀，然而卻回味無窮，停不了口，這種超然的「辣」，也真讓人拍案叫絕。

　　瓦拉納西有一種「蒸糕」，乳白色，賣主推著小車，把蒸屜一起推出來，一邊做一邊賣。蒸糕剛蒸出來全身布滿大蜂巢眼，圓饅頭形，淋上黃白色的咖哩汁，等蒸糕慢慢變涼些，大蜂巢眼跟著變得很細小，而淋上的汁已經被蒸糕裹住，一口咬下去，咖哩汁的微辣和著奶香就瀰漫了口腔。蒸糕還可以油炸，呈金黃色撈出，淋上黃色咖哩汁，外脆裡嫩。蒸糕只在瓦拉納西有，其他地方沒有見過，大概屬於瓦拉納西地方特色小吃。

　　印度還有一種圓餅，像油煎餅大小，深黃色，擺在雜貨鋪門口賣，摞著好幾摞，表面很乾燥，餅身上一個個皸裂的小口。我買了一個，預備旅途中當乾糧，誰知道買回去才發現，這個餅硬得像石頭，掰也掰不開，鑰匙劃也劃不開，急得我圍著餅團團轉，一頭汗。後來才搞清楚，那根本不是餅，是麵麴，印度人用它發麵，是我寡聞少見了。

　　印度孟買的海濱大道是一條三千米的林蔭大道，又被稱為女王項鍊。海濱大道是情侶們約會的最佳場所，每天都有很多情侶在這

裡卿卿我我。可是在印度，這些都是不成立的，最後結婚的還是家裡為你婚配的人。手推車主們看準商機，紛紛到這裡擺檔，賣青芒果，青芒果加上咖哩粉和鹽醃製，吃起來酸辣味十足。我買了一包坐在石凳上，嘴裡吃著酸芒果，看著那一對對戀人，心裡比酸芒果還酸楚。

剛到瓦拉納西時，拐來彎去的小巷子裡到處豎著大牌子，上面醒目地寫著「Lassi」。Lassi是什麼？我決定搞搞清楚。我走進那家Lassi店，Lassi店裡有幾個老外在打架子鼓，老闆把我讓到桌子邊，遞上一本點餐單，打開點餐單我看見了各式各樣的Lassi圖片，好像是一種乳製品，配著不同的水果，我點了一份香蕉Lassi。老外們咚咚鏘地打著架子鼓，音樂開始時的抒情部分，如月光慢慢流淌。老闆端上Lassi，輕輕放在我面前，Lassi用小瓷罐裝著，罐口擺放了一圈香蕉片，裡面加入芒果絲和香蕉片，我拿起小勺子，舀起一勺，放到嘴裡，恍然大悟，Lassi就是優酪乳。忽然架子鼓打到高潮，咚咚鏘，咚咚鏘，七個隆咚鏘咚鏘……，在最後一個鏘音上我吃下了最後一口優酪乳，有架子鼓佐餐，Lassi的味道好極了！

印度人愛喝奶茶，奶茶檔到處都是，簡簡單單，一個小蜂窩煤爐子，上面支架一隻小鋁鍋，地上一邊一個放著小鋁鍋和小鋁盆，鋁鍋裝鮮奶，鋁盆倒茶渣。印度的茶是小圓珠形，我很喜歡拿在手掌觀看，小小的黑色圓珠子在手心裡滾動，丟進鍋裡文火煮半小時，茶香四溢，但圓珠子依舊是圓珠子，不會煮成葉子形。這時候往茶中加入大量鮮奶和糖，適合北印度人口味，而且增加卡路里，窮人可以用它抵禦飢餓和寒冷。

印度人告訴我煮奶茶並不是容易的活，首先要掌握好火候，火候掌握不好，奶茶要麼變老，要麼太嫩，太老的奶茶有焦糊味，破壞口感；太嫩的奶茶沒入味，茶中無奶，奶中無茶，是奶茶中的次品，不可喝。他們說焦特布爾的奶茶是上品，叮囑我到焦特布爾多

品嚐。到了焦特布爾看到奶茶檔口確實壯觀，煮鮮奶的鍋就超大，爐子也超大，四五個蜂窩煤一起燒。我不是喝奶茶的行家，喝不出老和嫩，我覺得這裡的奶茶和其他地方的奶茶都一樣好喝，有時候也專為看這壯觀的煮奶才到檔口叫一杯奶茶慢慢喝，看著奶白色的液體在大鐵鍋裡翻騰，浪花打出一排排小圓珠子，向兩邊擴散，破碎了的碎花又敲出更多圓珠子。

　　印度飛餅早已飛遍廣州的大街小巷，似乎很對中國人口味，做法上的巧妙是在和好麵後，把麵團分成均等的小劑，然後雙手輪番把小劑甩飛起來，直甩到餅皮薄得透明。飛餅嚼起來層次豐富，鬆脆綿軟，口感對比強烈，略帶甜味，吃後齒頰留芳。進入印度後，我一路尋找印度飛餅，誓要嚐到最道地的印度飛餅，但是並未見到。最後一位印度廚師告訴我，沒有咖哩，怎麼能算印度食品呢？印度並沒有飛餅，那只是中國人的食物，而取名「印度飛餅」[1]。

印度美食（楊笛攝）

---

[1]　文章參考資料：朱明忠《印度教》、（英）莉齊·克林漢姆《咖哩傳奇——風味醬料與社會變遷》。

寫在後面

梓櫻

　　《紐約芳菲》終於進入編排出版流程了，鬆一口氣的同時，心中滿是感恩和感動。

　　這是「紐約華文女作家協會」成立以來的第一本會員文集，由各位顧問老師賜予的大作，加上「紐約華文女作協」會員們在《新州周報》暨《三周新聞》作協專欄上發表的作品。內容豐富，題材多樣，計有詩歌、散文、評論、小說、童話、紀實文學等等，全面體現了作家們的風貌和寫作特色。

　　自「紐約華文女作家協會」專欄創刊以來，每月第一周或第二周，都在《新州周報》的「藝文天地」版面以全彩版出刊會員的作品，感謝《新州周報》幾年來對我們協會的大力支持，精心優美的排版配上會員們的作品，受到讀者們歡迎。更要感謝周報負責人方太太，在百忙中為我重新校訂繁體字文稿，以應出版社的要求。

　　編輯過程中，再次細讀每一篇作品，感受到作家們文筆細膩、觸角敏銳、心有見地，知識面寬廣。不少文章也折射出作者坎坷的人生和美麗的心靈。例如，藝術設計師何涓涓，在親臨工廠生產線，看到工人們工作環境嘈雜、勞動艱辛，進而想到：所有包裝被拆除後就變成了垃圾，汙染了環境，增加了地球的負擔。自己產品包裝設計的工作，不正是一份增加垃圾的工作？糾結良久，涓涓毅然辭職，轉換職場。江嵐對唐詩的研究全面又深入，不僅能把唐代詩人的人生和詩詞解析得細致入微，自己的文章也充滿了詩情畫意。謝勤犧牲周末的休閒時間，當了十年中文學校的老師。為吸引

孩子們認真學習中文，她在每堂課之初，都給孩子們講一段自編的童話故事，積累的童話故事已過百。海倫在艱苦的環境中長大，但她自強不息，一步步登上科學家的高峰。凌嵐對庭院花卉的前世今生了解入微，讀了她的文章可以增長園藝知識。等等等等，不勝枚舉。一篇篇美文，就如一朵朵鮮花，散發出馨香，這也是《紐約芳菲》書名的靈感來源。

這本文集是會員作品的匯集，也是編輯團隊多年辛勞的結晶，粗略計算，參與編輯工作的會員幾乎達協會人數的一半，她們是：春陽、梓櫻、唐簡、南希、紐約桃花、李瑩、李喜麗、湯蔚、饒蕾、楊笛、何涓涓。我想，這正是咱們女作協的特色：每個人都有學習和成長的機會。

非常榮幸的是，我們得到了歷屆顧問老師的賜稿，她們的文稿都是上乘的文學作品，為我們的文集添色增彩。自協會成立以來，顧問老師一直關心著協會的健康成長，為會員們提供發表平臺，鼓勵會員積極創作。感謝陳瑞琳老師，在百忙之中閱讀了每一位會員的作品，寫下了充滿鼓勵話語的序言。

尋找文集出版的過程中，了解到臺灣秀威出版社是一個非常優秀的出版社，不僅出版流程規範嚴格，宣傳和推廣的力度也很大，真是名不虛傳。出版社洪聖翔主任看完文稿後，主動提出與我們合作出版，並答應為我們製作一百本全彩本。

藝術家何涓涓創作的繪畫《在紐約度過的疫情歲月》，匯集紐約元素，體現了紐約的多元文化，2020年被甄選製作成旗幟，在紐約洛克菲勒中心展示多時。考慮這幅色彩斑斕的作品與《紐約芳菲》的書名相得益彰，選作封面圖，謝謝涓涓授權使用。

此書的順利出版還要感謝各位樂捐的老師和會員們，她們是：周勵、之光、梓櫻、李喜麗、紅葉，以及紐約桃花創辦的紐約龍出版社。

　　藉此也感謝所有關心女作協的友好社團和各位老師，正是紐約華文文化氛圍的熏陶和眾多老師文友的鼓勵和支持，才使我們一步步走到今天。文學之路沒有止境，雖然我們今天捧上了一顆初熟的果實，但前面的路還很長，我們會繼續努力追求。

2022 年 3 月 28 日

國家圖書館出版品預行編目

紐約芳菲：紐約華文女作家協會文集 / 梓櫻主
編. -- 臺北市：致出版, 2022.06
　面；　公分
　ISBN 978-986-5573-39-3(平裝)

839.9　　　　　　　　　　111007903

紐約芳菲：

紐約華文女作家協會文集

主　　編╱梓　櫻
責任編輯╱瀁　瑩
封面繪圖╱何涓涓
出版策劃╱致出版
製作銷售╱秀威資訊科技股份有限公司
　　　　　114 台北市內湖區瑞光路76巷69號2樓
　　　　　電話：+886-2-2796-3638
　　　　　傳真：+886-2-2796-1377
網路訂購╱秀威書店：https://store.showwe.tw
　　　　　博客來網路書店：https://www.books.com.tw
　　　　　三民網路書店：https://www.m.sanmin.com.tw
　　　　　讀冊生活：https://www.taaze.tw

出版日期╱2021年6月　　定價╱400元

致 出 版　　　　　　　　　向出版者致敬